BESTSELLER

SHARI LAPENA

¿Pero qué has hecho?

Traducción de
Jesús de la Torre

DEBOLS!LLO

Papel certificado por el Forest Stewardship Council®

Título original: *What Have You Done?*

Primera edición en Debolsillo: enero de 2026

Printed in Spain – Impreso en España

ISBN: 978-84-663-8189-5
Depósito legal: B-19.606-2025

Compuesto en Mirakel Studio, S. L. U.
Impreso en Black Print CPI Ibérica
Sant Andreu de la Barca (Barcelona)

P 381895

A mis lectores, con gratitud

Nunca pasa nada en Fairhill, Vermont. Es una ciudad pequeña rodeada de tierras de cultivo, con las Green Mountains a lo lejos. Campos de maíz y heno. Puentes cubiertos e historias de miedo. Senderismo y excursiones en carros de paja. Menores de edad bebiendo en el cementerio, bien entrada la noche, apoyados en las lápidas. No hay mucho más que puedan hacer los adolescentes aparte de dar una vuelta con las camionetas de sus padres cuando se sacan el permiso de conducir, enrollarse con alguien si tienen suerte, clases, deportes, tareas y trabajos de media jornada…

Nunca pasa nada en la pequeña y aletargada ciudad de Fairhill, Vermont.

Hasta que pasa.

1

A primera hora del viernes, Roy Ressler conduce su gran tractor por el camino de grava que rodea sus tierras con la mente puesta en la inminente boda de su hija. Está pensando en lo preciosa que va a estar Ellen de novia. Es casi finales de octubre; el aire es fresco, los árboles están llenos de color y el rocío de la mañana centellea en el suelo. Todo va bien.

Levanta la vista hacia las oscuras figuras que vuelan en círculo en el luminoso cielo azul por delante de él, a la derecha, sobre uno de los campos. Llaman su atención durante un momento por su forma de planear, sirviéndose de las corrientes de aire. Buitres cabecirrojos. Hay más de media docena. Deben de haber encontrado algo. Sigue avanzando por el camino. Su perra, una mezcla de pastor, labrador negro y puede que algo más, da grandes zancadas a su lado, manteniendo la distancia con el tractor. Se detiene y olfatea el aire.

Las aves se están concentrando por encima de uno de

los terrenos que tiene delante. Cuando se va acercando, se queda observándolos. Se dirige a la verja abierta del campo sobre el que dan vueltas los buitres. Debe de ser algo grande, puede que un ciervo. Lo despellejarán hasta dejar el esqueleto; no quedará nada. La naturaleza cumpliendo con su deber. Pero hay algo que hace que se detenga. Apaga el tractor un momento a un lado del camino, junto a la verja abierta, y examina el terreno. Es entonces cuando se da cuenta de que algunas de las aves, tres o cuatro, ya están en el suelo, saltando y peleándose por algo. Algún cadáver. Desde aquí no puede ver lo que es, pero adivina algo de un color claro.

Su perra levanta los ojos hacia él, confundida. Roy pone de nuevo en marcha el tractor y atraviesa el campo de heno para echar un vistazo. Los buitres no salen volando cuando él se acerca. Están protegiendo su banquete. Sabe que no le van a atacar porque no son depredadores y solo se alimentan de cuerpos muertos. Siente curiosidad y sigue acercándose a ellos con el tractor con la esperanza de que salgan volando. Son grandes y más feos que un demonio. Con sus plumas de color marrón negruzco y sus caras rojizas y sin pelo, son así porque se alimentan de carroña y clavan sus caras sobre la carne muerta y podrida. Esa es su labor, son el equipo de limpieza. No todo lo que hay en la naturaleza es hermoso, bien que lo sabe Roy, pero cada uno de sus elementos tiene su cometido.

Los matorrales del terreno impiden ver bien sobre qué se han posado. Las aves lanzan graznidos y extienden sus alas, y parecen aún más grandes a medida que se acerca. De repente, una de ellas sale volando con un ruidoso aletear, pero otras dos se quedan. Una de ellas le mira con malevolencia, pero la otra sigue comiendo, con la cabeza agachada, arrancando la carne. La perra se mantiene pegada al tractor.

Cuando Roy está a menos de treinta metros, las dos últimas salen volando rápidamente con un fuerte batir de alas. Aún no puede ver bien qué es lo que se estaban comiendo. Sigue acercándose, con el tractor dando tumbos por el terreno y su cuerpo moviéndose al compás. Se levanta sobre el asiento y ahora lo puede ver. Apaga el tractor y todo queda en un súbito silencio que parece subrayar su conmoción. Al final, no se trata de un ciervo.

Es una muchacha. Está desnuda y tumbada boca arriba. Las aves le han destripado el vientre. Pese a que los buitres le han arrancado los ojos, cree reconocerla. Le entran arcadas y aparta la cabeza.

Roy busca en el bolsillo de su peto. Las manos le tiemblan y casi se le cae el móvil cuando lo agarra. Es bombero voluntario y ha visto cosas espantosas, pero nunca nada como esto.

Y después se queda ahí, encima del tractor, vigilándola, protegiéndola de esos putos pájaros mientras maldice, grita y mueve los brazos hacia ellos cuando bajan en picado y planean sobre su cabeza, hasta que llega la ayuda.

Paula Acosta oye que suena su alarma y se levanta de la cama. Son las 7.30 del viernes. Su marido, Martin, se ha levantado antes que ella. Es muy madrugador. Da clases en la Universidad de Dartmouth, en Hanover, New Hampshire, a casi veinte minutos en coche. Ella tarda menos de cinco minutos en llegar al instituto Fairhill, donde es profesora de Lengua.

Asegura que cada año le resulta más difícil. El COVID parece haberlo empeorado todo, especialmente entre los alumnos de noveno. El nivel de conocimientos de esos niños es más bajo que nunca y su dependencia o adicción a las pantallas y a la tecnología es aún peor. Sus aptitudes sociales parecen más deficientes que antes de la pandemia y su grado de concentración es inferior al que tenían previamente. ¿O es cosa de ella? No lo cree. Todos los profesores lo dicen. A veces, se pregunta si hay algo más que pueda hacer.

Taylor, su hija, pertenece al grupo de esos estudiantes de noveno. Paula sabe que para los chicos no es fácil asistir al mismo instituto donde dan clases sus padres. Sospecha que, a veces, a Taylor le resulta humillante, aunque nunca lo comente. Debe de oír lo que los demás chicos dicen de Paula, de todos los profesores, a sus espaldas. Es el problema de vivir en una comunidad pequeña; su hija no tiene opción de ir a otro instituto. Todos los chicos de este entorno rural asisten al de Fairhill. Al menos, su caso no es como el del director, que tiene tres hijos en ese centro y Paula sabe que no les resulta fácil. Se portan mal para que no los tomen por mojigatos ni piense nadie que reciben un trato especial. Los tres son rebeldes, y la niña es la peor. Siente verdadera lástima por el director Kelly.

Entra en la cocina. Su hija está sentada en la mesa comiéndose un tazón de cereales, con la cabeza agachada, mirando el teléfono. El fastidio de Paula al ver a Taylor siempre pegada a su teléfono está teñido de angustia. No le gusta que su hija malgaste el tiempo en las redes sociales. Han intentado establecer unos límites, pero con cuidado. Paula ha leído sobre el tema y lo ha visto con sus propios ojos. Sabe lo que las redes sociales provocan en las chicas. Cómo destruye su autoestima con comparaciones imposibles. Cómo les distorsiona su forma de pensar, sus expectativas, sus prioridades. Dedica una parte de sus clases de Lengua a intentar combatirlo, pero cree que está cerrando de un golpe la caja de Pandora demasiado tarde. Todos los males del mundo ya han salido y están a la vista de todos, para participar de ellos, con el simple toque de un dedo. Incluso aquí, en su tranquila, agradable y pequeña ciudad de la zona rural de Vermont. Es una de las razones por las que parece caer mal a los chicos. Les dice que se alejen de sus aparatos, que lean libros, que hablen entre ellos, pero no quieren hacerle caso. Además, es muy exigente y espera que se esfuercen de verdad. Todavía tiene principios.

Se agacha y besa a su hija en su pelo castaño y liso a la vez que intenta entrever la pantalla de su teléfono, pero Taylor lo tapa de inmediato con la mano. Paula se gira y va a por el café que le ha preparado antes su marido y que sigue aún caliente.

—¿Has visto salir a papá? —pregunta.

—Sí.

—¿Vas a hacer algo hoy después de clase? —Paula intenta hablar con un tono despreocupado. No quiere parecer demasiado entrometida, pues su hija está en esa edad tan sensible, pero le preocupa que a Taylor le esté costando encajar este año. Por supuesto, sigue teniendo a sus amigos del colegio; pasaron al mismo instituto que ella. Pero es un nuevo comienzo para todos y las cosas cambian.

Paula tiene este año un curso de alumnos de noveno especialmente revoltosos. Taylor no se encuentra entre ellos,

los de la dirección del centro estuvieron atentos. Pero sobre todo se está dedicando a los de los cursos superiores, preparándolos para la universidad. Aun así, sabe cómo hablan los adolescentes.

—No —masculla su hija.

—A lo mejor podrías apuntarte a algún grupo —le sugiere su madre con tono suave. No obtiene respuesta.

2

Roy no se ha movido de su sitio. Llegan rápido. Ve el coche de la policía avanzando a toda velocidad por el camino de grava y mueve con fuerza el brazo desde lo alto de su tractor. El coche patrulla se detiene a un lado del camino. Salen dos hombres de uniforme y atraviesan rápidamente el terreno en dirección a él. Había llamado al jefe de policía de Fairhill, Mike Hall. Le acompaña el agente Chris Shepherd. Juntos forman todo el cuerpo de policía de la ciudad. Roy ve cómo se acercan y, mientras lo hacen, la perra empieza a correr hacia los policías, pero Roy la llama y la obliga a sentarse. Llegan a donde está el gran tractor.

Hall le mira.

—Roy —le saluda.

Juntos, él y su agente se acercan a la chica muerta. Los dos hombres se detienen a unos metros del cadáver y lo miran con gesto muy serio. Roy baja del tractor y se une a ellos.

—Dios santo —dice Hall frotándose con la mano la parte inferior de la cara.

Shepherd no dice nada y se limita a mirar. Roy se vuelve hacia él y ve que parece estar a punto de vomitar.

—Es la hija de Brewer —dice Hall.

—Hay que taparla —propone Roy a duras penas. Su voz suena temblorosa y se aclara la garganta.

—No. No vamos a tocar nada —responde Hall.

—He visto los pájaros —dice Roy.

Hall asiente. Es mayor que Shepherd y se le da mejor ocultar sus sentimientos, pero Roy conoce bien a Mike Hall y está claramente conmocionado.

—Será mejor que no nos acerquemos más —dice Hall—. Y que mantengas alejada a la perra. Más vale que la escena no se contamine.

Se quedan en silencio. Roy ve por primera vez la magulladura lineal y de fuerte color púrpura alrededor del cuello de la joven. Centra la mirada en eso porque no soporta mirarle la cara y resulta indecente dirigir los ojos a su cuerpo desnudo, tan pálido en contraste con el suelo. Shepherd se ha dado la vuelta y toma fuertes bocanadas de aire, como si estuviese tratando de recomponerse. Tanto Roy como Hall fingen no darse cuenta. Dan espacio al más joven. Roy descubre que tiene ganas de llorar, pero no va a permitirse hacerlo aquí. No hasta más tarde, cuando esté solo, o quizá cuando se lo cuente a su mujer. Piensa en su hija, que está a punto de casarse. Esta joven no llegará nunca hasta el altar. Eso le lleva a pensar en sus padres y en lo que han perdido.

—La han estrangulado —observa Hall. Su voz hace que Shepherd vuelva a prestarles atención. Parece que ya está preparado para afrontarlo.

Pero sus palabras hacen que Roy sienta escalofríos. No recuerda que hayan asesinado nunca a nadie por aquí. Es un lugar seguro. La gente sale sola por la noche. Aquí nunca pasa nada.

—¿Pero con qué? ¿Y dónde está su ropa? —pregunta Shepherd con un tono más enérgico ya.

Es verdad. Está desnuda en mitad del campo y no hay rastro de su ropa ni de nada con lo que hayan podido estrangularla.

Hall asiente.

—Han usado algún tipo de ligadura. Eso no se ha hecho con las manos. —Levanta la vista, apartándola del cadáver, y supervisa el terreno en todas las direcciones. A continuación, mira a Roy—. ¿Has visto algún rastro desde allí arriba cuando venías?

—No —contesta Roy, negando con la cabeza.

Mira hacia atrás y lo único que ve son las huellas que ha dejado su tractor sobre la tierra.

Hall mira en la misma dirección que él. Tampoco hay rastro de su paso; la vegetación ha vuelto a levantarse y se ha tragado las huellas.

—Alguien ha debido de traerla hasta aquí —dice Hall. Se queda un momento en silencio—. A lo mejor no la habríamos encontrado nunca si no te hubieses parado a echar un vistazo, Roy.

Eso no hace que Roy se sienta mejor.

Hall saca su teléfono.

—Será mejor que llame a la policía estatal de Vermont para que traigan a los de la Unidad de Delitos Graves.

Es temprano, el rocío sigue centelleando en la hierba. Los campos están preciosos, dispuestos en cuadrículas, con árboles a lo largo de las vallas. No sé bien qué hago aquí, pero siento curiosidad. Veo a un agricultor con un peto vaquero bajar de su viejo tractor rojo y unirse a otros dos hombres que están en el terreno. Llevan uniformes de la policía. Los reconozco: son el jefe de policía Mike Hall y el agente Shepherd, el que da las charlas en el instituto sobre los peligros de conducir borracho. Me pregunto qué hacen aquí, qué estarán mirando. La perra está nerviosa por algo, pero el agricultor la tiene sujeta.

Hay algo en este campo y quiero saber qué es. Me acerco. Estoy encima de ellos, mirándolos desde arriba. Veo lo que están mirando y no entiendo nada. La chica que está en el suelo está desnuda y siento vergüenza por ella, con estos tres hombres mirándola fijamente y ella completamente en cueros. Me fijo con desinterés en que tiene el vientre abierto, con los intestinos saliéndose por fuera, relucientes. No sufre dolor porque es evidente que está muerta. Miro a donde antes tenía los ojos y siento una débil mezcla de asco y pena. Pero siento que algo me atrae más hacia ella, porque, a pesar de la mutilación, reconozco su rostro sin ninguna duda.

Soy yo.

Pero soy yo muerta y profanada. Estos tres hombres parecen muy preocupados.

Es un sueño muy extraño. Quiero despertarme ya.

Riley vuelve a probar y envía otro mensaje a Diana.

Estás?

Normalmente intentan verse en la cafetería del instituto antes de las clases. Debe de haberse retrasado, pero no es propio de Diana no hacer caso a los mensajes; le preocuparía mucho ofender a alguna amiga. A Diana no le gusta herir los sentimientos de la gente. Prácticamente, es un ángel.

Riley sale de la cafetería y se dirige al baño de chicas de la primera planta. Se mira en el espejo. No está mal. Su madre le dice que es guapa, pero lo cierto es que Riley no lo tiene claro. Su madre pone el listón muy bajo. No conoce los gustos de ahora. Riley tuvo que pelearse con uñas y dientes para que su madre dejara que una profesional le arreglara las cejas, pero, sin duda, mereció la pena. Es afortunada de tener una buena piel y un pelo y unos dientes perfectos, pero ¿es guapa? No lo cree, ni siquiera en sus mejores días. No es guapa como Diana. Su madre siempre dice: «Todas las jóvenes sois guapas, lo que pasa es que no sois conscientes de ello hasta que ya es demasiado tarde». Su madre le dice también que debe centrarse en la inteligencia, lo cual cabrea mucho a Riley porque no suele sacar precisamente sobresalientes. Pero cuesta saber qué es ser guapa. No resulta difícil saber qué es feo. Todo el mundo está de acuerdo en lo que es feo. Si eres fea en el instituto, no tienes dónde esconderte. Gracias a Dios, ella no es fea.

Vuelve a mirar el móvil, pero no hay ningún mensaje de Diana. Se guarda el teléfono en el bolsillo y va hacia su primera clase: Lengua. A la señora Acosta no le va a gustar que Diana llegue tarde.

Riley ocupa su asiento y, a continuación, saluda con la mano y con una sonrisa a su amigo Evan, que está sentado detrás de ella. La clase se llena rápidamente con el sonido del ajetreo, el arrastrar de sillas y los golpes de las mochilas con tra el suelo mientras todos hablan. Llega la señora Acosta, les sonríe y les dedica un «Buenos días» con una voz alegre y luminosa, como hace siempre.

La profesora desliza la mirada por la clase para observar a cada uno de los alumnos, a la vez que toma nota de su asistencia. La señora Acosta es una buena profesora y Riley la respeta. Igual que todos los buenos estudiantes. Los que no la respetan es porque prefieren un profesor que les permita holgazanear y ya está. Riley no quiere holgazanear; quiere aprender. Tiene un cerebro y la firme intención de usarlo. Vuelve a girar la cabeza hacia Evan, que está en el rincón de atrás. Diana no ha llegado todavía. Riley se pregunta si estará enferma. Ayer se encontraba bien. Pero, aun estando enferma, respondería a sus mensajes, piensa con inquietud.

La señora Acosta mira por encima de sus gafas hacia el pupitre vacío de Diana en la fila de en medio. Pasea la mirada por la clase.

—¿Alguno ha visto a Diana esta mañana?

—No, señora —contesta Riley. Otros niegan con la cabeza.

La profesora hace una marca en el papel y, después, lo aparta. Pero, antes de que empiecen, llaman a la puerta abierta de la clase y aparece en ella el señor Kelly, el director, que tiene una expresión rara, como si estuviese alterado. Desde su pupitre, Riley puede ver también a un policía de uniforme en el pasillo y siente un pellizco de alarma. El señor Kelly hace una señal a la señora Acosta para que salga con ellos. Riley vuelve a mirar a Evan y él le devuelve una mirada de incertidumbre. Riley se gira para ver qué ocurre en el pasillo, pero, de repente, la puerta se cierra desde fuera. Hay un segundo de absoluto silencio y, a continuación, todos empiezan a hablar. «¿Qué está pasando? ¿Habéis visto a la policía ahí fuera?».

Riley siente un nudo en el estómago. De repente, teme que sea por Diana. No ha respondido a sus mensajes desde anoche. Desde que iba a salir para ver a su novio, Cameron.

3

Brenda Brewer trabaja de enfermera en el turno de noche del hospital de Windsor, Vermont. No hay ningún hospital en Fairhill, porque es una ciudad demasiado pequeña. La mayoría de las veces no le importa el trayecto de treinta y cinco minutos tanto de ida como de vuelta al trabajo. Le gusta vivir en Fairhill, donde todo el mundo se conoce. Hay un supermercado, una tienda de alimentación, un establecimiento de la cadena de bricolaje Home Depot, una calle principal con muchas tiendas, algunos restaurantes y un cine. Hay un parque pequeño, un par de iglesias, un campo de hockey y una biblioteca. Los chicos que residen en las granjas acuden en autobús a los colegios de la ciudad. Le gusta vivir aquí; es suficiente para ella. Pero no cree que lo sea para su hija. Quiere algo más para Diana.

Brenda llega normalmente a casa a tiempo para ver a Diana antes de que salga para el instituto. Ahora que su hija es mayor, Brenda se ha pasado al turno de noche, que es más fácil y menos ajetreado que el turno de día. Ha sido madre soltera desde que el padre de Diana se marchó hace seis años, cuando Diana tenía once. Envía algún que otro cheque; no todo lo que debería, pero lo suficiente para no verse obligada a ir tras él a pedirle lo que le debe en realidad. Lee tiene ahora una familia nueva, con una mujer más joven y unos gemelos que parecen consumir todo su tiempo y la mayor parte de su dinero. En fin, ¿qué se esperaba? En las pocas ocasiones que lo ve, parece menos contento y más estresado de lo que estaba cuando vivían juntos. Brenda cree que está arrepentido. Lo tiene merecido.

Sin embargo, Brenda es bastante feliz. Estar soltera le sienta bien. Sobre todo, ahora que Diana es mayor y la maternidad no requiere tanto tiempo y energía como antes. Ha superado que su marido la abandonara y le gusta no tener que estar pendiente de él ni de su desorden. Está orgullosa de cómo ha crecido Diana. Su hija es fuerte, lista y buena. Eso es lo más importante. También es guapa y popular, pero Brenda nunca se ha fijado mucho en esas cosas. Tampoco su hija. Tiene la cabeza muy bien amueblada. Quiere hacer algo bueno por el mundo. Brenda ha sido afortunada. Algunos padres lo pasan mal con sus hijos, pero no ha sido su caso. Diana y ella se llevan bien. Su hija es de trato fácil y servicial. Nunca le ha dado problemas, pero Brenda se pregunta si eso estará a punto de cambiar.

Está pensando en Diana mientras vuelve a casa con el coche desde el hospital, pasando junto a los campos y las granjas por el camino de siempre. No puede evitar que sus pensamientos se dirijan a Cameron, el chico con el que está saliendo Diana. Su hija lo conoce desde hace años; han sido amigos durante mucho tiempo. Siempre ha estado ahí, en la sombra. Pero este mismo otoño se hicieron pareja. Parece que, de una forma muy repentina, la relación se ha vuelto muy intensa. A Brenda le ha cogido por sorpresa e incluso ha hecho que se sienta un poco inquieta. Cameron le gusta bastante, pero no quiere que su hija se conforme. No cree que Cameron sea lo suficientemente listo, ambicioso ni bueno para su hija. No quiere que Diana termine emparejándose con su novio del instituto, igual que hizo ella. Hay todo un mundo ahí fuera, más allá de Fairhill, Vermont. Pero, cuanto menos hable sobre este asunto, mejor. No conviene buscar un problema cuando a lo mejor ni siquiera lo hay. Diana va a irse a la universidad el año que viene. Eso pondrá punto final al asunto.

Brenda se ha retrasado esta mañana porque ha tenido que quedarse más rato para cubrir una baja en el personal, así que son casi las nueve cuando entra en su calle. Le encanta ser enfermera, pero es un trabajo duro y ahora le duelen los pies y la espalda y lo único que quiere es meterse en la cama. Lamenta no haber estado en casa esta mañana a tiempo de ver a Diana salir para el instituto, pero se pondrán al día más tarde.

El cansancio le desaparece cuando ve el coche patrulla de la policía aparcado en la calle delante de su casa. Brenda mete el coche en el camino de entrada a la vez que un agente uniformado se gira y la ve desde el escalón de su puerta. Lo reconoce: es el jefe de policía, Mike Hall. De repente, siente que el corazón le late con fuerza y las manos le empiezan a temblar cuando apaga el motor. Intenta no ceder a su repentino temor. ¿Qué está haciendo aquí? No puede ser nada relacionado con Diana. Su hija está en clase.

Sale del coche y mira al jefe de policía, que se ha acercado a ella.

—¿Señora Brewer? —pregunta con voz suave.

—Sí —consigue responder ella—. ¿Qué pasa?

—¿Podemos entrar para hablar?

A Brenda no le gusta la expresión de su rostro. Siente que pierde el equilibrio, una debilidad le invade todo el cuerpo.

—¿Qué ha ocurrido?

—Entremos, por favor —responde él agarrándola del brazo.

Ella se deja llevar hasta la puerta de la casa, que abre con manos temblorosas. Él le va a contar algo que no quiere oír. Debe estar preparada. Pero no quiere prepararse, quiere echarlo de allí. Está enfadada con él por haber venido.

Y entonces, sin saber cómo, están sentados en su sala de estar y él le está diciendo que su hija está muerta. Su preciosa, perfecta y única hija. Todo parece estar muy lejos y resonar con mucho eco, como si él le hablara desde otra habitación, pero puede verle la cara enfocándose y desenfocándose, y parece preocupado. En fin, debería estarlo por tener que venir aquí a decir semejante disparate.

—No —contesta ella con firmeza—. Diana está en el instituto. Creo que debe usted marcharse. —Se levanta y se dispone a acompañarlo a la puerta, pero las piernas ceden bajo su cuerpo. Él la agarra justo a tiempo y la ayuda a sentarse de nuevo en el sofá.

—Lo siento mucho —dice él, con la voz entrecortada.

Ella empieza a gemir.

Cameron tiene libre la primera hora del viernes. Duerme más rato y, después, se levanta, se ducha y se pone unos vaqueros, una camiseta y una sudadera. A continuación, baja a desayunar. Sus padres están ya en el trabajo. Le gusta tener la casa para él solo. Es una casa vieja, a las afueras de la ciudad, con un porche delantero acristalado y unos suelos que crujen. Se sirve unos cereales, saca la leche del frigorífico y está a punto de sentarse en la mesa de la cocina y mirar su móvil cuando llaman a la puerta. Se pone en tensión y mira en esa dirección. Deja la leche en la mesa. Vuelven a llamar a la puerta, esta vez con más fuerza.

Atraviesa el vestíbulo y abre la puerta de la calle. Hay dos agentes vestidos con los uniformes marrón y verde oliva de la policía estatal de Vermont en el porche delantero, una mujer de aspecto corpulento y un hombre más joven y alto. No los reconoce; no son de por aquí. Siente de inmediato una oleada de miedo.

—¿Sí? —dice.

—¿Cameron Farrell? —pregunta la agente.

—Sí, soy yo.

—¿Están tus padres en casa? —pregunta ella.

—No, están trabajando. —Ve que los dos agentes se miran.

Ella se presenta a sí misma y a su compañero, pero sus nombres pasan de largo por su cabeza.

—¿Podemos pasar?

—¿Por qué? ¿De qué se trata?

Como no responden, les hace un gesto para que pasen. Entran en la sala de estar, a la derecha. Es una habitación chapada a la antigua, con muebles algo pasados de moda y algunas antigüedades que sus padres han ido comprando a lo largo de los años. No se sienta, así que ellos tampoco. Se cruza de brazos con gesto nervioso y espera a que digan algo.

—¿Conoces a una chica llamada Diana Brewer?

—Sí. Es mi novia.

—Quizá sea mejor que te sientes —le aconseja la agente.

Cameron se deja caer pesadamente en el sillón que tiene detrás. No dice nada.

—Lo siento mucho, pero me temo que Diana ha muerto —añade ella con tono suave y mirándolo con atención.

—¿Qué? —pregunta él.

—Han encontrado su cuerpo hace un rato en un terreno de una granja. No muy lejos de aquí.

Puede oír la sangre golpeándole los oídos. Niega con la cabeza.

—Es imposible. La vi justo… —Se interrumpe de repente.

—¿Cuándo la has visto por última vez? —pregunta la agente.

Cameron traga saliva.

—Anoche.

—¿Anoche a qué hora? —pregunta ella.

—No sé exactamente. Tengo que pensar.

La agente espera a que diga algo más, pero está asustado.

—¿Qué le ha pasado? —pregunta Cameron con la voz temblorosa.

Los agentes no hacen caso a su pregunta.

—¿Dónde la viste anoche?

Los ojos de Cameron se llenan de lágrimas.

—La recogí con la camioneta de mi padre —responde—. Estuvimos dando una vuelta. —Se aclara la garganta—. Nos enrollamos. —Mira nervioso a los dos agentes—. Luego la volví a dejar en su casa y me vine a la mía. Sería poco después de las once.

La agente le responde asintiendo.

—Mi más sentido pésame —le dice con suavidad. Y después añade—: Nos gustaría que vinieras a la comisaría para hablar con nosotros, si te parece bien.

—Vale —contesta Cameron. Su cuerpo empieza a temblar.

—Tienes que llamar a tus padres.

4

A Paula Acosta le cuesta asimilarlo. ¿Diana Brewer está muerta? Mira de nuevo al agente de policía que está en el pasillo frente a su clase y que le resulta tan familiar.

—¿Qué?

—Han encontrado su cuerpo hace un rato en un campo a las afueras de la ciudad —responde el agente, Chris Shepherd—. Los de Delitos Graves están ahora allí.

Paula mira al director Kelly. Parece abrumado, como si no supiera el modo con que afrontar la situación.

—¿Quiere decir... que la han asesinado? —pregunta Paula con incredulidad.

—Eso parece.

—Dios santo. —Paula toma aire y se lleva involuntariamente la mano derecha al corazón—. Una chica tan encantadora. —Piensa en su propia hija, Taylor. Después piensa en la madre de Diana, a la que ha visto en numerosas ocasiones en las reuniones de padres y profesores. Su vida destrozada en un momento. Siente la repentina necesidad de sentarse, pero no hay sillas en el pasillo.

—Unos agentes de la policía estatal están en el despacho del director. Quieren hablar con los alumnos que la conocían —le informa Shepherd—. Y están viniendo más agentes e inspectores de la Unidad de Delitos Graves para ocuparse de la investigación. —Mira a Kelly—. El director nos ha dicho que dos de sus mejores amigos van a su clase: Riley Mead y Evan Carr. ¿Están aquí?

—Sí.

—Queremos causar el menor sufrimiento y trastorno posibles, pero la noticia va a salir publicada muy rápido y va a llegar a los móviles de los chicos —continúa Shepherd—. Deberíamos adelantarnos y contárselo nosotros ya.

—Tiene un novio, Cameron Farrell —comenta Paula sin pensar.

Shepherd asiente.

—Unos agentes están hablando ya con él. ¿Vamos? —pregunta extendiendo la mano hacia la puerta de la clase.

Riley ve asustada cómo se abre la puerta. El corazón le late a toda velocidad y tiene un espantoso presentimiento de lo que va a pasar a continuación. La señora Acosta es la primera en entrar, afligida y pálida, muy distinta a la actitud alegre que mostró apenas unos minutos antes. El director Kelly tiene una expresión aún peor y va acompañado del agente de policía, al que ahora sí reconoce. Se trata de Chris Shepherd, que normalmente tiene un gesto animado cuando se le ve por la ciudad y ahora luce un ademán solemne. «Ha muerto alguien», piensa Riley. Siente que está a punto de desmayarse.

El director Kelly se aclara la garganta antes de hablar.

—Me temo que traigo una terrible y trágica noticia.

—La clase se ha quedado en completo silencio y toda la energía juvenil se ha apaciguado—. Vuestra compañera Diana Brewer ha fallecido.

Riley ahoga un grito de una forma tan audible que los demás se giran hacia ella. Ve que Kelly también la mira.

—Lo siento mucho —dice dirigiéndose directamente a ella.

Riley se da cuenta de que la voz se le ha quebrado al decirlo. Ella empieza a respirar demasiado rápido, con bocanadas cortas y los ojos empañados por las lágrimas.

—Las clases quedan hoy suspendidas —informa Kelly—. Pero, por favor, no salgáis del instituto todavía. Enseguida vendrán unos terapeutas por si alguien quiere hablar con ellos. Os animo a todos a que lo hagáis. Además, están unos agentes de la policía estatal en mi despacho y quieren hablar con todos los que conocían a Diana para que les ayuden en su investigación.

—¿Investigación? —pregunta una voz desde el fondo de la clase.

El director Kelly parece haberse quedado sin palabras y Shepherd sale al paso.

—No resulta fácil decir esto. —Mira con expresión seria a los alumnos de la clase—. A Diana la han asesinado. Vamos a necesitar vuestra ayuda.

Edward Farrell llega a la comisaría de Fairhill a la vez que su mujer, con su camioneta detrás del coche de ella. Los dos han salido del trabajo para acompañar a su hijo, Cameron. Es espantoso. Han asesinado a su novia. Cuesta mucho hacerse a la idea. Una chica tan encantadora. Su hijo va a necesitar todo su apoyo en estos momentos.

En el aparcamiento, Edward abraza con fuerza a su mujer, Shelby. Ha estado llorando. Tiene un pañuelo apretado en la mano y el maquillaje se le ha corrido. Su cabello rubio está despeinado.

—No me lo puedo creer —le dice ella cuando por fin se aparta de sus brazos, con una expresión de estupor en el rostro.

—Yo tampoco —responde él.

—Y Cameron… ¿cómo va a superar esto? —pregunta ella, angustiada.

—No lo sé.

Por fin, se preparan y se giran hacia la entrada de la pequeña comisaría. Su hijo está ahí dentro. Los necesita.

En el interior del edificio de ladrillo rojo, los acompañan rápidamente hasta una sala de interrogatorios, donde su hijo está encorvado sobre una silla. Al verle, a Edward casi se le parte en dos el corazón.

Cameron se levanta de un salto cuando los ve, se lanza a los brazos de su madre y llora. Edward traga saliva mientras los observa. Le cuesta no romperse también, pero quiere mantenerse fuerte por su hijo. Sabe que Cameron iba en serio con Diana. El primer amor. Menuda forma de terminar.

La puerta se abre detrás de ellos y aparecen dos personas. Edward desvía la mirada de su hijo y su mujer. Entra un

34

hombre alto y de constitución fuerte que aparenta tener unos cuarenta y tantos años y va vestido con un traje y una camisa blanca con el cuello desabrochado y sin corbata. Su cabello castaño y corto empieza a volverse gris. Va bien afeitado. Se mueve con una actitud de serena autoridad.

—Soy el inspector Stone, de la Unidad de Delitos Graves de la policía estatal de Vermont. Y esta es la inspectora Godfrey —dice presentando a la otra policía. Es bajita, de pelo corto y moreno y lleva un traje azul marino—. Mi más sentido pésame —añade el inspector Stone dirigiéndose a los tres. Parece sincero y respetuoso—. Por favor, tomen asiento.

Todos obedecen.

—Queremos hablar con su hijo sobre Diana, a ver si nos puede ayudar a averiguar quién ha hecho esto —les explica Stone—. Pero, como es menor de edad, al menos uno de los padres debe estar presente. Pueden quedarse los dos.

Edward asiente.

—De acuerdo. —Mira a su mujer.

Stone se dirige a Cameron.

—Esto es absolutamente voluntario, muchacho. No estás obligado a responder a nuestras preguntas, pero nos pueden ser de utilidad. Y cuanto antes hablemos, mejor.

Edward ve que Cameron asiente. Su guapo y atlético hijo está inusualmente pálido, con la cara surcada por las lágrimas, pero ya se ha tranquilizado bastante después de su ataque de llanto. Parece aliviado por la presencia de sus padres.

—Mis agentes me han informado de que viste anoche a Diana. ¿Puedes volver a contárnoslo?

Cameron mira brevemente a su madre antes de responder.

—Vale. Fui hasta su casa a eso de las diez. Suelo ir a verla sobre esa hora. Su madre se va a trabajar poco antes de las diez. Es enfermera en el turno de noche del hospital de Windsor.

—¿Con qué coche fuiste?

Edward advierte que Cameron parece sorprendido ante la pregunta. También él se ha quedado un poco atónito. ¿Qué narices importa en qué coche fue?

—En la camioneta de mi padre —responde Cameron—. Siempre me la deja cuando no la necesita y él ya no iba a salir de casa en toda la noche. —Edward asiente—. Así que me acerqué a su casa, la recogí y fuimos a dar una vuelta.

—¿Por qué fuisteis a dar una vuelta? —le pregunta Stone con tono despreocupado.

Edward ve que su hijo se pone colorado y entiende el motivo.

—A veces nos vamos por ahí, aparcamos en algún sitio y… —No termina la frase, como si no quisiera decirlo en voz alta.

—Entiendo. ¿Te acostaste con ella anoche? —pregunta Stone. Y añade—: Lo siento, pero tengo que preguntarlo.

Cameron evita mirar a sus padres y, en su lugar, dirige la vista a la mesa.

—Sí.

—De acuerdo. ¿Usasteis condón?

—Sí.

—Si me permites la pregunta, ¿por qué no os quedasteis en la casa?

Al oírlo, Cameron levanta los ojos de la mesa para mirar al inspector.

—¿Qué?

—La casa estaba vacía. La madre de Diana estaba trabajando. No vive nadie más allí.

Edward ve cómo su hijo se sonroja y dirige de nuevo la mirada a la mesa.

—A Diana no le gustaba hacerlo en su casa —masculla Cameron—. Le parecía una falta de respeto hacia su madre.

Stone asiente, como si lo entendiera perfectamente, pero Edward está molesto con el inspector. Está siendo maleducado e insensible. Su hijo acaba de perder a una persona a la que quería mucho. Y ahora está pasando una vergüenza innecesaria delante de sus padres.

—¿Qué llevaba ella puesto? —pregunta Stone a continuación.

—Eh…, vaqueros, una camisa de cuadros y su chaqueta de pana beis.

—¿Y de ropa interior?

Cameron se vuelve a sonrojar.

—Llevaba un sujetador y unas bragas, pero no sé de qué color. Estaba oscuro. Calcetines y zapatillas. ¿Por qué me pregunta esto?

Stone no le responde.

—¿A qué hora la llevaste a casa?

—No estoy muy seguro, pero sobre las once. Y, luego, me fui a la mía.

—¿La acompañaste dentro o la dejaste en la puerta?

—Detuve la camioneta delante de su casa y la vi entrar. Se despidió con la mano, cerró la puerta por dentro y, después, me fui.

—¿Dio vuelta a la llave para abrir la puerta al entrar?

Cameron hace una pausa.

—No me fijé. —Y añade—: Pero creo que no cerró con llave cuando salimos.

—De acuerdo —responde Stone—. ¿Te mencionó alguna vez Diana que estuviese preocupada por alguien? ¿Que la hubiesen estado molestando?

—No. Todo el mundo la quería —contesta Cameron.

5

Shelby ve cómo su hijo se viene abajo cuando dice: «Todo el mundo la quería». Siente que le tiembla el labio inferior y extiende el brazo hacia él, que está sentado a su lado, para abrazarlo a la vez que le acaricia su suave pelo castaño. Nota al estrecharlo que su cuerpo vuelve a agitarse debido a los sollozos. Es verdad, todo el mundo quería a Diana. Casi costaba creer que fuera tan buena. Se alegraron mucho cuando su hijo empezó a salir con ella. También ellos se habían enamorado un poco de Diana. Todo esto es demasiado duro y espera que su destrozado hijo logre recuperarse.

Le cuesta pensar en Brenda, la madre de Diana. Ahora se va a quedar completamente sola y Diana lo era todo para ella. Qué lúgubre va a ser su vida, así de repente. Cameron es también hijo único y Shelby no soporta la idea de lo que sería su existencia si también lo perdiera. Qué frágil es la vida, piensa mientras abraza a su lloroso hijo. No hay que dar nada por sentado. Todavía considera a su hijo como un niño; todavía le parece demasiado joven. No le gusta imaginarlo teniendo sexo con Diana en su camioneta.

¿Quién ha podido hacer algo tan espantoso? No es ninguna ingenua y, a juzgar por las preguntas tan directas que acaba de hacer el inspector, da por hecho que a Diana la violaron además de asesinarla. Todo ello hace que sienta náuseas.

¿Cómo ha podido ocurrir? Cameron la dejó sana y salva en su casa. Esta es una ciudad pequeña en la que todo el mundo se conoce. Aquí no hay asesinatos. Esa pregunta de la puerta… ¿Cree la policía que anoche podría haber alguien dentro de la casa esperándola? Supone que es una posibilidad si Diana no había echado la llave. La gente de por aquí no suele hacerlo. Le espanta pensarlo, imaginar que su hijo podría haber dejado a Diana con su asesino sin saberlo. ¿Cómo si no iba a ocurrir? No es muy probable que ella hubiera vuelto a salir a esas horas. Quizá llamó alguien después a su puerta o entró por la fuerza más tarde. Diana estaba completamente sola anoche en esa casa. Shelby desea con todas sus fuerzas que cacen a ese cabrón. La pena de muerte le estaría bien empleada. Es tremendamente espantoso que su hijo haya perdido de esta forma a su primera novia formal.

Y, sin embargo, Cameron les ha contado a los inspectores una pequeña mentira. Intenta no darle muchas vueltas, pero, después del interrogatorio, que parecía no acabar nunca, mientras vuelve a su casa sola en su coche y Cameron va en la camioneta con su padre, Shelby sí que le da vueltas. Sabe una cosa que su marido desconoce. ¿Debería decirle algo? ¿Plantarle cara a su hijo? Porque, anoche, ella se levantó cuando Edward roncaba a todo volumen a su lado. Tenía que hacer pis. Mientras recorría el pasillo de camino al baño, se asomó a la habitación de Cameron porque su puerta estaba ligeramente abierta. Por lo general, permanece cerrada. No había nadie en la cama. Acabó en el baño, volvió a su habitación y miró la hora en el reloj digital de su mesita de noche. Era casi la una de la noche. Iba a tener que hablar con Cameron por la mañana, pensó. Se suponía que entre semana tenía que estar en casa a las 23.30. Normalmente, Edward y ella se acostaban antes, así que no sabían cuándo volvía. No lo controlaban. Sencillamente, daban por sentado que él llegaba a su hora.

Mientras estaba tumbada, preocupada, con los tapones quitados, le oyó llegar a hurtadillas. Miró la hora: la 1.11 de la noche. Pensó en salir a su encuentro en las escaleras, pero decidió que podría esperar a la mañana. Una vez tranquila por que hubiese regresado sano y salvo, volvió a quedarse dormida.

Pero ahora, mientras vuelve a casa en su coche, sabe que él ha mentido a la policía. No volvió a casa poco después de las once. Fue mucho después. ¿Dejó a Diana sana y salva en su casa a las once y se fue a hacer alguna otra cosa y estaba mintiendo porque tiene establecida una hora límite de llegada? ¿O dejó a Diana mucho después de lo que decía?

Brenda Brewer está en la comisaría, en una de las dos salas de interrogatorios. Está sentada con una agente que le lleva café y pañuelos y le habla con una voz suave. No sabe a dónde ha ido el jefe de policía. Querían sacarla de su casa mientras la revisaban como posible escenario de un crimen. Consideran que trasladaron el cuerpo de Diana al terreno, que la han matado estrangulándola con alguna especie de ligadura en otro lugar. La casa es una posibilidad. Le deja estupefacta pensar que a Diana pudieron haberla matado en el interior de su casa mientras ella estaba trabajando.

Un hombre de traje oscuro entra en silencio en la habitación, acompañado de una mujer también vestida de civil, y la agente de uniforme se retira. Él se presenta como el inspector Stone y la mujer como la inspectora Godfrey, de la Unidad de Delitos Graves de la policía estatal de Vermont. También ellos le hablan con un tono suave. El exmarido de Brenda viene de camino, pero vive a más de dos horas en coche. Es el único que va a lamentar esta pérdida casi tanto como ella, piensa, aunque tiene otra familia, tiene otros hijos. Ella no tiene a nadie.

—Sé que esto resultará tremendamente duro, pero queremos averiguar quién lo ha hecho —dice el inspector Stone empleando un tono quedo—. ¿Cree que podrá responder a algunas preguntas?

Ella asiente. Hará lo que pueda. Pero lo único que desea es que alguien la drogue para dejarla dormida y no despertar jamás.

—Sabemos que Diana tenía una relación con Cameron Farrell —empieza Stone—. ¿Pero alguna vez habló de alguna otra persona que estuviera interesada en ella?

Brenda intenta pensar, abrirse camino entre la niebla del impacto, la pena y la incredulidad.

—No que yo recuerde.

—¿No le habló Diana de alguien que la estuviese molestando y que quizá mostrara un interés por ella que no fuera recíproco?

Brenda hace una pausa y recuerda.

—Sí que mencionó en una ocasión que había un cliente donde ella trabajaba que le daba repelús.

—¿Dónde trabajaba?

—En el Home Depot. Trabajó allí durante el verano y, después, cuando empezaron las clases, siguió haciendo de vez en cuando algún turno por la noche y los fines de semana —responde de forma automática; le sorprende la lucidez con la que habla.

—¿Qué le contó de ese cliente que le daba repelús?

—Poca cosa. —Brenda baja la mirada a los pañuelos que tiene apretados en las manos—. No me gustaba que trabajara por las noches, así que me alegré de que fuera en el Home Depot porque siempre hay mucha gente alrededor. Es un sitio grande, no como una tienda de barrio pequeña donde habría estado sola. Yo no habría permitido que trabajara ahí. Y le hice prometerme que siempre le pediría a alguien que la acompañara hasta el coche al terminar su turno. Siempre lo hizo. En ese aspecto se portaban bien. —Y, en ese momento, cae en la cuenta de que nada de eso ha servido, que su hija está muerta de todos modos, y se vuelve a derrumbar.

Dejan que llore todo lo que necesita. Godfrey sale discretamente y regresa con una botella de agua que no desea. Stone sigue esperando con paciencia; no ha terminado. Ella también quiere saber quién ha asesinado a su hija. Quiere despedazarlo con sus propias manos. Se recompone todo lo que puede.

—Háblenos de su novio, de Cameron —dice el inspector Stone.

Ella le mira.

—¿Qué quiere que le diga?

—¿Cómo es? —pregunta Stone.

—Es un buen chico —responde Brenda—. Han sido amigos desde el colegio, pero empezaron a salir y se hicieron pareja a finales de verano, poco antes de que comenzaran de nuevo las clases. Fue bastante repentino y muy intenso.

—¿Intenso en qué sentido?

—Me refiero a que eran…, ya sabe…, parecía que estaban enamorados. Pasaban juntos todo el tiempo que podían. Él siempre venía a casa. No la soltaba en ningún momento, abrazándola, besándola, como si no se hartara. —Se le debe de haber notado su desaprobación.

—¿Aprobaba usted esa relación?

Ella le mira directamente.

—A decir verdad, no tengo nada en contra de él, pero no me gustaba que Diana fuera tan en serio con alguien con tanta rapidez, y tan joven. Era su primer novio de verdad. Me alegró saber que planeaba marcharse a la universidad el año que viene. —De repente, se detiene para reprimir otro sollozo y, después, añade un comentario que ahora ya carece de sentido—: Quería ser veterinaria. Le encantaban los animales.

—¿Sabía usted que mantenían relaciones sexuales? —pregunta Stone.

Brenda suelta un largo suspiro.

—Diana no me lo contó, pero yo lo suponía. ¿Se lo ha contado Cameron? ¿Han hablado ya con él?

—Sí. Comprenderá que teníamos que preguntarle.

Ella asiente y toma aire.

—¿La han…? ¿La han violado?

—Todavía estamos esperando una respuesta para eso —contesta—. ¿Alguna vez han entrado a robar en su casa?

Niega con la cabeza.

—No.

—¿Alguna vez ha visto a alguien merodeando por delante de su casa, algún coche aparcado que no conociera?

—No.

—¿Cierra con llave la puerta de su casa?

Traga saliva.

—Normalmente lo hacemos de noche, antes de acostarnos, pero no siempre de día. Fairhill no es del tipo de sitios donde se echa la llave a la puerta. —Hace una pausa porque ahora sabe que eso no es verdad. Antes, Brenda cerraba con llave por la noche, pero ahora se va a trabajar y deja que sea su hija quien lo haga. Nunca se le había ocurrido que no estuvieran seguras. Ahora sí que lo sabe. Ahora que es demasiado tarde—. La puerta estaba cerrada con llave cuando llegué a casa esta mañana.

Stone asiente.

—Cameron dice que vio anoche a su hija, que la llevó a casa a eso de las once, que vio cómo entraba y que, después, se fue a su casa. ¿Recuerda usted qué llevaba puesto su hija cuando se fue anoche a trabajar poco antes de las diez?

Brenda intenta concentrarse.

—Vaqueros y una camisa de cuadros, como de colores rojo y crema.

El inspector asiente.

—¿Se le ocurre alguna razón por la que su hija pudo volver a salir de casa por propia voluntad?

—No. ¿Han mirado su teléfono móvil?

—No lo hemos encontrado —responde Stone—. Ella no lo tenía y tampoco lo hemos visto en la casa. Por ahora, al menos. —Y añade—: Y la ropa que tanto Cameron como usted han descrito y que llevaba anoche también ha desaparecido. La chaqueta de pana y las zapatillas las han encontrado en la casa. Pero esta información no la vamos a hacer pública, así que, por favor, no lo cuente. Es muy posible que se tratara de alguna persona que ella conociera.

—Quiero irme a casa —dice Brenda con una sensación de mareo.

—Todavía están registrándola —le contesta Stone con tono suave.

—Quiero irme a casa —solloza ella—. Por favor, solo quiero irme a casa.

6

Aaron Bolduc es el gerente del Home Depot de Fairhill. Es un buen puesto y la mayoría de las veces se siente agradecido por tenerlo, pero ahora está sentado en su despacho, al fondo del enorme almacén, tan grande y con techos tan altos que se ven pájaros volando entre las vigas, y tiene la mirada fija en el raído papel secante de su mesa. Diana Brewer está muerta y él debe buscar a alguien que ocupe su turno de esta noche.

Oyó la noticia por la radio que siempre tiene encendida con poco volumen en su despacho. La dieron a eso de las 9.30. Estaba trabajando cuando dijeron que habían encontrado su cuerpo en las tierras de un granjero, a las afueras de Fairhill.

Se quedó sentado y completamente inmóvil mientras asimilaba la noticia.

Le caía bien Diana. A todo el mundo le caía bien Diana. Tendrá que ocuparse de gestionar a su equipo y la pena de cada uno mientras oculta la suya. Se pregunta si habrá ahora alguno que llame pidiendo una baja por «enfermedad», al verse incapaz de trabajar. Todos eran amigos de Diana. ¿Pero serán capaces de dejarlo en la estacada?

En los cursos de gestión no se trata este tipo de cosas. Dirigir equipos es difícil. Las personas son difíciles. Dirigirlas no es algo que le salga de forma natural. Hace lo que puede, pero el problema está en que es demasiado bueno y la gente se aprovecha. Para él, es una fuente constante de estrés el hecho de que, cuando se es demasiado bueno, los demás te van a joder vivo. Entrarán un par de minutos tarde mientras él se angustia por que no se presenten. Diana no era así; siempre llegaba, al menos, cinco minutos antes del comienzo de su turno. Siempre se mostraba alegre y atenta y le trataba con respeto. La mayoría de sus empleados necesitan mano dura, pero a él no le sale de forma natural. Es un hombre complaciente. Quiere agradar. Nació en una familia dividida por los enfrentamientos; él era el hijo mediano, el pacificador. Y, a veces, le parece que dirigir a su personal es muy similar a manejar a su familia, solo que son muchos más y su puesto de trabajo está en riesgo.

La muerte de Diana va a afectar a todos. Hará lo posible por ayudar a su equipo a superarlo. Se le da bien dar consuelo, mostrarse comprensivo y compasivo, intentar hacer felices a todos. En un momento de crisis como este no habrá nadie que cuestione su autoridad, ¿no?

¿Pero quién va a consolarle a él? La verdad es que adoraba a Diana. Pero debe hacer todo lo posible por ocultar su pena.

Riley se encuentra profundamente alterada cuando sale del despacho del director. Las preguntas de la policía la han puesto nerviosa. Ve a Evan esperando en una silla junto a la puerta del despacho, con la cara surcada de lágrimas.

—¿Estás bien? —le pregunta él poniéndose de pie.

Ella niega con la cabeza, aturdida. Pero, a continuación, aparece un agente de policía en la puerta.

—Evan Carr, pasa, por favor —dice.

No les da tiempo a hablar más. Riley se da la vuelta.

Han asesinado a Diana y han abandonado su cuerpo en el campo. Riley se siente entumecida por el horror y la incredulidad. Pasa rápidamente junto a la cola de alumnos que esperan para hablar con los agentes, se dirige al baño de chicas que está justo al salir del despacho y vomita con todas sus fuerzas en uno de los compartimentos. Después, se queda inclinada sobre el váter, dando arcadas y llorando. Oye que entra una de las secretarias del despacho, se acerca a ella y le pregunta si se encuentra bien.

—Estoy bien —consigue responder—. Me voy a casa.

La secretaria permanece junto al compartimento cerrado, pero Riley se niega a abrir la puerta y salir. La mujer le habla de una sala tranquila que está en la enfermería, por si quiere irse allí por ahora. Se ofrece a llamar a su madre. Pero Riley se niega también a eso y, al final, la mujer se marcha tras decirle que puede hablar con los psicoterapeutas especializados en duelos y que quizá debería quedarse.

Riley quiere irse a casa. Quiere estar con su madre. La ha llamado para contarle la terrible noticia y está volviendo a casa desde el trabajo. Ya habrá llegado.

La pérdida le resulta abrumadora. No puede asimilarla. Diana es su mejor amiga. Se conocieron en tercero, cuando Riley se mudó a Fairhill, y la amable y simpática Diana la acogió bajo sus alas. Fueron mejores amigas desde entonces. Crecieron juntas, lo compartieron todo, desde los campamentos de verano hasta la ropa. Sin ella, su vida va a estar muy vacía. Ni siquiera es capaz de imaginárselo. La madre de Diana debe de estar destrozada. Y también Cameron, y Evan. ¿Cómo va a superarlo ninguno de ellos?

Por fin, sale de la cabina y se marcha en silencio del instituto. Va pensando en el interrogatorio mientras atraviesa sola el aparcamiento y emprende el camino a su casa, con la cabeza agachada. Los agentes le han hecho muchas preguntas, pero ella estaba tratando de asimilar la muerte de Diana. Es todo muy confuso, pero ahora intenta organizar sus recuerdos, precisar algunas cosas. El director Kelly estaba allí, en su mesa, mirándola con enorme compasión.

Les ha contado que Diana era su mejor amiga, que lo compartía todo con ella, que si hubiese algo malo en la vida de Diana ella lo sabría con toda seguridad. Diana se lo habría contado. Le iba bien con Cameron. Estaban enamorados. Está segura de que les ha dicho eso. ¿Qué más les ha contado? No lo recuerda.

La última comunicación que tuvo con Diana fue cuando se estuvieron enviando mensajes anoche, poco antes de las diez. Los agentes le habían pedido si podían ver su móvil y habían leído los mensajes. Diana le había escrito que iba a ver a Cameron sobre las diez, que iría hasta su casa a recogerla. Eso fue lo último que Riley supo de ella.

Les ha contado que se había empezado a preocupar al

ver que Diana no respondía a sus mensajes de esa mañana. No era normal en ella.

Le han preguntado por otros alumnos, con quién se veía Diana, qué hacía en su tiempo libre, a dónde iba. Pero Riley no cree que haya sido de mucha ayuda. Les ha contado que no sabe de nadie que quisiera hacerle algo malo a Diana.

¿Cómo va a enfrentarse a este dolor? No puede separarse de Diana. Nunca va a sentirse preparada para hacerlo.

Entra en la casa y, de inmediato, su madre la rodea con un fuerte y cálido abrazo. Riley se deja caer en sus brazos. Nunca la ha necesitado tanto como ahora. Pero su madre no puede hacer que se sienta mejor. Nadie puede.

7

Para Cameron, el corto trayecto hasta su casa desde la comisaría en la camioneta de su padre resulta insoportable. Su madre va también de camino a casa en su coche. Él ha preferido ir con su padre; a pesar de todo, le sigue dando muchísima vergüenza que su madre haya oído todo eso sobre su vida sexual. En cierto sentido, no le resulta tan embarazoso con su padre. Ahora está sentado junto a él en el asiento del acompañante, con las manos apretadas sobre los muslos, mirando por el parabrisas delantero. Traga saliva antes de hablar.

—Papá…

—¿Sí? —Su padre le lanza una mirada de preocupación.

Cameron no ha visto nunca a su padre así de consternado, aunque está seguro de que está tratando de mostrarse fuerte. Eso hace que a Cameron le angustie aún más suponer qué es lo que su padre estará pensando en realidad.

—Algunas de esas preguntas…, ¿crees que sospechan que yo…? —Ni siquiera puede decirlo en voz alta.

—¡No! —Su padre le mira fijamente—. Ni lo pienses siquiera, Cameron. Tienen que hacer esas preguntas y tú les has contado la verdad. Es imposible que crean que tú tienes nada que ver. No tienes por qué preocuparte.

Cameron mira de reojo a su padre, que ahora está concentrado en la carretera con una expresión imposible de interpretar. Pero Cameron no le ha contado a la policía la verdad. Y no está seguro de si su padre lo sabe o si está fingiendo. Cameron le ha dicho a la policía que dejó a Diana en su casa a las once. Hasta ahí es verdad. Ella entró en la casa. Cerró con un portazo. No se despidió con la mano.

Él aceleró haciendo derrapar los neumáticos por la calle al marcharse porque estaba enfadado. Estaba furioso porque, después del sexo, habían tenido una desagradable discusión: su primera pelea seria. No soporta pensar en ello. Volvió y aparcó en el camino de entrada de la casa de sus padres mientras trataba de tranquilizarse. Entró. Sintió la necesidad de dar golpes contra algo, pero no quería despertar a sus padres. Se dejó caer en el sofá de la sala de estar y estuvo un largo rato a oscuras, dándole vueltas a todo. Ni siquiera se quitó la chaqueta. Y, luego, se levantó y volvió a salir. Subió a la camioneta y regresó a casa de Diana. No sabía si quería pedirle perdón o continuar con la discusión. Eso dependería de ella.

Lo que ahora no sabe, sentado en la camioneta con su padre, es si él lo oyó llegar a casa y salir de nuevo y si es posible que lo oyera regresar mucho después. No sabe si su padre está al tanto de que ha mentido. No ha dicho nada en la comisaría. Pero tampoco sería capaz, ¿no? Su madre siempre duerme con tapones en los oídos, así que ella no le preocupa. Pero su padre sí pudo haberle oído. De ser así, no pudo decirle nada al respecto esta mañana, porque ya se había marchado cuando Cameron se levantó.

«Les has contado la verdad. No tienes por qué preocuparte». Aunque su padre lo sepa, no va a decir nada. No tiene por qué inquietarse por eso. Pero Cameron no sabe si es porque su padre es su cómplice o porque no tiene ni idea de lo que oculta su hijo.

Y hay una cosa más: ¿y si le vio alguien?

Al menos, ese miedo tan abrumador mitiga su verdadero dolor.

Otro tipo de buitres, piensa Roy con desagrado mientras desde el camino observa a los periodistas merodear por los márgenes de su propiedad, donde la policía los ha retenido. Se gira y mira hacia el terreno, que ha quedado delimitado con una cinta policial amarilla a lo largo de toda la valla. Todo esto le parece de lo más incongruente: la cinta de seguridad sobre el verde luminoso del campo, los coches patrulla y las furgonetas de la policía científica, la gente haciendo su trabajo, algunos con uniformes de policía y otros con monos blancos. Han levantado rápidamente una carpa blanca por encima del cadáver para poder estudiarlo todo *in situ* y con privacidad, alejados de los focos. A su lado están los operadores de cámara con sus pesados equipos y los reporteros con sus rostros maquillados, su avidez y su falta de respeto. La mayoría no son de por aquí. Han llegado de todas partes a toda velocidad.

Cuando volvió a la granja subido en su tractor para

contarle a su mujer lo que había encontrado, entró en la cocina, donde ella, que estaba preparando un pastel, le preguntó cómo era que había vuelto tan pronto. Después, se dio la vuelta y le vio la cara.

—¿Qué ha pasado? —exclamó. Como si supiera que había muerto alguien.

Él se lo contó sentado en la mesa de la cocina, esa vieja mesa de pino llena de marcas donde parece que se deben dar todas las noticias en su casa, las buenas y las malas. Había una chica muerta en sus tierras. Gracias a Dios, no era su hija. Resultaba impactante, espantoso; pero, al menos, no les afectaba de forma directa.

Su mujer no quiso ir al campo. «No quiero verlo», dijo negando con la cabeza y con gesto serio. Pero él sí ha vuelto. No quiere que la gente deambule por toda su propiedad. Quiere que se lleven el cadáver y que los de la policía científica y todos los demás salgan de sus tierras. Resulta de lo más perturbador y está deseando que todo vuelva a la normalidad. Él cuenta con ese lujo, con que todo puede volver a la normalidad; sabe que para la familia Brewer no va a ser así.

A medida que va avanzando la mañana, mientras ve a las autoridades realizar su trabajo, Roy se pregunta cómo terminó ella en su campo. ¿Qué es lo que no vio anoche mientras dormía en su cama? Alguien debió de traer a la chica por este solitario camino, meterla en su propiedad y dejarla allí para que se la comieran los pájaros.

Intenta imaginar qué tipo de persona podría hacer eso. Pero su mente se bloquea. No conoce a nadie que pueda hacer algo así.

Diana está muerta.

No me lo puedo creer. Debo de estar en shock. Me encuentro en casa, en mi dormitorio, escribiendo en mi portátil mientras trato de procesar qué es lo que ha pasado. No sé qué más puedo hacer. Veo que las manos me tiemblan al escribir. No dejo de equivocarme al pulsar las teclas. Si me limito a seguir escribiendo quizá consiga tranquilizarme. Si no, es posible que me desintegre.

Diana está muerta. La han asesinado. Y es como si el mundo se hubiese detenido.

La policía ha llegado a nuestra clase de Lengua para decírnoslo. Ha sido como un puñetazo en el estómago y todavía no consigo respirar bien. La vi ayer, después de clase, y se encontraba bien. No consigo unir eso con la idea de que ya no esté aquí. Me parece imposible.

Querían hablar con todo el que la conocía, para ayudarles en la investigación. Primero han hablado con Riley mientras yo esperaba en la puerta del despacho, con una cola de más alumnos detrás de mí. Han cerrado las cortinas de la ventana interior para que nadie pudiera ver lo que pasaba. Riley ha estado ahí dentro un montón de rato.

Muchos de nosotros estábamos llorando y abrazándonos unos a otros. Todos estábamos destrozados. Nos han recibido de uno en uno a todos los que la conocíamos bien. Primero a Riley, luego a mí. Al parecer, ya estaban hablando con Cameron en algún otro sitio, probablemente en su casa, porque tiene la primera hora libre y entra tarde los viernes. Debe de estar volviéndose loco. Creo que la quería de verdad.

¿Cómo vamos a vivir sin ella? ¿Cómo voy a vivir yo sin ella? Era una muy buena amiga. No solo conmigo, con todos. No parece real. Tenía una maravillosa vida por delante y, ahora, no está. Así, de repente. Joder, qué injusto es. No puedo dejar de llorar y las lágrimas caen sobre el teclado. Diana era la única que me comprendía.

Cuando entré en el despacho, estaba el director Kelly, sentado detrás de su mesa, y consiguió decirme: «Lo siento mucho, Evan». Parecía que iba a romperse en dos, pero creo que todos estábamos igual. Los dos agentes me pidieron que me sentara. Se presentaron, pero no me he quedado con sus nombres. Me preguntaron cómo me llamo, dónde vivo, y tomaron nota de todo. De repente, me puse nervioso sin venir a cuento. Pero creo que mucha gente se siente así con la policía.

Me preguntaron cómo era mi relación con Diana y les dije que éramos buenos amigos. Me preguntaron si sabía si Diana tenía problemas con alguien y les contesté que no, que todo el mundo se llevaba bien con ella, que era muy popular. Me entraron otra vez ganas de llorar y me costó un verdadero esfuerzo no hacerlo. Después, me preguntaron si ella tenía algún tipo de «comportamiento peligroso», y no supe qué responder. ¿Acostarte con tu novio es un comportamiento peligroso? No estaba seguro. Debieron de ver que estaba confuso, porque aclararon la pregunta: ¿consumía drogas, salía demasiado de fiesta?

Me dijeron que podía responderles con sinceridad, contarles la verdad, que nadie iba a tener ningún problema si lo hacía. Negué con la cabeza y les dije que Diana jamás habría consumido drogas, que bebía un poco, como todos. Me pareció bien confesar eso, aunque ninguno llegamos a la edad legal para consumir alcohol. Les conté que era una buena estudiante, una buena amiga y que tenía un trabajo de media jornada. Nunca se metía en líos.

Después, me preguntaron por Cameron, si lo conozco bien. Les dije que es amigo mío, que nos conocemos desde los seis años. Empezaron a preguntarme cómo era la relación entre los dos y les dije que era buena. Insistieron en si había algún problema entre ellos. En mi opinión, Cameron se estaba poniendo demasiado posesivo y eso empezaba a molestar a Diana. Pero no les conté nada. No creo que Cameron haya asesinado a Diana, así que les dije que no tenía conocimiento de ningún problema y que parecían felices de estar juntos. Les dije que ella le contaba a Riley más cosas que a mí, que Riley sabía todo lo que pasaba en la vida de Diana.

Luego me preguntaron si sabía si había alguien «interesado» en Diana, aunque ella ya estuviese saliendo con Cameron. Me encogí de hombros y les dije que era guapa, que todo el mundo quería salir con ella, y entonces me miraron directamente a los ojos y uno de ellos me preguntó: «¿Y tú?». Pero les contesté que solo éramos amigos, que no estaba interesado en Diana en ese sentido.

Y eso fue todo. Me dijeron que, si se me ocurría algo, me pusiera en contacto con ellos, y me dieron una tarjeta.

Después, me vine a casa. Quería estar solo. Aquí no

hay nadie; mis padres están trabajando. Cuando llamé llorando a mi madre desde el instituto para contarle lo de Diana, me dijo que se venía directa a casa, pero le pedí que terminara de trabajar, que me quedaría por el instituto un rato para estar con mis amigos. A mi padre no me he molestado en llamarlo.

8

Este sueño parece no tener fin. Ha cambiado de repente, como suele pasar en los sueños, que no tienen ninguna lógica. Ya no estoy en el campo con esa chica muerta que se parece a mí. Ahora estoy en casa con mi madre. Está sentada en la sala de estar, llorando, mientras unos policías y unas personas vestidas con monos blancos se mueven por la casa. Resulta muy extraño, como si estuviese viendo un programa de televisión. Estoy aquí, pero no formo parte de la escena.

Me preocupa mi madre. Parece tan desdichada que casi me da miedo, igual que cuando he visto a la chica en el campo. Extiendo la mano para acariciarle el hombro. «Mamá, estoy aquí».

Pero no me hace caso. No me ve, no me oye, no hace otra cosa que seguir llorando. Me siento un momento a su lado e intento llamar su atención. No funciona. No puedo consolarla. Me rindo y empiezo a seguir a la gente de una habitación a otra, curiosa. Es evidente que creen que me han asesinado. Por eso este despliegue. Me pregunto qué significa soñar con tu propio asesinato. Quiero gritar: «¡No es más que un sueño!». Y sí que grito después, sin decir nada, para ver si alguien, quien sea, me percibe. Pero parece que no me oye nadie. Es como si hubiera un panel de cristal completamente inmaculado entre ellos y yo. Extiendo la mano, pero no hay nada.

Ahora siento miedo, y empiezo a entrar en pánico cuando el sueño se va convirtiendo en una pesadilla. Les grito a todos: «¡No me ha pasado nada! Estoy bien. ¡Estoy aquí!». Pero siguen con su labor, sin hacerme caso. Buscan huellas por todas partes, ensuciándolo todo con su polvo oscuro. Tienen la cabeza inclinada sobre su tarea, impertérritos. Ahora estoy en mi habitación, viendo cómo levantan la alfombra. No quiero que estén aquí dentro, fisgoneando entre cosas que no son suyas. Es una invasión de mi intimidad. No me gusta esto. Soy una persona discreta; no lo comparto todo. Nadie lo hace. Todos tenemos secretos, cosas que nos reservamos para nosotros mismos y que jamás querríamos que nadie conociera.

Siento un cosquilleo en el fondo de mi mente, algo que debería recordar, algo importante. Pero no consigo saber qué es. Me digo a mí misma que no importa. Pronto me despertaré y, de todos modos, es probable que no recuerde nada de esto. Normalmente no recuerdo lo que sueño.

Paula Acosta ha vuelto a su clase vacía. No soportaba seguir en la sala de profesores, en medio de la conmoción de todos mientras hablan de Diana entre susurros. Está tratando de asimilar la noticia por su cuenta, de recuperar la compostura antes de volver a casa y ver a Taylor. Las clases de los cursos superiores se han cancelado para el resto del día; a los alumnos de los cursos inferiores los mandarán a casa por la tarde. Ella se irá a la suya para estar con su hija.

Paula piensa en Diana, en lo encantadora que era, en lo mucho que prometía y en la forma tan terrible y aterradora en que ha debido de morir. No conocen muchos detalles, pero sabe que la han estrangulado y que la han dejado desnuda en la tierra de un granjero. ¿Quién ha podido hacerle eso? La policía va a interrogar a Cameron. Espera que no sean demasiado duros con él. No es más que un muchacho y es evidente que adoraba a Diana. Esto lo va a destrozar por completo. Piensa en todos los demás que van a verse afectados por la muerte de Diana, en las muchas vidas que irreversiblemente van a cambiar para peor. Su madre, sus amigos, toda la comunidad, además de todas las personas que se cruzaron en su vida. Era una chica muy positiva; habría hecho cosas buenas en el mundo, y bien sabe Dios que este mundo necesita más personas así. ¿Por qué ha tenido que morir? Es tremendamente injusto.

Los pensamientos de Paula se vuelven más agitados cuando piensa en quién ha podido hacerlo. Quizá haya sido un vagabundo que pasaba por la zona o algún preso en libertad condicional. Un forastero. Pero ¿y si no ha sido alguien que estuviera de paso? ¿Y si sigue por aquí? Ella tiene una hija joven. La idea de que haya un depredador ahí fuera la asusta.

¿Y si no ha sido un forastero? No sabe si eso sería mejor o peor. ¿Y si ha sido alguien a quien Diana conocía?

Ahoga un grito. Ha recordado algo que ha hecho que el corazón le dé un vuelco. Es... perturbador. Apoya la espalda en la silla y se siente un poco mareada. Espera a que se le pase y decide qué hacer.

Es consciente de que cada vez es más propensa a obsesionarse con los aspectos más espantosos del mundo actual, a pensar lo peor. En su opinión, todo se está yendo al garete. Pero ahora debe mantener la compostura; no puede permitir que su hija ni sus alumnos sepan qué es lo que piensa de verdad. Debe mantener cierto optimismo por ellos.

Riley está en su dormitorio a primera hora de la tarde cuando su madre llama a su puerta y la abre.

—Riley, ha venido Evan. ¿Quieres hablar con él?

Riley levanta los ojos hacia su madre desde el lugar de la cama donde está sentada con su ordenador. Su madre la ha estado consolando, abrazándola durante un largo rato mientras ella lloraba. Pero luego, cuando Riley ha querido quedarse sola, su madre le ha dado un poco de espacio. Riley piensa un momento, insensible: ¿quiere ver a Evan? La verdad es que no quiere hablar con nadie. Lo que desea es estar a solas con su pena, pero se trata de un buen amigo y ella sabe que sería cruel no verle. Evan también lo está pasando mal. Se levanta de la cama.

—Claro.

Baja detrás de su madre.

Evan y ella se abrazan como lo hace la gente cuando sucede algo espantoso y, después, lo lleva a la sala de la televisión y cierra la puerta. Evan tiene muy mal aspecto. Está segura de que el suyo no es mejor. Se quedan quietos un momento, mirándose.

—No me puedo creer que esté muerta —dice Riley por fin—. No sé qué vamos a hacer sin ella.

—Yo tampoco —contesta Evan.

Se sientan en un pesado silencio.

—¿Qué le has contado a la policía? —le pregunta Riley después.

Él se encoge de hombros.

—Poca cosa. Que no sé de nadie que quisiera hacerle daño. ¿Y tú?

Intenta pensar. Le cuesta recordar lo que les ha contado. Estaba impactada.

—Lo mismo. Les he dicho que no conozco a nadie que quisiera hacerle daño a Diana. —Hace una pausa—. Pero me he dejado cosas sin decir.

—¿Qué cosas?

Ella le mira y, después, le pregunta:

—¿Qué les has contado de Cameron?

—¿Qué has dicho tú? —responde Evan.

—Creo que les he dicho que todo iba bien entre ellos.

—Lo mismo que yo.

Se quedan mirándose, incómodos.

—Pero no estaban bien del todo —confiesa ahora Riley.

—No —se muestra de acuerdo Evan—. Pero sabemos que es imposible que Cameron la haya matado, así que no tenemos por qué decir nada, ¿no?

Pero, ahora, Riley vacila. Sabe que últimamente las cosas no iban muy bien entre Cameron y Diana. Cameron se había ido volviendo cada vez más posesivo con ella, incluso un poco controlador. Diana sonreía menos y estaba más callada. Evan debía de haberse dado cuenta también. Diana se había sincerado por fin con Riley la semana pasada. Le contó que Cameron estaba yendo demasiado en serio y que ella empezaba a querer echarse atrás. A él no le gustó eso y estaba insistiéndole en que se comprometieran.

«Tengo diecisiete años —se había quejado Diana ante Riley—. ¿Cómo es posible que quiera que nos comprometamos más? No voy a casarme siendo una adolescente. Voy a ser veterinaria. Voy a ir a la universidad».

«Así es —había asentido Riley—. Eso ya lo sabe él. Siempre lo ha sabido».

«Sí. Pero ahora quiere que vayamos el año que viene a la misma universidad. No para de insistirme».

«Vaya», había contestado Riley.

«Exacto. No voy a limitar mis opciones para incluirlo a él. O sea, yo le quiero, pero para mí no es una cosa para toda la vida. —Parecía preocupada—. No quiero ir a la misma universidad. No estoy preparada para sentar la cabeza. ¿Pero cómo se lo digo? Es un encanto y me adora. Somos muy felices juntos y no quiero hacerle daño».

«Pero tendrás que decírselo como sea —había contestado Riley—. Y quizá sea mejor que lo hagas cuanto antes». En parte, esto se lo dijo por puro egoísmo, porque la verdad era que no le gustaba que Diana hubiese empezado a pasar tanto tiempo con Cameron y menos con ella.

«No sé. Todavía queda casi un año para la universidad —le había respondido Diana. Y después, con el ceño fruncido, había añadido—: Pero cuanto más tiempo deje pasar, más difícil va a ser».

Riley piensa ahora en el consejo que le había dado a Diana y, de repente, siente que el estómago se le revuelve.

—Diana estaba pensando en cortar con él —suelta de improviso.

—¿Qué? —Evan la mira sorprendido—. ¿Por qué lo crees?

—Porque él estaba empeñado en que fueran a la misma universidad el año que viene y ella no quería —le contesta—. Diana salió anoche con él, después de que su madre se fuera a trabajar. Eso sí se lo he contado a la policía. Les he enseñado el mensaje que me envió diciéndomelo. Él iba a recogerla. ¿Debería haberles contado también que ella estaba planeando cortar con él? —De repente, siente que palidece—. Quizá lo hizo anoche.

Evan la mira con expresión de espanto por lo que está sugiriendo.

—Cameron no le habría hecho daño.

—Pero... ¿deberían saberlo? ¿Debería contárselo?

La mira, inseguro.

Riley se acuerda de la tarjeta que le ha dado el agente en el instituto y que tiene guardada en su bolsillo.

—¿Qué vas a hacer? —le pregunta Evan.

—No lo sé.

9

Brad Turner, el profesor de gimnasia, ha estado sentado en la sala de profesores con el resto desde que han enviado a todos los alumnos a sus casas a la hora de comer. Está tratando de mantener la compostura, igual que los demás. Es como un minivelatorio improvisado en la sala de profesores; alguien ha traído dónuts y están sentados alrededor de la mesa, hablando de Diana, recordándola, especulando sobre lo que ha podido sucederle, mirando en sus teléfonos las noticias que salen por internet. Como entrenador de atletismo de Diana, es probable que la conociera mejor que sus otros profesores. Escucha cómo todos van entonando sus elogios.

«Era una buenísima estudiante de matemáticas».

«Quería ser veterinaria. También se le habría dado bien».

«Su pobre madre…, una madre soltera, y Diana era su única hija. Ahora se va a quedar completamente sola».

«¿Quién ha podido hacer algo tan horrible?».

«Espero que cacen al cabrón que la ha matado».

—Era una atleta con mucho talento —dice Brad—. La mejor corredora del equipo de campo a través.

Los demás le miran compasivos y asienten.

«Era muy buena chica».

«Con mucho potencial».

No puede seguir escuchándolos. Se levanta de la silla de la sala de profesores y, por segunda vez, se dirige hacia el despacho. Quiere hablar con el director Kelly a solas, si puede ser. La última vez que ha ido a mirar, había todavía alumnos esperando para entrevistarse con los agentes de la policía. Ahora, todos los estudiantes se han ido, pero la puerta del despacho del director está cerrada y las cortinas siguen echadas. Se pregunta si Kelly se encuentra ahí dentro y si estará solo.

Justo en ese momento, la puerta se abre. Salen dos policías estatales y Kelly los sigue. Brad se esconde en el pasillo de la izquierda antes de que le vean y emprende el regreso a la sala de profesores. A medio camino, se detiene en uno de los baños del personal. Se siente aliviado al ver que está vacío. Está deseando tener un minuto a solas, donde nadie pueda verlo, donde no tenga que fingir que nada de esto le afecta a él personalmente.

Se coloca ante uno de los lavabos, se mira en el espejo y deja que todo su miedo y su pánico afloren durante un momento, deformando su habitual rostro atractivo y seguro. Se mira como si estuviese hipnotizado. ¿Está pasando esto de verdad? Se echa agua fría en la cara una y otra vez. Cuando vuelve a incorporarse, se da cuenta de que está temblando, que ha salpicado agua sobre su camisa oscura y que se le nota. El corazón se le acelera. Debe tranquilizarse.

Se seca bien la cara con una toalla de papel y decide volver a la sala de profesores. Pero dentro de un momento. Necesita algo más de tiempo.

Viernes, 21 de octubre de 2022, 14.00 horas

Estoy de nuevo en casa, en mi dormitorio, escribiendo en el portátil porque no sé qué más hacer.

Al salir de la casa de Riley estaba muy inquieto por lo que me ha contado, que Diana iba a cortar con Cameron. Yo no sabía nada. De repente me he visto caminando hacia la casa de Cameron. Hay un buen trecho, porque su casa está a las afueras de la ciudad, pero quería tener un poco de tiempo para pensar. Estaba convencido de que Cameron no había asesinado a Diana, pero, después de lo que me ha contado Riley, en fin..., hay muchas cosas que asimilar y todas son un poco perturbadoras. Necesitaba hablar con él, quedarme tranquilo.

Me inquieta lo que Riley está pensando. Está claro que a ella también.

Conozco a Cameron de toda la vida, desde que íbamos a primaria. Creo que lo conozco bastante bien. La mayoría de las veces es de trato fácil. Un chico tranquilo y agradable. Es simpático hasta que le presionas demasiado y, en ese momento, estalla. Suena mal y no es fácil que le pase, pero, si lo haces, cuidado. He intentado imaginármelo perdiendo los estribos con Diana, pero no lo consigo. La adoraba. Y ella jamás lo provocaría, porque no es así.

Recuerdo una vez que estábamos en noveno y había un chico que siempre le estaba vacilando, uno de los que vienen en autobús desde las granjas. Cameron todavía no había crecido ni había ganado peso y el otro chico era mucho más grande. Cameron se estuvo aguantando mucho tiempo, fingiendo que no le importaba. Pero entonces, un día que estaban en el instituto, se le fue la cabeza y se las arregló para tirar al suelo al otro chico de un empujón y empezar a darle puñetazos en la cabeza. Tuvo que apartarlo un profesor. Iba pensando en eso de camino a la casa de Cameron. Probablemente en el instituto haya algún registro de aquello.

En fin, que, cuando llegué a la casa de Cameron, tenía un nudo en el estómago. Me costaba creer que él hubiera podido hacerle nunca algo a Diana, pero me preocupaba lo que podían pensar de él.

Tanto el coche como la camioneta estaban en el camino de entrada. Por supuesto, sus padres ya habían llegado a casa. Llamé a la puerta y salió el padre de Cameron. Tenía un aspecto espantoso. Volví a echarme a llorar allí mismo, en la puerta. Sentí mucha vergüenza, pero no podía evitarlo. De repente, parecía que todo se me venía abajo.

El señor Farrell me abrazó durante un rato. Después, me soltó y me dijo que lo sentía mucho, que era una tragedia. Vi que también tenía lágrimas en los ojos. Le pregunté si podía hablar con Cameron, pero negó con la cabeza y me dijo que no quería ver a nadie, que estaba muy impactado, que la quería. Se atragantó al decir «la quería» y le costó mantener la compostura. En ese momento, me sentí menos avergonzado por haber llorado delante de él.

Le pregunté si Cameron se había entrevistado con la policía y me dijo que lo había hecho esa mañana, pero estaba claro que el señor Farrell no tenía ganas de hablar de ello. Yo estaba deseando poder ver a Cameron, pero no se lo volví a pedir.

Cuando me di la vuelta para regresar a casa, recordé que Cameron siempre estaba tocando a Diana, cogiéndola constantemente de la mano, pasándole su enorme brazo por encima del hombro, agarrándola de la cintura. Y el fin de semana pasado, en una fiesta, vi que ella se apartaba para hablar con alguien y que él frunció el ceño, dejó su cerveza y se fue detrás de ella. Se trataba simplemente de un grupo de chicas a las que quería saludar, pero Cameron se quedó allí, al lado de ellas, haciendo un poco el ridículo. No pareció que nadie más se diera cuenta, pero me pregunto ahora si Riley sí lo vio. No lo hemos hablado.

De camino a casa, me sentía perdido, hecho un lío. Afectado por lo de Diana, al imaginarme cómo será la vida ahora sin ella. Probablemente nuestro pequeño grupo se separará.

Y ahora estoy de vuelta en mi habitación, a solas con mi ordenador, mientras intento verle el sentido a algo que jamás en la vida lo tendrá.

10

Riley está nerviosa. Es primera hora de la tarde y se encuentra en la comisaría con su madre. Está siendo el peor día de su vida y ya tiene la sensación de que ha durado una eternidad, que nunca va a acabar. Tiene la boca seca mientras se sienta en la mesa de la sala de interrogatorios. Su madre se sienta a su lado, claramente preocupada por su estado emocional, y le da un apretón en el hombro. Alguien coloca una botella de agua en la mesa delante de ella.

Hay dos policías en la sala con ellas. El hombre se presenta como inspector Stone. Ronda la edad de su madre, cuarenta y tantos años, y parece agradable. Su compañera, la inspectora Godfrey, es más joven y le sonríe con gesto alentador. Riley se pasa la lengua por los labios secos y se pregunta si está haciendo bien mientras intenta prepararse.

—Riley —empieza el inspector Stone—, esto debe de resultarte muy complicado. Sabemos que ya has hablado esta mañana con los otros agentes en el instituto. ¿Qué te trae por aquí ahora? ¿Hay algo más que nos tengas que contar?

—La vuelve a mirar, esperando—. ¿Eras muy buena amiga de Diana?

Riley consigue recuperar la voz para responder.

—Sí. Su mejor amiga. —Siente que el corazón se le empieza a acelerar. Mira a su madre en busca de aliento. Sabe que debe contarlo. La verdad es que ya no puede seguir ocultándolo.

Así que les cuenta que Cameron estaba presionando a Diana para que fueran a la misma universidad, que a ella no le gustaba la idea y que estaba planteándose romper con él. Se siente culpable, desleal, por estar traicionando a Cameron y llora desconsoladamente mientras les habla. Pero es más complicado que eso. Se siente culpable también porque fue ella la que animó a Diana a que rompiera con él. ¿Y si lo hizo? ¿Y si esa es la razón por la que está muerta? Se dice a sí misma que debe ser leal, por encima de todo, a Diana. Debe contarles la verdad a los inspectores y dejar que ellos le encuentren la lógica. Siente cierto alivio cuando acaba.

El inspector la escucha en silencio.

—Gracias por contárnoslo. Has hecho lo correcto —dice mientras Riley se seca los ojos con un pañuelo. Espera a que se recomponga y añade—: Hay otra cosa que queremos preguntarte. —Ella le mira—. Esta mañana hemos hablado con la madre de Diana y nos ha dicho que trabajaba en el Home Depot y que le había hablado de un cliente que le daba repelús. ¿Alguna vez te habló de eso?

Riley se había olvidado por completo de aquello. ¿Cómo es posible?

—Sí. Solo lo veía cuando iba a trabajar por las noches. Trabajaba sobre todo los domingos de día, pero algunas veces hacía los viernes por la noche hasta las diez. Él iba a veces. Diana me contó que siempre iba a su caja, aunque ella estuviese atendiendo a otra persona y la caja de al lado estuviese vacía. En una ocasión, otra chica le gritó al hombre que estaba libre, pero él contestó que prefería esperar y se quedó en la caja de Diana. Todo el mundo se dio cuenta.

—¿Te dijo su nombre?

—No lo sabía. Siempre pagaba en efectivo, nunca con tarjeta. A ella le resultaba raro. Pensaba que él era raro. Y se sentía incómoda.

El inspector asiente.

—¿Sabes si él intentó averiguar el nombre, la dirección o alguna otra cosa de Diana?

—Conocía su nombre de pila porque lo llevaba en la chapa. No creo que pudiera averiguar su apellido, porque ella no se lo pensaba decir, ni tampoco creo que nadie más lo hiciera. Sabían que a ella no le gustaba. Había tratado de flirtear con ella, pero a Diana no le gustaba.

—¿Alguna vez se acercó a ella fuera de la tienda?

Riley niega con la cabeza.

—Estoy segura de que nunca lo vio aparte de en la caja. Me lo habría contado.

El inspector espera a que diga algo más.

—Los del Home Depot lo sabían. Lo habían visto, tanto el resto del personal como el gerente, que sabía que Diana se ponía nerviosa cuando aparecía. Siempre acompañaban a las chicas a sus coches al terminar el turno de noche, como medida de seguridad. El gerente se aseguraba de que fuera así.

El inspector asiente.

—Hablaremos con ellos. Gracias por venir.

Aaron Bolduc está dando vueltas a sus problemas de plantilla cuando, por la tarde, una de sus empleadas asoma la cabeza por la puerta de su despacho.

—Han venido unas personas a verle.

Tiene la cara colorada y los ojos hinchados. Ha estado llorando todo el día por Diana, y no es la única. Pero, al menos, ha venido a trabajar y él se lo agradece.

—Gracias, Margaret. ¿Estás bien?

Ella asiente y se gira mientras dice:

—Los traeré a su despacho.

Aaron se endereza la corbata con manos temblorosas. Se esperaba que viniera alguien. Han asesinado a una de sus trabajadoras y querrán hablar con él y con sus compañeros.

Cuando llegan los dos al despacho, no traen uniforme. Se presentan como el inspector Stone y la inspectora Godfrey, de la Unidad de Delitos Graves de la policía estatal. No reconoce a ninguno de los dos. Está claro que no son de aquí.

—Es espantoso —dice Aaron con los ojos llorosos—. Sencillamente espantoso. —Sabe que él también debe de estar dando una imagen espantosa mientras lo dice—. Diana era una chica maravillosa. Es que no me lo puedo creer.

Los inspectores parecen impasibles, pero supone que es porque así lo exige su trabajo. No pueden permitir que les afecte personalmente.

El inspector Stone asiente.

—Tenemos entendido que había un cliente que estaba molestando a Diana.

Aaron suelta un fuerte resoplido.

—Ya. Sé a quién se refieren, pero no sé quién es. Un tipo grande, de pelo rojizo y barba desaliñada. Normalmente iba con una camisa de franela de cuadros rojos y negros y una cazadora por encima. Siempre pagaba en metálico, así que no sé cómo se llama. Ponía nerviosa a Diana porque merodeaba para pagar en su caja. —Y añade—: Diana era una chica encantadora. —Siente que se sonroja y aparta la mirada.

—¿Tiene cámaras de seguridad en la zona de las cajas?

—Sí. De hecho, creo que él estuvo aquí el viernes pasado por la noche, cuando Diana estaba trabajando. Puedo enseñárselo.

Aaron abre el programa del ordenador para revisar el vídeo en blanco y negro. Pasa a velocidad rápida y retrocede mientras busca al hombre de la camisa de cuadros. Por fin lo encuentra. Ven cómo se acerca sin prisa a la caja registradora de Diana. Aaron está viéndolo por primera vez en el vídeo y nota cómo la expresión de Diana cambia al detectar que se acerca. Ya no sonríe. Empieza a escanear sus artículos sin mirarle mientras él le habla. Aaron intenta leerle los labios, pero no puede distinguir lo que le dice. Sonríe, habla sin dejar de mirarla. Ella responde con monosílabos. Está tratando de no ser maleducada, pero no quiere entablar conversación. Sus movimientos son rígidos. Hay mucha gente y llega otro cliente detrás de él que se acerca con impaciencia mientras el hombre continúa hablando con Diana, pese a que su compra ya ha terminado.

—Párelo ahí —le dice el inspector.

Los policías observan con detenimiento el rostro del hombre.

—¿Tiene cámaras en el aparcamiento? —pregunta Stone.

Aaron niega con la cabeza.

—Me temo que no. Solo dentro de la tienda y en la zona que está pegada a las puertas.

Cambian de pantallas y ven cómo el hombre sale con su compra y desaparece en la oscuridad del aparcamiento.

—Habría estado bien ver el vehículo —dice Stone—. De todos modos, lo tenemos en las imágenes y vamos a averiguar quién es. Gracias, ha sido de mucha ayuda —añade el inspector—. Nos gustaría hablar con sus empleados, con cualquiera que trabajara con Diana, especialmente los viernes por la noche.

Aaron se estremece angustiado y espera que los inspectores no se den cuenta.

—Por supuesto.

11

Antes de salir del instituto, Paula fue a hablar con el director Kelly. La puerta de su despacho estaba cerrada y las cortinas echadas, y se preguntó si ya se habría marchado. Dio un toque en la puerta y él le contestó que pasara.

Parecía destrozado. Graham Kelly tiene unos cincuenta años y se mantiene en bastante buena forma, pero, de repente, parecía mayor. Su cara estaba más arrugada y su expresión mostraba más preocupación de lo habitual, y eso que se trata de un hombre que en sus días buenos luce un gesto atormentado. Pero pareció aliviado al ver que era ella. Son algo así como amigos, incluso se cuentan confidencias. Ella sabe de sus problemas con sus hijos, cosas que el director no le cuenta al resto de los profesores. Confía en ella. Paula sabe que no les cae especialmente bien a algunos de los profesores y se lo hacen pasar mal, pero a ella siempre le ha gustado como compañero de trabajo.

—¿Cómo lo llevas? —le preguntó Paula con tono compasivo.

Él negó con la cabeza. Parecía que no sabía qué decir.

—Lo superarás.

Kelly asintió en ese momento.

—Gracias, Paula. —Tomó aire antes de continuar—: El colegio reanudará su rutina el lunes. Dejaremos la bandera izada a media asta hasta que se ordene lo contrario. Va a haber en el instituto psicoterapeutas especializados en el duelo por si alguien los necesita. No sé todavía cuándo va a ser el funeral, pero el instituto cerrará ese día para que todos puedan asistir. Y haremos lo posible por ayudar a la policía en su investigación.

—Con respecto a eso… —dijo Paula con timidez.

Él la fulminó con la mirada.

—Lo siento, Paula, pero no puedo revelar nada de lo que ha dicho hoy la policía cuando ha estado aquí. Lo sabes.

—Claro que lo sé —contestó ella. Siguió mirándole, a la espera de que fuera él quien hablara de ello. Del elefante en la habitación. Al ver que no lo hacía, preguntó—: ¿Les has contado lo de Brad?

Él le lanzó una mirada casi gélida.

—No. No se lo he contado. No puedes pensar en serio que haya podido hacerlo él.

Paula hizo una pausa incómoda y continuó.

—¿No crees que deberías decírselo de todos modos? —Él no apartaba los ojos de ella. Añadió—: Es por tu propio bien.

Kelly le había contado unas semanas antes, de manera estrictamente confidencial, que Diana Brewer había ido a hablar con él sobre Brad Turner, el profesor de gimnasia, y que le dio a entender que había tenido un comportamiento inapropiado con ella. Kelly le dijo a Paula que había oído la versión de los dos, que concluyó que todo había sido un «malentendido» y que Diana no había querido seguir con el asunto. Kelly parecía seguro de que no había pasado nada, pero todo aquello había incomodado a Paula. Kelly no le quiso dar más detalles y ella se preguntaba si habría quitado importancia demasiado rápido a las preocupaciones de Diana. Deseaba haber estado presente para así haber podido manejarlo todo de una forma distinta. Desde entonces, le tenía inquieta la posibilidad de que su hija y las demás alumnas pudieran sufrir un trato inapropiado por parte del profesor de gimnasia. Pero Kelly le dijo que se había encargado de todo y que no había de que preocuparse.

—Si le hablo de esto a la policía, será el fin de su carrera, bien lo sabes —contestó Kelly—. Y no hay necesidad de eso porque él no hizo nada malo. Ni siquiera lo sabe su prometida. ¿Cómo crees que se sentirá Brad si ella se entera?

En ese momento, Paula notó que la cara se le encendía.

—Es que quizá debería enterarse. A lo mejor debería saber que el hombre con el que va a casarse ha sido acusado de una conducta inapropiada con una de las adolescentes a las que da clases.

Kelly se dejó caer aún más en el sillón de piel de su despacho y, al hacerlo, se oyó un crujido, como si protestara.

—¡No pasó nada! Ya te lo dije. Fue algo completamente inocente por su parte. Le ofendió que sus actos pudieran interpretarse de esa forma. Estaba muy avergonzado. —Kelly se sonrojó, se giró y añadió—: Creo que deberías concederle el beneficio de la duda.

—¿Pero qué vas a decir si la policía se entera y tú se lo has ocultado? —preguntó Paula.

—¿Y cómo se van a enterar?

—¿Y si Diana se lo contó a su madre?

—No quería que su madre lo supiera.

—¿Y si se lo confesó a alguno de sus amigos? —Paula vio cómo su expresión se volvía seria.

—Dijo que no quería que nadie se enterara. No creo que se lo contara a nadie. —Kelly soltó un fuerte suspiro y se quedó pensando un momento, claramente descontento—. Pero supongo que pudo hacerlo. Muy bien, creo que será mejor contárselo a la policía. —Su expresión era de profunda consternación—. Pero si esto sale a la luz, y es probable que así sea, le van a destrozar la vida, y por una tontería. Es imposible que él la matara, si es eso lo que crees.

Paula salió del instituto con una sensación de intranquilidad. Kelly parecía seguro de que las acusaciones de Diana no tenían fundamento, pero a lo mejor no era el más indicado para juzgarlo. Y Diana no respondía al perfil de chicas que presentan una queja de ese tipo, de ningún tipo, sin tener un motivo. Aunque, por otro lado, ¿conocía bien Paula a Diana? Era alumna suya, brillante, simpática y popular, pero lo cierto era que no tenía ni idea de qué cosas pasaban en la vida privada de Diana. ¿Cómo iba a saberlo? Ni siquiera sabe qué pasa en la vida privada de su propia hija.

Cuando Kelly le habló a Paula por primera vez de la queja de Diana, ella le había preguntado a Taylor, sin nombrar a Turner, si alguien del instituto, ya fuese profesor o alumno, la había incomodado. Taylor había evitado mirarla a los ojos y contestó: «No, mamá», con una expresión entre avergonzada y de hartazgo. Pero había obligado a su hija a que le prometiera que, si le pasaba algo parecido, se lo diría, y eso alivió su preocupación.

Ahora, Paula llega a su casa y aparca en el camino de entrada. No quiere ni pensar que el simpático profesor de gimnasia haya podido tener algo que ver con lo que le ha ocurrido a Diana.

Taylor está ya en casa después de venir andando con otras chicas de la misma calle, tras la insistencia de su madre cuando estuvieron enviándose mensajes antes. Paula encuentra a su hija en la cocina, cortando una manzana. Normalmente, no le da un abrazo a Taylor después de las clases, pero hoy la rodea fuertemente con los brazos y su hija se retuerce para apartarse.

—¿Estás bien? —le pregunta Paula, angustiada. No tiene ni idea de cómo va a reaccionar su hija ante el asesinato de una chica de su instituto. Taylor no se ha enfrentado nunca a nada parecido. Ninguna de las dos, en realidad.

—Estoy bien —contesta Taylor a la vez que da un mordisco a la manzana—. Ni siquiera la conocía, mamá.

Paula se sorprende un poco ante la indiferencia de su hija. Quizá se trate de un mecanismo de defensa, de algo fingido. Algunas chicas del instituto estaban hoy llorando abiertamente, pero es verdad que Taylor no conocía a Diana; se llevaban varios años. Para Paula es como si todo hubiese quedado cubierto por una pátina de miedo. Han asesinado a una chica en su pequeña ciudad y no saben quién ha sido. El asesino sigue estando ahí fuera, y eso la aterra. Pero a Taylor parece no afectarle.

—Yo sí la conocía —dice Paula—. Estaba en mi clase. He sido profesora suya durante varios años y conozco a su madre.

Y, sin poder evitarlo, empieza a llorar por primera vez en todo el día, delante de su hija de trece años.

—Ay, mamá, lo siento. No pensé que…

—Recuerda esto —le dice Paula—: no quiero que salgas sola hasta que atrapen al que lo haya hecho.

12

Joe Prior monta en su camioneta a la hora de salida y se da cuenta de que su capataz le está mirando. Se pregunta qué estará pensando ese cabrón, quizá crea que es la última vez que va a ver a Joe Prior.

Esa misma tarde, el capataz se había acercado a Joe desde el otro extremo de la polvorienta obra con expresión seria para enseñarle una cosa en su teléfono. Era una foto de Joe, un poco desenfocada, pero no cabía duda de que era él. Joe no soltó prenda, pero ya lo había visto todo. También tiene teléfono. Ya sabía que la policía quería hablar con él sobre la chica que habían encontrado ese mismo día en un terreno de un agricultor de la zona. Estaba esperando a que alguien dijera algo. Joe miró el teléfono de su capataz y leyó la noticia con evidente recelo. Fue bajando la pantalla y vio también la foto de ella en la pantalla.

Mierda.

La foto de él debía de ser una imagen tomada de la cámara de seguridad del puto Home Depot. Levantó la mirada hacia su capataz, que le estaba observando con desconfianza.

—No he tenido nada que ver con eso —dijo Joe.

—Claro —contestó el otro hombre—. Pero a lo mejor deberías ir a hablar con ellos.

—Sí, bueno, iré ahora, si te parece bien.

—No, podrás ir cuando termines tu turno. —Y añadió—: Pero más vale que les llames para decirles que vas a ir.

Su capataz es un gilipollas. Joe había llamado a la comisaría y les había dicho que iba a ir más tarde. Se dio cuenta de que sus compañeros del trabajo le estuvieron mirando de reojo durante toda la tarde.

Ahora, Joe pone en marcha su camioneta, sale a trompicones de la obra y, después, se incorpora a la carretera que va a la ciudad y a la comisaría. No se molesta en volver antes a su apartamento para cambiarse.

Tienen una foto suya en el Home Depot. Es evidente que saben que estuvo tonteando con esa chica. No sirve de nada negarlo, aunque tampoco hay ninguna ley que lo prohíba. Se someterá a sus preguntas de manera voluntaria, pues no cree que haya otra opción. La gente del trabajo lo conoce; no habrían tardado en encontrarle.

Detiene el vehículo en el aparcamiento de la comisaría. Baja de su camioneta y entra en el edificio, todavía con sus vaqueros sucios, una camisa de franela que huele a sudor y sus botas de punta de acero, pero no cree que les importe. Se acerca a una agente del mostrador de recepción que le mira con los ojos abiertos de par en par.

—Me han dicho que quieren hablar conmigo —explica, y ella sale en busca de otro agente para que lo lleve hasta la sala de interrogatorios.

No tiene que esperar mucho. Entran en la sala dos inspectores y se presentan. Joe se queda mirándolos con atención. El inspector Stone, un hombre unos quince años mayor que él, parece bastante avispado; la otra es una mujer que se llama Godfrey y que también parece bastante lista. Pero Joe no cree que deba preocuparse demasiado. Apoya la espalda en su silla, tranquilo.

—Tengo entendido que me han estado buscando —dice.

—Sí, así es —responde Stone—. Gracias por venir.

—Por supuesto. Habría venido antes, pero mi capataz no me ha dejado salir hasta que terminara mi turno. —Y añade—: A veces, es un poco cabrón.

Stone asiente.

—¿Le importa que grabemos esta conversación?

—No, para nada —responde Joe, afable.

—¿Su nombre? —pregunta el inspector con un tono neutro.

—Joe Prior.

—¿Dirección?

—El número 119 de Division Street, Fairhill. Apartamento 214.

—¿Y a qué se dedica usted, Joe?

—A la construcción, sobre todo.

Stone asiente.

—¿En qué empresa trabaja?

—Ahora mismo en Byford Construction. Pero suelo cambiar. Voy a donde hay trabajo. Me dedico a la construcción general, nunca he aprendido ningún oficio.

—Va con frecuencia al Home Depot que hay aquí, en Fairhill —dice Stone.

—Como todo el mundo —contesta Joe con una sonrisa.

—Sabe quién es Diana Brewer y por qué queremos hablar con usted.

—Sí. Mierda. Una pena lo que le ha pasado. Era una chica guapa.

—Usted mostraba un interés especial por ella.

—Yo no diría eso —responde Joe—. Solo estaba siendo amable.

—Amable —repite el inspector—. No es eso lo que me han dicho.

Joe frunce el ceño.

—¿A qué se refiere?

—Nos han contado que usted la acosaba, que la molestaba en el trabajo, que flirteaba con ella. Y a ella no le gustaba llamar su atención. —Joe se encoge de hombros y los deja caer—. ¿Alguna vez vio a Diana fuera del Home Depot?

Joe niega con la cabeza.

—No.

—¿Alguna vez intentó ponerse en contacto con ella? ¿Le envió mensajes?

—No. —Ya se está hartando de esto. Se inclina hacia delante—. Están llamando a la puerta que no es. Buscan a un asesino y quieren que sea yo, pero siento decepcionarles, porque yo no lo he hecho.

—¿Dónde estuvo usted anoche? —pregunta Stone, inclinándose también hacia delante y colocando los codos sobre la mesa.

—Estuve en casa.

—¿Puede confirmarlo alguien?

—Pues sí —contesta Joe—. Vino un colega a casa después del trabajo. Tomamos unas cuantas cervezas de más y se quedó frito en mi sofá. No se ha marchado hasta esta mañana.

—¿Su nombre?

—Rodney Donnelly, pero le llaman Roddy. —Y añade—: Si quiere hablar con él, tengo aquí su teléfono. —Se lo enseña a Stone en los contactos de su móvil. El inspector anota el número—. ¿Es todo? —pregunta Joe.

—Solo una pregunta más. ¿Qué vehículo conduce usted?

—Una camioneta Dodge Ram de 2015. Está en el aparcamiento.

—¿Le importa si vamos a echar un vistazo?

—Sí, la verdad es que me importa. No porque tenga nada que ocultar, sino porque creo que en este país se deben proteger los derechos de las personas.

—De acuerdo —contesta Stone, asintiendo—. Eso es todo lo que necesitamos por ahora.

Joe sale de la comisaría y vuelve a montar en su camioneta. Pisa el acelerador y sale para su casa a toda pastilla.

13

Brenda está sentada en su cocina con su exmarido, Lee. Todo este día se ha ido desenrollando como la venda sucia que se quita de una herida, dejando a la vista un horror indescriptible. Cada vez que piensa en los últimos momentos de Diana siente un pánico que la ahoga, como si ella también fuese a morir. Pero sigue aquí, apresada en este espantoso purgatorio, reviviendo la muerte de su hija una y otra vez. No puede borrárselo de la mente. ¿Qué ha hecho para merecer esto? ¿Qué hizo su hija para merecer esto? Le han quitado la vida antes incluso de que empezara. Qué aterrada debió de sentirse Diana al darse cuenta de lo que estaba pasando. Brenda se siente atrapada en ese momento, con su hija, sintiendo su miedo. Se agarra al borde de la mesa de la cocina e intenta respirar a pesar del pánico y el aplastante dolor de su pecho.

A medida que se va calmando, Brenda toma conciencia de que su vida también se ha acabado, porque ya no le queda nada. ¿Cómo va a seguir adelante? Diana lo era todo para ella.

Se queda mirando a su exmarido, desplomado delante de ella y con la vista fija en la mesa de la cocina, sin valor para mirarla a los ojos. Al menos, él tiene con quien volver. Tiene dos hijos más y para él van a ser ahora lo más valioso. Recuerda lo unido que estaba a Diana cuando era pequeña y lo mucho que la ha descuidado en estos últimos años. Apenas conocía a la maravillosa joven en la que se había convertido. Se pregunta si él se arrepiente ahora de no haber pasado más tiempo con su única hija mientras pudo. Brenda había querido que él estuviera aquí, pero, ahora, casi está deseando que se marche.

Se quedan sentados juntos, sin hablar. Suena el timbre de la puerta y no le hacen caso, dejando que los vecinos depositen sus platos de comida en el escalón de entrada sin prestarles atención. No pueden enfrentarse a la gente y, desde luego, tampoco pueden comer. ¿Por qué cree la gente que la comida es la respuesta para la pena? No existe ninguna respuesta para la pena.

Hay también periodistas ahí fuera. Tampoco quiere hablar con ellos. Brenda oye el aviso de un mensaje en su teléfono, que está a su lado sobre la mesa de la cocina. Se queda mirándolo. Es el inspector Stone: «Por favor, déjenos entrar. Estamos en la puerta».

—Son los inspectores —le dice a su ex antes de levantarse a abrir la puerta. No se da prisa, porque ¿qué importa? Ya nada importa porque nada va a devolverle a Diana. Sus movimientos son lentos y pesados, como si caminara por debajo del agua. Normalmente, se habría acostado tras su largo turno de noche, pero hoy no ha habido posibilidad alguna de dormir. Le ha pedido a Lee que llame para decir que no va a ir a trabajar de forma indefinida.

Abre la puerta a los dos inspectores que conoció esta mañana, Stone y Godfrey.

—¿Podemos pasar? —pregunta Stone.

Brenda mira por detrás de ellos a la multitud que se ha concentrado en la calle. Puede ver las furgonetas de las noticias, a los reporteros y los cámaras, pero están ahí en silencio, guardando respeto. Da un paso atrás para dejar pasar a los inspectores y cierra la puerta rápidamente. Lee sale de la cocina, inexpresivo. Los inspectores se presentan ante él y todos terminan sentados en la sala de estar. Brenda ya les contó por la mañana que su exmarido no había tenido prácticamente nada que ver con su hija, que no conocía cómo era su vida y que no iba a servir de ayuda. De todos modos, le hacen algunas preguntas que solo sirven para confirmar la poca relación que había tenido con Diana durante los últimos años. Él tiene la elegancia de parecer avergonzado.

Brenda se queda maravillada al observar al inspector Stone y ver que sigue despejado y tranquilo, igual que su compañera. Por supuesto, para ellos esto no es más que un trabajo. Se pregunta cuánto les importará en realidad. Ni siquiera viven por aquí. Esta es una comunidad pequeña y han tenido que traer un equipo de otro lugar para tratar de resolver el asesinato de su hija. Quizá eso sea bueno, piensa de repente. Puede que lo haya hecho alguien de Fairhill.

Stone empieza a hablar en voz baja.

—Esta mañana nos ha dicho que no era consciente de que hubiese problemas entre su hija y su novio, Cameron Farrell. —Hace una pausa—. A nosotros nos han dicho otra cosa.

Ella le clava la mirada, con los ojos fuera de las órbitas por la estupefacción.

—¿Qué?

—Riley Mead ha venido a la comisaría con su madre, Patricia, y ha declarado que Cameron estaba presionando a Diana para que aceptara que fueran juntos a la misma universidad el año que viene. Riley nos ha dicho que Diana no quería y que iba a romper con él.

Brenda traga saliva.

—Diana no me habló de eso. —Respira hondo—. Si es lo que les ha dicho Riley, será verdad. —Mira a Lee, que está a su lado, pero él tiene la mirada clavada en el suelo. No tiene nada que añadir.

—¿Alguna vez ha visto algo en el comportamiento de Cameron que le haya hecho preocuparse por la seguridad de su hija? —pregunta Stone—. ¿Es un chico irascible?

Brenda hace un lento gesto de negación.

—Por lo que yo sé, no. Pero es un poco empalagoso. ¿Cree que Cameron ha podido hacerlo? —pregunta, inquieta.

—Ahora mismo, no descartamos a nadie.

—Dios mío —murmura Brenda mientras asimila la información, cubriéndose la boca con la mano. Oye que su marido emite un sonido entrecortado a su lado, pero no dice nada.

El inspector Stone les concede un momento antes de hablar.

—No hemos encontrado en la casa ninguna huella sin explicación, pero podría haber entrado algún intruso con guantes. Sí que hemos descubierto algunas marcas en el césped de detrás de la casa, aunque no lo suficientemente grandes como para sacar una huella, por desgracia. No hay señales evidentes de que se haya forzado la entrada. —Y añade con recelo—: Puede que alguien haya estado vigilándola y quizá supiera que estaba sola en la casa cuando usted se fue a trabajar.

A Brenda se le hiela la sangre. La idea le provoca náuseas y puede notar el sabor de la bilis que le sube por la garganta.

—Supongamos por un momento que Cameron trajo a Diana a la casa sobre las once, tal y como dice. No conocemos ninguna razón por la que ella tuviera que volver a salir después por propia voluntad, y su chaqueta y sus zapatillas están en la casa. Pero puede que saliera a abrir la puerta. Puede que alguien entrara por alguna puerta o ventana que no estuviera cerrada. Puede que alguien la estuviese esperando ya dentro de la casa cuando ella llegó anoche y se la llevó. —Y añade—: Como le hemos dicho antes, es probable que no se tratara de algo fortuito. No fue casualidad.

A Brenda le cuesta asimilar todo esto; se siente paralizada, desorientada.

—Ha venido a la comisaría el cliente del Home Depot —le informa Stone—. Se llama Joe Prior.

Ella le clava la mirada, prestándole toda su atención.

—Dice que no ha sido él, claro —continúa—. Y hemos confirmado su coartada, aunque nos parece poco sólida. Asegura que un amigo suyo estuvo en su casa y que estuvieron bebiendo toda la noche. Puede que los dos estén mintiendo. Le hemos investigado, pero no tiene antecedentes penales y todo lo que ha dicho ha quedado confirmado.

Brenda lo observa con gesto de cansancio y, después, dirige de nuevo la mirada a Lee, que parece casi catatónico.

—Hay una cosa más —añade Stone—. Hemos enviado a algunos agentes a todas las casas en busca de testigos, por si alguien vio algo anoche o si ha notado algo inusual últimamente.

—¿Y?

—Su vecina de enfrente, Helen Payne, ha declarado que vio un vehículo aparcado en la puerta de su casa alrededor de la medianoche. Ella venía de acompañar a una amiga en el hospital de paliativos. No ha sabido decirnos nada más aparte de que era una camioneta, tipo pickup. Tenía las luces apagadas, pero ha asegurado que había alguien sentado en el asiento del conductor, un hombre. Dice que estaba demasiado oscuro como para ver nada más y que no prestó mucha atención porque iba pensando en su amiga. También ha comentado que nunca había visto ninguna camioneta aparcada ante su casa a esas horas, que es cuando suele volver del hospital. De todos modos, se fue a acostar, así que es lo único que sabemos. —Y añade—: Pero sí que asegura que le pareció que era la camioneta del novio de su hija, porque suele verlo mucho por aquí.

—Aquí todo el mundo tiene una camioneta —contesta Brenda con tono sombrío.

Stone asiente.

—Incluidos Cameron Farrell y Joe Prior.

Se levanta para marcharse y Godfrey hace lo mismo.

—Nos pondremos en contacto mañana —dice—. Y, de nuevo, mi más sentido pésame.

14

Roy bendice esta noche la cena con algo más de sentimiento de lo que es habitual cuando se sientan alrededor de la mesa de pino de su granja. Empieza a oscurecer y su mujer, Susan, está sentada frente a él, preparada para empezar a servir la comida en cuanto él haya acabado, antes de que se enfríe. Roy siempre recita una bendición corta: «Gracias, Padre, por los buenos alimentos que has puesto en nuestra mesa y por todas las cosas buenas que nos das. Amén». Pero tiene en la mente a la chica muerta que había en su tierra.

Levanta los ojos. Susan empieza a servir la comida —jamón y puré de patatas con guisantes— y él le pasa su plato. Su hija, Ellen, cuya boda se celebrará en Navidad, está a su derecha. Frente a ella debería estar sentado su prometido, que normalmente cena con ellos los viernes por la noche, pero no ha venido. Los otros hijos de Roy y Susan, mayores los dos, son adultos y ya no viven con ellos. Volverán todos en vacaciones, para la boda. Ellen es la menor y la casa va a quedarse especialmente vacía cuando se marche.

Él la está mirando ahora. Es una chica guapa con una piel preciosa y el cabello espeso y castaño, el ojito derecho de su madre después de dos hijos revoltosos. Es alegre por naturaleza, pero esta noche se ha cernido sobre todos ellos una sombra que ha llegado a meterse incluso aquí dentro, en su hogareña cocina familiar con su hule de cuadros sobre la mesa y la perra tumbada en su cama en el rincón.

Ellen pasa todos los días por esas tierras con su pequeño coche de camino a la ciudad para trabajar en la panadería. Pasó por allí esta mañana. Entra muy temprano y el cadáver debía de encontrarse ya ahí. Pasó por su lado en mitad de la oscuridad. A Roy le da escalofríos pensarlo. ¿Y si llega a ser Ellen en lugar de la hija de Brewer la que yacía en el campo? Susan le mira y Roy sabe que está pensando lo mismo.

—A lo mejor no deberías salir sola por la noche durante una temporada —le dice Susan a su hija.

Ellen asiente y mueve la comida por su plato.

—Sí, yo también lo he pensado. —Pone una expresión seria—. Es terrible. Nadie se lo puede creer. Brad está muy afectado. Ya os he dicho que la conocía bastante bien porque estaba en el equipo de campo a través. No me extraña que no le haya apetecido venir esta noche a cenar.

Claro que Brad está afectado, piensa Roy. ¿Quién no lo estaría? El mismo Roy lo está y ni siquiera conocía a esa muchacha; solo de vista. Brad debía de conocerla bastante bien si era su entrenador. Tienen que atrapar al cabrón que la ha matado, quienquiera que sea, para que todos puedan continuar con sus vidas, sin miedo. Roy sabe que va a seguir preocupado por su hija hasta que todo pase y está seguro de que no es el único.

Hasta ahora no han dado muchos detalles en las noticias, salvo por la fotografía, tomada de una cámara de seguridad, que han puesto antes de un hombre a quien han calificado como «posible sospechoso». Tanto Roy como Susan y Ellen han visto el rostro de ese hombre en internet y ninguno lo ha reconocido.

«A lo mejor no es de por aquí», comentó Susan.

«Está bien que, al menos, tengan un sospechoso», contestó Roy.

Ellen les dice ahora:

—Brad me ha contado que el hombre al que buscan era un cliente del Home Depot donde trabajaba Diana.

—¿Y cómo lo sabe? —pregunta Susan.

Ellen se encoge de hombros.

—Es lo que se comenta por el instituto. Otros alumnos trabajaban también allí. Dicen que la estaba acosando en la caja y que por eso lo están buscando.

—Vaya —responde Susan. Roy y su mujer dirigen la atención a su hija.

—Brad dice que probablemente la estaba acosando porque era una chica muy atractiva, que llamaba mucho la atención.

—Eso es como culparla por ser guapa —protesta Susan—. Como si ella se lo hubiese buscado. Tú eres guapa, Ellen, y no te mereces que te asesinen.

Ellen se sonroja.

—Brad no lo decía por eso. A él le parecía una buena chica. Decente. Trabajadora. Por supuesto que no se lo merecía. Nadie se merece algo así, no importa cómo sea su físico, la ropa que lleve o cómo se comporte. No estamos en la Edad Media.

Ellen está molesta con su madre. En el fondo, sospecha que no es muy fan de su prometido, aunque nunca lo haya dicho y todos finjan lo contrario. Se mostró más entusiasmada con las bodas de sus hermanos que con la de su única hija, y la verdad es que Ellen había esperado algo muy distinto. No puede evitar sentirse decepcionada. Puede que, con la tercera boda, la novedad se haya disipado. O quizá es que para una madre sea más preocupante el matrimonio de una hija que el de un hijo. Hay mujeres que hacen infelices a sus maridos lo mismo que maridos que hacen infelices a sus mujeres. Es pura estadística. Sabe que, a la hora de casarse, la mujer se arriesga más, sobre todo si tiene hijos. Pero Ellen se ha licenciado en la universidad y tiene planeado emprender una carrera como educadora infantil. Lo de la panadería es algo temporal. No va a depender de un hombre.

O a lo mejor es que su madre no está del todo preparada para que su última hija abandone el nido. Así que entiende que su madre pueda tener sus reservas. Con todo, Ellen cree que su último comentario no tiene justificación. Brad no quería decir nada malo. Simplemente estaba describiendo una realidad.

Lo había visto después de salir de la panadería. Se había enterado de la noticia por la radio mientras estaba en la parte de atrás, haciendo pan, bollos y pasteles. La noticia la había impactado, como a todos los que estaban trabajando esa mañana, aunque en ese momento no sabía que a la chica la habían encontrado en un terreno de su familia. Había enviado un mensaje a Brad al darse cuenta de que probablemente la conocía, que podría estar en alguna de sus clases de gimnasia. Él tardó un poco en contestar, pero, cuando lo hizo, le escribió: «No me lo puedo creer. Estaba en mi equipo de campo a través. ¿Nos podemos ver?».

Ella había quedado en ir a verle al trabajo en cuanto acabara su turno, a la una. Cuando llegó, le envió un mensaje para preguntarle en qué parte del instituto estaba. Brad le respondió que no entrara en el edificio, que él saldría al aparcamiento.

Ellen le esperó allí, apoyada en su coche. El edificio de ladrillo de dos plantas parecía vacío, como si hubiesen enviado a todos los alumnos a casa. Pero sí había presencia policial: dos coches patrulla de la policía estatal estaban aparcados en la puerta. Brad salió por una puerta lateral, caminó hacia ella con paso rápido y la abrazó con fuerza. Ellen podía notar su corazón bombeando con fuerza contra el de ella. Por fin, se apartó y lo miró.

—¿Estás bien? —le preguntó. Porque no parecía estarlo. Parecía preocupado, con la respiración algo agitada y parpadeando con mucha velocidad. Tenía el delantero de la camisa manchado de agua. Normalmente, se mostraba afable y seguro. Pero ahora parecía estar esforzándose por no derrumbarse y temblaba un poco. No la miraba a los ojos. Eso la inquietó. Sí que le había impactado la noticia. Nunca había visto a su novio así.

—No pasa nada, Brad —le dijo, tratando de calmarlo.

—Sí que pasa. ¡Ha muerto una chica!

—Perdona —se disculpó de inmediato, avergonzada.

Entonces, él la miro.

—No, perdóname tú. No quería hablarte con ese tono.

—Volvió a abrazarla y se quedaron así durante un largo rato. Después, le susurró sobre su cabeza—: Sabes que te quiero, ¿verdad?

—Lo sé. Yo también te quiero —le respondió ella con vehemencia, también en susurros—. Siempre.

Estaría a su lado en esto. Ellen pensaba que a la mayoría de los hombres les costaba expresar la pena. No eran como las mujeres, a las que se les permitía mostrar sus emociones y que contaban con fuertes redes de apoyo, otras mujeres con las que podían compartir con facilidad y casi siempre sus sentimientos. Y Brad era un atleta, un profesor de gimnasia. No era precisamente un sensiblero. Ella era la única en la que podía confiar. Probablemente había pasado todo el día en el instituto reprimiéndose hasta el momento en que pudiera verla.

Pero después no quiso hablar del tema. Solo deseaba abrazarla y decirle que la quería. Parecía estar necesitado de consuelo.

Ahora, Ellen está cenando con sus padres mientras piensa en su prometido. Pudo entender que él no quisiera ir a cenar esta noche, y pensó ir a verle después, como suele hacer los viernes por la noche. Brad tiene casa propia y ella no. Pero él le dijo que no, que quería estar solo.

15

Riley está sentada en la cama, con las manos entrelazadas sobre sus rodillas dobladas y entregada a los más oscuros pensamientos. No le parece imposible imaginarse que Cameron haya asesinado a Diana. Sabe que, cuando matan a una mujer, normalmente es el marido o el novio. Una parte de ella piensa esto mientras que la otra grita en silencio llena de dolor y de miedo: «Esto no puede estar pasando». Hace menos de veinticuatro horas, su mundo tenía sentido; ahora, nada lo tiene.

No tiene ni idea de cómo va a superar la pérdida de Diana, de cómo va a ser capaz de dejarla ir. Baja la mirada al móvil que tiene en la mano. No sabe por qué, pero le envía un mensaje a Diana, pese a que es consciente de que está muerta.

Hola, Diana. Te echo de menos.

Sabe que es una estupidez y una niñería, pero lo hace de todos modos y, después, se queda esperando el sonido de una respuesta que nunca va a llegar mientras las lágrimas se van deslizando por su cara.

Ojalá estuvieses aquí.
Ojalá supiese qué te ha pasado.

Desliza la pantalla hacia arriba y se queda mirando el último mensaje que recibió de Diana la noche anterior, a las 21.52.

Cameron viene de camino para
recogerme.

Se lo había enseñado a los inspectores.

Riley no puede soportarlo. Quiere preguntarle directamente a Cameron si ha sido él, si perdió los estribos y le hizo algo tan terrible. Él no le va a decir si lo ha hecho, pero a lo mejor ella sí puede saber si está mintiendo. Escribe:

Lo vamos a averiguar, Diana. Vamos
a descubrir quién te ha hecho esto.

Se levanta de la cama y atraviesa el pasillo en dirección al baño para lavarse la cara. Después, baja y ve a su madre en la cocina.

—Voy un momento a casa de Cameron —anuncia.

—¿Qué? No vas a ir —contesta su madre. Parece que lo dice en serio.

—Tengo que hablar con él —insiste Riley. Su madre sabe qué es lo que le preocupa; ha estado con ella en la comisaría.

Su madre respira hondo antes de replicar.

—¿Crees que es buena idea?

—Tengo que hablar con él —repite Riley con terquedad. Sabe que ha heredado esa cabezonería de su madre. Por un momento, se quedan en punto muerto.

—No quiero que salgas sola de noche. Yo te llevo —dice por fin su madre. Riley está a punto de rebatir, pero su madre la interrumpe—: Podrás hablar con él siempre que sus padres estén en casa. Estoy segura de que estarán. No te preocupes, yo te espero en el coche. Puedes tardar todo el tiempo que necesites.

Cogen las chaquetas y salen juntas a recorrer el corto trayecto hasta la casa de Cameron. Cuando llegan, su madre aparca en el camino de entrada, Riley mira hacia la casa de madera con el porche acristalado, que tan bien conoce de tantas veces que se han visto allí, y tiene que prepararse un momento antes de salir del vehículo. Pero, después, abre la puerta. Su madre se queda en el coche.

Cuando la madre de Cameron sale a abrir, Riley se sorprende al ver el aspecto tan espantoso que tiene. Pero la señora Farrell también quería a Diana, piensa Riley, y Cameron debe de estar hecho polvo. Probablemente no sepan que Diana estaba pensando en romper con él.

—¿Puedo hablar con Cameron? —le pregunta Riley en la puerta.

—Lo siento, Riley, pero no quiere ver a nadie —contesta la señora Farrell.

—A mí sí va a querer verme —insiste Riley, apartándola para pasar y entrando en la casa en dirección a las escaleras. Se gira y pregunta—: ¿Dónde está?

—No puedes entrar aquí sin permiso —protesta la señora Farrell a la vez que el padre de Cameron sale de la cocina.

Pero Riley no hace caso a ninguno de los dos y empieza a subir las escaleras, dando por sentado que es arriba donde Cameron estará. Riley conoce bien la casa. Llama a la puerta cerrada del dormitorio de Cameron tras subir las escaleras.

—Cameron, soy Riley. Quiero hablar contigo.

Riley aguanta la respiración mientras se queda ante la puerta de Cameron y sus padres permanecen con actitud protectora al pie de las escaleras.

—No quiero hablar con nadie. Déjame en paz —responde él tras la puerta.

Su voz parece diferente, llorosa.

—No me voy a ir —dice Riley, con su propia voz entrecortada por un sollozo. Espera hasta que él abre. Cameron parece completamente abatido. Ha estado llorando mucho, piensa Riley. Su atractiva cara está roja e hinchada. Y su expresión… Parece absolutamente desolado, como si la vida se le hubiese acabado.

Lo primero que hace Riley es abrazarle. A continuación, Cameron cierra la puerta y los dos se sientan en su cama.

—No puedo creer que esté muerta —dice Cameron por fin.

—Lo sé —responde Riley con desaliento.

Se quedan un rato en silencio. Después, ella extiende la mano para coger la de él y la aprieta. Deja que el silencio se expanda.

—Cameron, ¿qué ha pasado con la policía? —pregunta por fin.

Él la mira con recelo.

—¿A qué te refieres?

—Te han interrogado… No eres sospechoso, ¿verdad? —pregunta Riley como si le preocupara que pudiera serlo.

—Claro que no. Saben que yo la quería.

—Bien —responde Riley asintiendo con tristeza—. ¿Qué les has contado?

—Les he contado la verdad, que la recogí con la camioneta de mi padre, que estuvimos dando una vuelta, que aparcamos y nos enrollamos. La dejé de vuelta en casa sobre las once y me fui a la mía. No sé qué le pasó después de eso. —Pero ahora no la está mirando.

Riley no sabe si creerle. ¿Por qué no la mira a los ojos?

—¿No discutisteis ni nada parecido? —le pregunta con timidez.

Él la mira con actitud defensiva y, después, vuelve a apartar los ojos.

—No, por supuesto que no. ¿Por qué íbamos a discutir?

Riley toma fuerzas antes de contestar.

—Sé que Diana no quería ir a la misma universidad que tú el año que viene. Me lo dijo.

—Ah. —La vuelve a mirar—. ¿Qué más te contó?

—Nada. Solo eso —responde Riley. No le dice que sabe que Diana estaba planteándose romper con él.

—No discutimos por eso —aclara Cameron—. Estaba contenta cuando la dejé anoche en su puerta. Es lo último que sé de ella.

Riley se queda mirándolo y espera a que añada algo más. Él sigue sin mirarla a los ojos.

Shelby Farrell ve que Riley se marcha y mira a su marido.

—Esa chica es de armas tomar —le dice con tono tenso.

Edward apoya la mano en su hombro.

—Quizá le haya venido bien a Cameron. Ahora mismo necesita a sus amigos.

Shelby lo observa. No está tan segura. No sabe de qué han hablado, qué le ha podido decir Cameron a Riley; solo sabe que los chicos pueden contarse más cosas de las que les cuentan a sus padres. ¿Y si le ha dicho algo que no debía y la policía se lo saca a ella? Shelby no puede seguir cargando esto sobre sus hombros ella sola; lleva con ello todo el día y, ahora que está anocheciendo, decide que no puede más. Debe contárselo a su marido. Tira de él escaleras abajo hasta el sótano, donde no se les pueda oír.

—Tengo que contarte una cosa.

—¿Qué? —Su marido parece preocupado de repente.

—Cameron ha mentido sobre la hora a la que llegó anoche a casa —responde ella en voz baja.

Él la mira con los ojos abiertos de par en par.

—¿Qué estás diciendo?

Le explica que se despertó y Cameron no estaba, que esperó a que llegara, cosa que hizo a la 1.11 de la noche.

—¡Le ha mentido a la policía! ¿Por qué habrá hecho una cosa así? —le pregunta a su marido entre susurros.

Él parece estupefacto, como si no pudiera asimilarlo. Ella lo ayuda.

—¿Crees que les ha mentido porque tiene orden de llegar a casa a las once y media? A lo mejor sí la dejó allí, como ha contado, pero ha mentido con la hora. Recuerda que una vez lo castigamos porque llegó después de su hora y se puso furioso.

—Sí, pero… no mentiría a la policía solo por eso, ¿no? —pregunta Edward, dubitativo. Ahora parece alarmado.

Shelby no está recibiendo la tranquilidad que esperaba. Parece que Edward no se cree la explicación a la que ella se ha estado aferrando. De repente, le cuesta respirar, porque teme que ella tampoco se la cree.

—Tenemos que preguntárselo —dice Edward.

—No.

—¿Cómo que no?

—Quizá… —empieza a decir ella sintiéndose mareada—. Quizá sea mejor que no se lo preguntemos. Vamos a…, vamos a suponer que ha sido porque le tenemos impuesta una hora límite de llegada. En todo lo demás ha debido de contar la verdad.

—¿Qué? Shelby, no podemos pasar esto por alto sin más.

—Sí que podemos. Ya ha mentido en otras ocasiones para no tener problemas. Lo sabes. Sobre dónde ha estado, la hora de llegar a casa… Son cosas de adolescentes. Estoy segura de que esto es lo mismo. —Se gira y sube rápidamente las escaleras, como si estuviese huyendo.

Riley se mete en el coche de su madre y cierra la puerta.

—Vámonos —dice.

Su madre sale marcha atrás por el camino de entrada,

en silencio. Es evidente que está esperando a que le cuente cómo ha ido. Pero Riley está revuelta por dentro porque sospecha que Cameron miente. Le cuesta respirar bien. Ojalá pudiese hablar con Diana. Empieza a llorar otra vez. Su madre la mira angustiada.

—Riley, ¿qué ha pasado? ¿Qué te ha dicho?

Toma fuerzas antes de contestar.

—Dice que la dejó en su casa a las once y que no había ocurrido nada. —Se guarda para sí sus sospechas; no quiere que su madre la obligue a volver a la policía—. Joder, qué triste es esto.

Cuando llegan a casa, Riley va directa a su habitación y cierra la puerta. Se sube a la cama y mira su teléfono móvil. Por fin, le envía un mensaje a Evan.

16

He estado mirando la luna por la ventana desde mi cama. Tengo una mesa donde hago los deberes, pero, cuando escribo, me gusta sentarme con el portátil en la cama y la espalda apoyada en el cabecero mientras miro por la ventana. Mi habitación está en la parte de atrás de la casa, así que no hay ruido fuera. Si miras hacia el frente, a la calle, puedes ver que estás en una ciudad pequeña, pero, si miras por la parte de atrás, es como si ya estuvieses en el campo. Solo la oscuridad, los árboles y la luna.

Estoy tratando de asimilarlo todo, pero me resulta imposible. Anoche, a esta hora, Diana estaba viva. Ahora está muerta y la echo tanto de menos que siento un dolor físico. En cierto modo, escribir es lo único que me produce algo de alivio cuando todo va mal. Se me da bien; es mi asignatura favorita.

Mirar por la ventana hacia la oscuridad y la luna hace

que me acuerde de cuando íbamos al cementerio de noche. A veces, lo hacíamos después del cine, porque somos demasiado jóvenes para ir de bares y demasiado mayores como para irnos directamente a casa cuando acaba la película. La última vez fue hace un par de semanas. Habíamos ido a ver *Bullet Train*, los cuatro. Ya hacía un frío otoñal, y nos quedamos en la puerta sin saber qué hacer. Era viernes por la noche. Nadie daba una fiesta y no teníamos ningún otro plan. Y siempre había entre nosotros esa pequeña tensión: que Cameron y Diana quisieran irse por su cuenta. Pero Diana era demasiado buena como para dejarnos tirados a Riley y a mí un viernes por la noche. Nos incluía en sus planes hasta que se hacía tarde y, después, se iba con Cameron.

Cameron se abrió la chaqueta y nos enseñó una botella pequeña de whisky; Diana le sonrió como si fuese algo así como un héroe. Yo también llevaba bebida. Había conseguido robar algo del mueble bar de mis padres. No tenía tanta suerte como Cameron, que contaba con amigos mayores que podían comprar para él. No tenía media botella de Jack Daniel's, pero sí una botella de agua llena de vodka robado que mis padres no iban a echar de menos. Así que les dije que había traído un poco de vodka y Diana propuso que fuéramos al cementerio.

Ella era la líder y, automáticamente, todos la seguimos. A nadie le importaba. Siempre se le ocurrían las mejores ideas. Si alguien ponía alguna objeción, ella se mostraba completamente flexible, pero nadie dijo nada. Esa noche, nos alejamos de las brillantes luces del cine, el único de la ciudad, y recorrimos la acera para adentrarnos en la oscuridad cada vez más profunda. Diana y Cameron iban por delante de mí y me fijé en cómo él la rodeaba con el brazo y bajaba a veces la mano para tocarle el culo.

La Iglesia Unida de Fairhill se encuentra al final de la larga calle principal, en una esquina, lejos de las tiendas y las luces. Es una iglesia de madera, muy antigua y con historia, pintada de blanco, con un impresionante campanario en la fachada y una gran puerta doble. Está rodeada de árboles y el cementerio se encuentra en el lado derecho y la rodea por detrás. Es ahí donde todos asistíamos a la catequesis dominical hasta que fuimos demasiado mayores y nuestros padres dejaron de obligarnos. Ninguno de nosotros tiene padres especialmente devotos, pero íbamos a la iglesia para las grandes ocasiones, como Navidad, Pascua, bodas y funerales.

La iglesia y el cementerio son muy antiguos. La iglesia la construyeron a finales del siglo XVIII. Las lápidas son interesantes y algunas se remontan a aquella época. Antes, a veces, jugábamos entre ellas después de la catequesis. Y en una ocasión, en el colegio, fuimos a visitarlo con la clase de Sociales, cuando estábamos estudiando a los primeros colonos. Recuerdo que la profesora nos señaló todas las tumbas de niños muy pequeños. La clase era muy revoltosa y algunos de los críos iban haciendo el tonto y no prestaron atención, pero yo fui de los que mostró interés por lo que nos contaba. Recuerdo mirarla y observar su frustración cada vez mayor.

El cementerio es diferente de noche. Está envuelto en

misterio y parece no acabar nunca. Los árboles, unos altos y viejos arces, hayas y robles, susurran en la oscuridad. Nunca había nadie allí de noche, así que era nuestro sitio preferido para ir a beber.

Aquella noche de hace dos semanas fue la última vez que fuimos todos juntos. Es casi como si presintiéramos de algún modo lo que iba a pasar. No estuvimos tan animados como de costumbre. Normalmente, cuando bebíamos, hacíamos tonterías, pero esa noche Diana se mostraba callada mientras Cameron y ella compartían el Jack Daniel's. Cameron parecía estar observándola. Yo compartí mi vodka con Riley. Sin saber cómo, empezamos a contar historias de miedo.

En Vermont hay infinidad de historias de miedo. Tenemos fama por eso. La señora Acosta les dedicó una clase en Lengua. Leímos el relato «El guardavía», de Charles Dickens, y *Otra vuelta de tuerca*, de Henry James. Esa noche en el cementerio tuvimos una animada conversación sobre si eran fantasmas los que estaban torturando a los pequeños Miles y Flora o si es que la institutriz estaba loca.

—Personalmente, pienso que la institutriz se lo estuvo imaginando todo —dije. Era la explicación que más me gustaba. No creía en los fantasmas. Creía en la psicología, en las personas y en las motivaciones. Aquella historia me parecía fascinante.

—¿Por qué estás tan seguro? —quiso saber Diana.

—¿Tú crees en los fantasmas? —le preguntó Cameron, como si se estuviese burlando de ella.

—Yo solo digo que puede que la intención del escritor

era que hubiese un fantasma en la historia —le contestó a Cameron—. Por supuesto que no creo en los fantasmas. —Le dio un empujón de broma.

Advertí una mirada entre Riley y Diana que no comprendí. Quizá fuese por el vodka, pero me enfadé con Cameron.

—Tú ni siquiera estás en esa clase.

—¿Y qué? —dijo—. Sigo teniendo derecho a dar mi opinión.

—¿Pero qué explicación les das tú a todas las historias de fantasmas? —musitó Diana—. No me refiero a las literarias, sino a las locales, a las cosas que cuenta la gente.

—Cuéntanos una, Diana —la animó Riley—. Eres la mejor contando historias de miedo. —Y extendió la mano hacia mí para dar otro trago a la botella de agua llena de vodka.

Diana nos contó la historia de Emily y el puente. Todos la habíamos oído con anterioridad, pero siempre nos gustaba escuchar las versiones de Diana con sus pequeños adornos.

—Esta la conocéis todos, es famosa —dijo—. Hace mucho tiempo, había una chica que se llamaba Emily. —Hizo una pausa—. Era muy guapa.

—¿Eso cómo lo sabes? —interrumpió Cameron.

—Tú cierra el pico y escucha —le ordenó Diana—. Era muy guapa y estaba enamorada de un atractivo joven. Se suponía que iban a escaparse para casarse. Puede que sus padres no aprobaran el matrimonio, no tengo ni idea. A lo mejor pensaban que ella era demasiado joven. Esto ocurrió en Stowe. Acordaron reunirse una noche en el puente cubierto para huir juntos.

—Eso no lo he oído nunca, que iban a verse en el puente para escaparse juntos —intervino Riley—. Te lo estás inventando. Por lo que yo sé, él la dejó plantada y ella se suicidó en aquel puente.

—Tú sígueme la corriente —contestó Diana—. Él no apareció y ella creyó que la había dejado plantada y se suicidó. Ni siquiera sabemos cómo se suicidó, pero lo hizo. A lo mejor saltó desde allí.

—¿Has estado en ese puente? —preguntó Cameron—. Yo sí. No es muy alto. No creo que saltando desde él te puedas matar. Pero sí pudo hacerse mucho daño.

—Un momento —dije yo—. Es un puente cubierto. ¿Cómo se salta desde un puente cubierto?

—Eso da igual —respondió Diana—. Quizá se envenenó. Quizá se clavó un puñal o se pegó un tiro. La cuestión es que murió en ese puente y, desde entonces, ella habita en él. La gente que lo cruza oye todo tipo de sonidos inexplicables, como ruidos sordos, golpes, gemidos y cosas así. Y los coches que lo atraviesan salen con arañazos.

—Parece que Emily está bastante enfadada —comentó Cameron—. Y yo he estado en ese puente —repitió— y no he oído nada.

—Sí, yo tampoco —reconoció Diana. Entonces hizo una pausa, dio otro trago y continuó—: Pero, en serio, hay una cosa que no os he contado antes. —Todos la miramos con expectación—. Una amiga de mi madre, la señora Whalen, jura que ha oído gritos allí. Fue hace unos años. Su marido y ella estaban atravesando el puente con el coche y oyeron un espantoso sonido de una mujer gritando, chillando y llorando. Dijo que se quedó aterrorizada. Cuando llegaron al otro lado del puente, su marido aparcó el coche y salió para echar un vistazo, pensando que habría alguien allí. Ella también. Todavía no había anochecido y no vieron a nadie. Y antes de que digáis que solo fue cosa del viento, mi madre ya se lo sugirió y la señora Whalen contestó que estaba segura de que no fue eso, y su marido opinaba lo mismo.

—Se lo imaginaron —apuntó Cameron.

—Pero tú conoces a la señora Whalen —protestó Diana—. No es muy fantasiosa. Y su marido dijo lo mismo que ella, y siempre está completamente sobrio. —Se quedó pensando un momento y añadió—: Mi madre se quedó muy impresionada con aquello.

Cuando dijo eso, la luna se escondió detrás de una nube y yo sentí un ligero escalofrío por la espalda. Riley y ella compartieron otra mirada íntima y cómplice que no supe interpretar y, a continuación, Diana me miró y sonrió.

Tengo que dejar de escribir un rato. Me siento fatal. Vamos a ir todos a esa iglesia para su funeral. A Diana la van a enterrar allí, en nuestro cementerio. Me entran náuseas solo de pensarlo.

Suena mi móvil, lo cojo y lo miro. He recibido un mensaje de Riley.

Estás?

Sí

Tenemos que hablar.

17

Después de cenar y lavar los platos, Paula Acosta sirve una copa de vino para ella y otra para su marido y las lleva a la sala de la televisión. Taylor se ha subido a su dormitorio, aparentemente tranquila. Pero Paula no está tan segura. Últimamente, nunca sabe qué es lo que está pensando su hija.

—Gracias —le dice su marido, Martin, cuando le pasa la copa. Está relajándose tras una semana dura. Es viernes por la noche y los dos tienen por costumbre tomar un vino y darse una maratón de algo en la televisión.

Se sienta al lado de él.

—Estoy preocupada por Taylor —dice.

—Siempre estás preocupada —contesta él, sin prestarle atención.

—Alguien tendrá que encargarse de la parte emocional en esta casa —contesta ella con cierta brusquedad.

Entonces él la mira, alertado.

—¿Qué pasa?

—Nada. Todo. —Suelta un suspiro. Resulta difícil de explicar, no es más que un presentimiento, la sensación de que todo se le está escapando, de que hay algún peligro—. Taylor está muy callada. Últimamente se pasa el día en su habitación. Antes veía más a sus amigos. —Hace una pausa y da un sorbo a su vino—. Creo que ya no tiene amigos. Esta mañana la vi sentada sola en la cafetería antes de que empezaran las clases. Y luego… —Piensa en todo lo que ha sucedido ese día—. Y, luego, la terrible noticia de Diana. Es una verdadera tragedia, un espanto lo que le ha pasado. Era una chica muy brillante. Tenía mucho por delante.

—Espero que averigüen quién ha sido —dice su marido.

—Yo también. —Da un sorbo al vino. Sabe que se supone que no debería decir nada, pero, si lo comparte con Martin, él no dirá una sola palabra. No irá más allá—. Si te cuento una cosa, debes prometerme que no vas a comentarle nada a nadie.

Él la mira sorprendido.

—Claro. ¿Qué es?

—Hay algo que la policía no sabe todavía. —Martin deja su copa de vino en la mesita para prestarle toda su atención. Ella se lo suelta—: El profesor de gimnasia, Brad Turner. Diana se quejó de él.

—¿A qué te refieres?

—No lo sé exactamente. Kelly me contó hace poco que acudió a él para decirle que Turner había tenido con ella un comportamiento inapropiado. Kelly me dijo que todo había sido un malentendido. Nadie comentó nada. Solo me lo mencionó porque necesitaba hablar con alguien y soy la única en quien confía. Al parecer, ahí acabó todo. Fue como si lo escondieran debajo de la alfombra. Ni siquiera sé si lo anotó en su expediente.

—¿Qué hizo?

—Solo eso. No sé hasta dónde llegó, porque Kelly no me lo contó, pero parece que cree que no fue nada. Es solo que... no estoy segura de si es el mejor para juzgarlo. Todo quedó arreglado sin que se tomara ninguna medida oficial, así que supongo que no sería tan grave, ¿no? —Mira a su marido, angustiada.

—Entonces... ¿tú... temes que el profesor de gimnasia haya podido matar a Diana? —Parece impactado.

—No lo sé. —Paula niega con la cabeza—. He hablado de aquello con Kelly esta tarde. Le he preguntado si iba a mencionarle a la policía que investiga el asesinato lo de la queja de Diana. Kelly no tenía pensado contarlo, pero yo le he convencido para que lo haga.

—¿Y?

—Y ha dicho que se lo iba a contar a los inspectores, pero también me ha dado a entender que estaba siendo de lo más ingenua y que, si esto salía a la luz, la vida de Brad quedaría destrozada por una tontería, porque él nunca ha hecho nada malo y es imposible que haya matado a Diana. —Le mira ahora, preocupada—. ¿He hecho mal? ¿Debería haberme quedado al margen? Es decir, solo porque pueda haberse comportado de forma inapropiada con Diana y, según parece, no hay ninguna prueba de que así fuera, no quiere decir que sea un asesino.

Martin vuelve a mirarla, pensativo.

—No lo sé.

Ella tampoco lo sabe.

—Supongo que depende de qué le hizo en realidad, si es que le hizo algo, y de la gravedad.

Paula guarda silencio durante un rato. Da otro trago a su vino y, después, responde:

—Es justo eso, que nunca hay ninguna prueba real de este tipo de cosas, que todo se reduce a quién dice la verdad. A quién crees.

Edward Farrell está en el sótano observando la espalda de su mujer mientras ella sube las escaleras. ¿Le ha lanzado una bomba y ahora pretende que haga como si no pasara nada y que no hable con su hijo sobre ello? Cameron ha mentido a la policía. Se queda vacilando durante un largo rato y, a continuación, se lanza escaleras arriba. La encuentra en la cocina. Ella no quiere mirarle a los ojos.

—Shelby —dice acercándose a ella en voz baja y con un tono de urgencia—. Cameron no le ha hecho nada a Diana. Los dos lo sabemos. —En ese momento, ella le mira y asiente. Edward la atrae a sus brazos y la estrecha, con el corazón acelerado. Está tratando de pensar. Su primer instinto es subir y pedirle a Cameron una explicación. Pero eso no es lo que Shelby quiere que haga.

De repente, tiene miedo. ¿Pueden pasar esto por alto? ¿Deberían hacerlo? Tal vez exista una explicación perfectamente razonable. Puede que Cameron sí haya mentido sobre la hora porque llegó más tarde de lo que le exigen. No es más que un chico y los chicos hacen tonterías y toman malas decisiones. O puede que perdiera la noción del tiempo y creyera que era mucho más temprano, pero a Edward le cuesta creerlo. Siempre tiene el móvil en la mano, siempre sabe la hora que es. Mientras abraza a su mujer, se le encoge el corazón al darse cuenta de que, aunque ella podría ser capaz de vivir sin saber la verdad, él no puede. La suelta y murmura:

—Shelby, tenemos que hablar con él de esto.

—¡No! Es mejor no saberlo. A mí se me da muy mal mentir, ya lo sabes. ¿Y si la policía me llama para interrogarme y...?

Él se queda mirándola, horrorizado. «¿Qué narices cree su mujer que ha hecho su hijo?». Casi está enfadado con ella.

—No van a llamarte. No es sospechoso.

—¿Qué te hace pensar eso? Lo están tratando como si lo fuera.

—¡Tienen que hacerle preguntas! Era el novio de Diana. Fue el último que la vio. Acababa de acostarse con ella. Pero creo que eso es todo. No pueden pensar de verdad que ha sido él. —Edward mira a su asustada mujer. Pero, si ella misma tiene dudas, ¿qué pensará la policía?

Shelby empieza a llorar y se deja caer contra su pecho. Él la rodea con los brazos de nuevo y toma una decisión.

—Está bien —susurra—. No le vamos a preguntar nada. Lo dejaremos tranquilo. Todo va a salir bien. Cameron no le ha hecho nada a Diana, así que no importa si ha mentido sobre la hora. Averiguarán quién ha sido.

Pero, mientras la abraza, decide con inquietud que él sí le va a preguntar a Cameron, cuando Shelby no esté. Dejará a su mujer al margen. Le dirá a Cameron que le oyó llegar después de la una de la noche y que le debe una explicación. Y, si tiene que guardarse la respuesta para proteger a su mujer y a su hijo, lo hará.

18

Riley había enviado un mensaje a Evan pidiéndole que fuera a su casa. Ahora, lo lleva a la sala de la televisión. Su madre los ha dejado solos. Riley cierra la puerta, se deja caer en el sofá y él se sienta a su lado, agotado. A continuación, ella le mira.

—Esta noche he ido a casa de Cameron para hablar con él —dice.

Evan le dirige un gesto de sorpresa.

—Sus padres no te han dejado verlo, ¿no?

—No iba a aceptar un no por respuesta. He entrado sin más.

—Vaya —contesta Evan—. Yo me acerqué esta tarde. No me dejaron pasar y me fui. —La mira, expectante—. ¿Qué te ha dicho?

Ella se muerde el labio con gesto nervioso.

—Creo que puede estar mintiendo.

Ahora Evan la mira con recelo, inquieto. Ella nota su cara de consternación.

—¿Por qué? ¿Qué te ha dicho?

—Que no había ningún problema entre Diana y él y que, cuando la dejó en su casa sobre las once, todo estaba bien.

—¿Y no le crees?

Ella niega con la cabeza mirando a Evan a los ojos.

—No lo sé. No me miraba. Y sabía que Diana no quería ir el año que viene a la misma universidad que él. Pero sé que ella no se lo había dicho todavía, así que debió de hacerlo anoche. Si no, ¿cómo es que Cameron lo sabía? —Y añade—: No me lo imagino tomándoselo a bien, ¿y tú?

—No —admite Evan—. Puede que discutieran y que él no lo quiera decir, pero eso no significa que la matara.

—No, ya lo sé —coincide Riley. Está segura de que Evan no quiere creer que Cameron pueda ser un asesino. Pero ella ya no está segura de nada. Cuando miró a Cameron, sentado en la cama en su habitación de toda la vida, no pudo evitar imaginarlo con un ataque de rabia y rodeando con sus manos el cuello de Diana. Estaba deseando marcharse de allí.

Tiene que contarle a Evan lo que ha hecho.

—He ido a la policía esta tarde. He hablado con los inspectores.

Él la mira. Se ha quedado completamente inmóvil.

—¿Qué? ¿Por qué?

—Les he contado que Diana iba a romper con él.

Evan se queda mirándola durante un largo rato. Por fin, suelta un fuerte suspiro.

—Supongo que has hecho lo que debías.

Cuando su mujer se retira para darse un baño caliente, Edward tiene la oportunidad de hablar con su hijo sin que ella se entere. Sabe que va a estar ahí dentro un buen rato. A menudo, se da un largo baño para relajarse antes de irse a la cama, y esta noche lo va a necesitar. Pero, ahora que tiene la oportunidad, casi siente miedo de aprovecharla.

Cameron sigue en su habitación, con la puerta cerrada. Salió para cenar, pero no comió mucho. Ninguno ha comido mucho. Edward se pregunta de qué habrán hablado Riley y él. Ahora, mientras sube las escaleras, se da cuenta de que casi está deseando que Cameron se haya quedado dormido; de ser así, no piensa molestarlo. Pero ve luz por debajo de la puerta del dormitorio filtrándose hacia la penumbra del pasillo. Se queda vacilante en la puerta de la habitación.

—¿Cameron? —pregunta en voz baja.

—Sí —se oye desde el interior.

Edward abre la puerta. Cameron está sentado en la cama, con los brazos alrededor de las rodillas. Levanta su cara manchada por las lágrimas. Edward titubea. Pero, a continuación, cierra la puerta con cuidado, se acerca y se sienta a los pies de la cama, mirando a su hijo.

—¿Estás bien?

—No.

Edward traga saliva.

—Sé que la querías. No me imagino lo duro que debe de ser esto. —Cameron ni siquiera le mira y mantiene los ojos fijos en la colcha de la cama—. Cameron, tengo que hacerte una pregunta. —En ese momento, su hijo sí levanta los ojos, receloso—. Te oí llegar anoche, poco después de la una. —El recelo de su hijo se convierte al instante en miedo.

Edward espera con el corazón latiéndole con fuerza. Desearía estar en cualquier otro sitio; desearía no haber empezado esta conversación. Siente que está al borde de un precipicio y que la caída va a ser catastrófica.

—¿Lo sabe mamá? —pregunta Cameron con un susurro.

—No —miente Edward—. Esto es solo entre tú y yo. —Cameron parece haberse quedado paralizado. No se mueve. No pestañea. Edward tiene que preguntarle—: Cameron, ¿por qué le has mentido a la policía?

El rostro de Cameron es una mezcla de confusión y terror.

—No sabía qué hacer.

—Vale. Pero a mí me puedes contar la verdad. No va a pasar nada —dice Edward, mintiendo de nuevo. Pero también está aterrado. ¿Y si su hijo...? ¿Y si ha matado a Diana? En ese caso, sí que va a pasar algo. Nada volverá a ser como antes.

—Sí que vine a casa sobre las once, como he dicho. —Hace una pausa—. Pero volví a salir después.

Edward está desconcertado.

—¿Por qué? ¿A dónde fuiste?

—Volví a casa de Diana —contesta Cameron.

Dios santo.

—¿Por qué?

Su hijo empieza a llorar y las lágrimas le caen por la cara.

—Habíamos discutido. Tuvimos una fuerte pelea. Cuando la dejé en su casa, los dos estábamos enfadados. Así que vine a casa, pero después volví para tratar de arreglar las cosas con ella.

—Muy bien.

Edward siente un pellizco en el estómago.

—Aparqué delante de su casa y me quedé un rato sentado en la camioneta, a oscuras. No sabía qué hacer. —Se detiene.

Edward no quiere preguntar, pero lo hace. Tiene la boca seca.

—¿Y qué pasó entonces?

—Eso es todo. Solo estuve allí sentado un buen rato, pensando. Y luego me fui y estuve dando vueltas antes de regresar a casa.

—Muy bien —repite Edward, exhalando. Esto es malo, pero no terrible. Su hijo no le hizo nada a Diana. Debe de estar diciendo la verdad. Pero no será bueno si los inspectores se enteran de que habían discutido, de que él estuvo allí…, de que les ha mentido. Dios mío—. ¿Por qué discutisteis?

—Ella no quería que fuéramos el año que viene a la misma universidad… y… rompió conmigo.

Edward traga saliva. Esto sí que es malo.

—¡Y ahora está muerta! —grita Cameron con rabia.

—No es culpa tuya —contesta Edward tratando de calmarlo. Intenta pensar, pero parece que el cerebro no le funciona como debería. Tarda un rato en preguntar—: ¿No viste nada? ¿Ni oíste nada?

Cameron niega con la cabeza y, a continuación, levanta los ojos, angustiado.

—¿Y si alguien me vio en la camioneta?

Edward vuelve a tragar saliva.

—En ese caso, le cuentas la verdad a la policía.

—¿No debería contárselo de todos modos?

Edward lo piensa detenidamente.

—Creo que no. Vamos a dejar esto entre tú y yo, ¿vale?

Cameron ve cómo su padre sale de su habitación y cierra la puerta despacio. Tenía miedo de que su padre supiera ya a qué hora había llegado a casa. Lo había sospechado cuando iba en la camioneta de vuelta a su casa desde la comisaría. Ahora lo sabe con seguridad. Los dos comparten un secreto y su padre le ha dicho que así debe seguir siendo. Al menos, ahora no se siente tan solo.

Sigue muy preocupado porque puedan haberle visto.

Todo es una mierda.

Ha pasado todo el día tumbado en la cama, acurrucado en posición fetal, diciendo a sus padres que se fueran cada vez que intentaban consolarlo. No quiere que estén con él ni quiere hablar. Solo quiere dejar de existir.

Oyó que Evan llegaba a su casa y que su padre le decía que se fuera. Quizá ha sido un error hablar con Riley. Le preocupa lo que pueda pensar. No le ha gustado el modo en que ella le miraba.

Al menos, su padre le cree. Su padre le creería por muchas mentiras que él contara.

19

Brad Turner se enciende un cigarro, cosa poco habitual, y expulsa el humo por la ventana abierta. No está permitido fumar dentro del apartamento, pero nadie se va a enterar. Y ahora mismo necesita fumarse un cigarro con desesperación. Tiene un pequeño apartamento de un dormitorio en un edificio bajo de una de las callecitas secundarias de la ciudad, Ivy Street. Después de las cinco, cuando las tiendas cierran, hay mucha tranquilidad. Ahora baja la mirada a la calle. Es bastante tarde, hace mucho que ha anochecido y no se ve un alma. Nadie puede verlo fumando en la ventana.

El apartamento está bien escondido de las miradas de los adolescentes a los que da clase. Recorren la calle principal arriba y abajo cuando salen de parranda; no llegan hasta aquí. No quiere que le vean salir y entrar de su edificio. No quiere que sepan dónde vive. A los chicos les gusta saber cosas de sus profesores. Son unos entrometidos. Esto les va a encantar, piensa, y lanza con rabia la colilla por la ventana.

Evoca a Diana y siente una punzada aguda. Intenta identificarla. ¿Qué es? ¿Rabia? ¿Miedo? ¿Arrepentimiento? Piensa que es todo a la vez. Lamenta que Diana haya muerto. Por supuesto. Le gustaba mucho, a pesar de todo. Pero está enfadado... con ella y con el director Kelly. Ahora también tiene miedo. La policía está investigando el asesinato de Diana y van a querer hablar con él si averiguan lo que ella le contó a Kelly.

Suena el móvil y se sobresalta. Lo coge y reconoce el nombre: Graham Kelly, el director. Mierda, mierda, mierda. Hoy en el instituto, en medio de toda la agitación, apenas ha visto a Kelly. No ha tenido oportunidad de hablar con él a solas; siempre había alguien delante.

Kelly estaba de su parte; le creyó. La situación incomodó mucho al director y estaba claro que lo único que deseaba era que todo se olvidara. ¿Pero y si se lo cuenta a la policía?

Responde a la llamada.

—¿Sí?

—Hola, Brad. Soy Kelly.

Hay una pausa incómoda y, después, Kelly continúa:

—Lo siento, Brad. No iba a mencionarle a la policía lo que había pasado entre Diana y tú, pero creo que no tengo otra opción. Quería avisarte antes. Voy a contárselo a los inspectores por la mañana.

«Joder». Brad respira hondo.

—Lo entiendo. Estás en una situación complicada. Lo siento. Lamento que haya sido así. —Sigue teniendo la esperanza de que Kelly cambie de idea. Pero, aunque lo haga, ¿quién más lo sabe? Diana dijo que no quería que se enterara nadie, que no se lo había contado a su madre ni a ningún otro. ¿Pero y si lo hizo? Kelly ha debido de darse cuenta de que no puede mantenerlo en secreto. Si no, lo haría.

—Yo también lo lamento —responde Kelly.

Brad llega a la conclusión de que Kelly no va a cambiar de idea.

—Sabes que esto va a acabar conmigo. —No puede evitar decirlo—. Y sabes que ella mentía.

Kelly no contesta a eso.

—Es que… lo que le ha pasado lo cambia todo. Y es una pena que esto se tenga que saber ahora.

«Una pena», piensa Brad con resentimiento, casi entrando en pánico.

—¿Y qué es lo que se va a saber exactamente? —pregunta.

—Bueno…, lo que aparece en el expediente.

Brad cierra los ojos un momento, aliviado. Ha leído el expediente. Los vuelve a abrir.

—¿Me voy a quedar sin trabajo?

—Voy a intentar protegerte, pero, sinceramente, no lo sé. Depende.

—¿A qué te refieres?

—Si se hace público…, ya sabes la influencia que tienen ahora los padres. —Guarda un breve silencio al decir esto y, a continuación, añade—: Oye, es probable que la policía te interrogue, verán que no has tenido nada que ver con su muerte y lo dejarán pasar…

—¡Por supuesto que no he tenido nada que ver!

—Por supuesto que no. —Kelly hace una pausa—. Así que, con suerte, nada de esto terminará haciéndose público.

Al menos, sabe a lo que atenerse.

—Gracias por avisarme —dice Brad. Y, justo antes de colgar, añade—: Mantenme informado de lo que pase.

—Claro.

Brad se enciende otro cigarro asomado a la ventana, más inquieto que antes. El móvil vuelve a sonar y lo mira. Es Ellen. No quiere hablar con ella. No sabe qué decirle, así que no contesta. Ella no sabe nada de esto.

Al menos, por ahora.

Ellen mira su teléfono con consternación. No es propio de Brad que no conteste a sus llamadas. Puede que esté en la ducha o que la llame después y le pida que vaya a su apartamento esta noche. Le resulta raro estar en casa un viernes por la noche, cuando va a casarse en cuestión de semanas. Pero puede aprovechar el tiempo. Hay muchas cosas que hacer cuando se está preparando una boda, aunque se siente un poco culpable por estar organizando un evento tan feliz cuando han asesinado a una de las alumnas de su prometido.

Vuelve a pensar en el cadáver de esa chica abandonado en un terreno de su familia. No se le va de la cabeza. Es nauseabundo. Y aterrador.

Sus pensamientos se centran de nuevo en Brad. Ellen entiende que sienta la necesidad de estar un tiempo a solas, pero cree que sería mejor si pudiera compartir sus sentimientos con ella.

Siente un pellizco de intranquilidad. Quiere a Brad con locura, pero hay algo en él que le parece inaccesible, como si no deseara mostrarle una faceta de él. Quizá eso forme parte de su atractivo. Lo atribuye a su educación, al hecho de ser el hijo pequeño de una familia desgraciada y disfuncional. No está acostumbrado a sentirse seguro, a compartir sus sentimientos, a ver reconocidos esos sentimientos. Ha tenido que protegerse para sobrevivir como ser humano sano.

Piensa en su futuro juntos, en cómo va a cambiar todo cuando tengan su propia familia. Han comprado un pequeño y modesto bungalow a las afueras de la ciudad, con la ayuda de los padres de Ellen. La venta se firmará el 1 de diciembre. Será una casa llena de amor, tolerancia, sinceridad y bondad.

Ellen entra en el comedor. La enorme mesa formal está invadida con parafernalia de la boda. Siempre comen en la cocina, así que ha convertido la mesa del comedor en su espacio de trabajo. Empieza a ocuparse de las tarjetas para ubicar a los comensales en el banquete nupcial; todavía le quedan muchas por terminar.

Brenda Brewer sube por fin las escaleras para meterse en la cama. Le ha dicho a su exmarido que se prepare una cama del cuarto de invitados. También le ha sugerido que se marche por la mañana y él ha accedido.

—Tengo que volver con Jill y los niños —ha contestado sin necesidad antes de que ella saliera de la habitación.

Ahora, Brenda se acurruca bajo las mantas y apaga la lámpara que tiene junto a la cama. La oscuridad inunda la habitación. Está deseando que llegue el olvido que le traerá el sueño, pero, aunque se ha tomado un somnífero, no consigue dormirse durante un largo rato. Porque, en algún momento de la noche anterior, alguien asesinó a su hija. Por todo ese horror.

Cuando por fin empieza a quedarse dormida, cree notar la presencia de su hija a su lado, cercana y reconfortante. Sabe que solo es cosa de su mente, que le engaña cuando está a punto de conciliar el sueño, pero, de todos modos, se aferra a esa sensación.

20

Graham Kelly está sentado en su sala de estar, solo y a oscuras, tenso, dando sorbos a un whisky. Ha estado revuelto todo el día, meciéndose como un péndulo entre la consternación y la pena por lo que le ha sucedido a Diana y la angustia por la situación en la que se encuentra, la incertidumbre sobre lo que debería hacer.

Su mujer se ha acostado y sus tres hijos se han retirado a sus distintas habitaciones para dedicar gran parte de su tiempo a las redes sociales y los videojuegos, lo cual no les aporta nada bueno. Ya no les pregunta. Ha perdido el control sobre ellos y, según parece, lo único que puede hacer ahora es seguir adelante y esperar que al final todo salga bien. La paternidad ha supuesto una pesadilla para su mujer y para él. Sus hijos no han sido fáciles, pero, aun así, los quiere con locura. Le han causado disgustos en lo personal y situaciones bochornosas en lo profesional como director. Sin duda, eso le ha dotado de más empatía con los padres que atraviesan por dificultades con sus hijos. Ha hecho lo que ha podido.

Ha llegado a la conclusión de que los hijos nacen con determinados rasgos y caracteres y que, por muy buenas intenciones que tengan los padres de todo el mundo, es algo irremediable. Se hace lo que se puede. Sin juzgar.

Pero esto…

Debe ir mañana por la mañana a la comisaría para hablar con ellos. Porque Paula tiene razón. Y le da un poco de miedo que, si no se lo cuenta él a la policía, sea Paula quien lo haga.

Querrán interrogar a Brad, pero probablemente todo salga bien, se dice mientras se aferra con fuerza a su vaso de whisky. Brad no la ha matado. Tendrá una coartada. Habrá estado con su prometida, sin duda. Menudos tortolitos. Al menos, Brad no tendrá que preocuparse de ningún interrogatorio serio sobre ese aspecto. Pero Kelly, siempre tan cobarde, no quiso sacar el tema de la coartada por teléfono.

Es consciente de que siempre ha evitado las malas noticias y los conflictos. Nunca ha encarado las cosas de frente, ni en su trabajo ni en su vida personal. Resultó algo sorprendente, incluso para él, que llegara al cargo de director. Pero luego se dio cuenta de que todo consiste en saber manejarse dentro del sistema. En el consejo escolar, nadie quiere a un disidente como director. En realidad, todo consiste en no causar problemas.

Espera que este asunto de la queja de Diana no se haga público, porque no quiere verse sometido a escrutinio por el modo en que lo manejó. Debería haberlo denunciado, aunque a él no le resultara creíble. No siempre es fácil hacer lo correcto ni saber qué lo es.

Es ya tarde cuando Joe Prior oye la familiar llamada a la puerta de su apartamento. Se pregunta por qué ha tardado tanto. Se levanta de la silla donde ha estado viendo las noticias en la televisión y abre.

Es Roddy, al que conoció trabajando en la obra a principios de año. Roddy tiene también algo de vagabundo. Es medio canadiense y pasó parte de sus primeros años en New Brunswick. Es flaco, como si no estuviese bien alimentado, pero Joe sabe lo fuerte que es: lo ha visto levantando cosas en el trabajo. Normalmente es bastante simpático, pero a veces puede ser un borracho miserable. Vive solo en una pequeña caravana a las afueras de la ciudad. Joe nunca va allí porque no soporta las caravanas. Demasiados recuerdos tristes de su infancia. Jamás volverá a poner un pie en una caravana, si puede evitarlo.

—Hola, Roddy. Pasa —dice Joe. Apaga el sonido de la televisión.

Roddy entra en la habitación, se deja caer en el raído sofá de cuero negro y apoya los pies en la maltrecha mesita. Joe entra automáticamente en la diminuta cocina, sale con una lata fría de cerveza y se la lanza a Joe, que la caza al vuelo con pericia. Joe mete de nuevo la mano en el frigorífico y saca otra cerveza fría para él. Roddy mira alrededor del apartamentucho y se fija en la ropa sucia del cesto que está junto a la puerta y en los libros de las estanterías.

—¿Te ha llamado la policía? —pregunta Joe.

—Han venido a verme. A la caravana.

—¿Sí? —Joe se sienta en su sillón reclinable.

Roddy da un largo trago a la cerveza. A continuación, baja la lata y vuelve a mirarle con curiosidad.

—Joder, cuánto lío cuando lo único que hiciste fue flirtear con ella.

—Sí, menuda mierda. Imagina cómo me siento. Mi foto por todos sitios, joder, y lo único que hice fue hablar con ella. A lo mejor debería demandarlos. —Levanta su lata y bebe.

—Sí, a lo mejor deberías hacerlo. —Roddy suelta un eructo y dice—: En fin, ahora te dejarán en paz.

—Sí, joder, a ver si es verdad.

Viernes, 21 de octubre de 2022, 23.45 horas

No puedo dormir. Es como si nunca más vaya a poder dormir otra vez. Así que estoy de nuevo con mi portátil.

Escribir es mi forma de asimilar las cosas. La señora Acosta, nuestra profesora de creación literaria, me ha estado animando. Sabe que quiero llegar a ser escritor algún día. Por eso empecé a escribir este diario, solo para mí, porque por algún sitio hay que empezar. «Los escritores escriben», dice la señora Acosta. También dice que tengo que encontrar mi propia voz. Y no sé, a lo mejor escribir sobre lo que le ha pasado a Diana me ayuda a enfrentarme a todo esto.

De los cuatro, Diana era la que tenía más energía, más ideas y entusiasmo. Era la única que entendía mi ambición por convertirme en escritor algún día, aparte de la señora Acosta. Cameron y yo estábamos antes más unidos, pero, cuando se hizo novio de Diana a finales de verano, pasaba más tiempo con ella y nos fuimos distanciando. Es un cliché con patas: alto, fuerte, masculino, atractivo y capitán del equipo de fútbol americano. ¿Quién si no iba a salir con Diana, que parecía estar hecha para ser animadora? Pero estaba demasiado ocupada para esas cosas. Era guapa, buena y una gran atleta, y también muy lista y divertida. Y, ahora, mis lágrimas vuelven a caer sobre el teclado.

Riley y Diana siempre estuvieron muy unidas, «las mejores amigas», como les gusta decir a las chicas. Riley me cae bien. Es lista también, además de ambiciosa y muy competitiva, sobre todo conmigo. Competimos por las mejores notas en todas las clases en las que estamos juntos, que son la mayoría. Ahora, nuestro pequeño grupo terminará separándose. Diana era el corazón y el centro, la que nos mantenía unidos. Y ahora Riley sospecha que Cameron la ha podido matar.

No soy feliz en casa. Mi madre es estupenda, pero mi padre es un gilipollas. Es muy estrecho de mente y no muestra interés por nada que no sea su triste vida, que solo consiste en cazar, ver la tele y empinar el codo. Ve muchos deportes en la televisión y bebe una cerveza tras otra. Ahora que lo pienso, él también es un cliché con patas. Mi madre lee libros para huir de él. Querían tener más hijos, pero no fue posible. Supongo que eso hace que yo sea aún más decepcionante y por eso mismo yo también desearía que hubieran tenido más hijos. Es evidente que se han decepcionado el uno al otro. No sé por qué siguen juntos. No puede ser por mí. Está claro que mi padre deseaba que su único hijo, su único varón, fuese un gran deportista, como él en su juventud. En el instituto llegó a la cima. Pero yo soy malísimo en los deportes de equipo y no me interesan nada. Creo que mi padre nunca lo ha superado.

En lugar de eso, estoy intentando entrar en la Universidad de Nueva York para estudiar Lengua y Creación Literaria. «¿Qué narices vas a hacer con eso?», me preguntó mi padre. Mi madre se limitó a poner cara de escepticismo. Creo que se culpa a sí misma. Siempre me ha animado a leer. Ella misma ha sido siempre una gran lectora y nuestra casa está llena de libros. Desde que tengo memoria, la he visto sentada en algún sitio con la nariz enterrada en alguna novela. Yo suelo leer más a los clásicos. *A sangre fría*, de Truman Capote, es mi favorita. Me la he leído tres veces. Creo que mi madre desearía no haberme animado tanto a leer ni haberme llevado a todas horas a la biblioteca.

Leer mucho es poco habitual entre los de mi generación. Salvo por Diana. Leía buenos libros y siempre estábamos hablando de ellos. Dios, cómo la voy a echar de menos.

21

A la mañana siguiente es sábado y Cameron está tumbado en la cama, mirando fijamente al techo. Oye a su madre abajo, moviéndose por la cocina. Es el sonido de cualquier otra mañana de sábado, pero sabe que ahora todo es distinto. Se da cuenta de que tiene hambre. No ha comido mucho desde ayer por la mañana, cuando la policía interrumpió su desayuno. Se levanta y se pone unos vaqueros y una sudadera. No se molesta en ducharse. No le importa. Baja y entra en la cocina.

Su madre se gira al oírlo, como si se sorprendiera de verlo. Sonríe.

—Cameron, cariño —dice—. ¿Qué quieres que te prepare de desayuno?

—Yo lo hago —contesta él, y coge un cuenco y los cereales y saca la leche de la nevera. No soporta ese falso entusiasmo de su madre; le pone de los nervios. Se mueve alrededor de él y Cameron siente como si se asfixiara. Puede notar sus ojos sobre él, observándole, preocupada por él, y no le gusta. Mira el reloj del horno: las 10.14. Se ha quedado dormido.

—¿Dónde está papá?

—Arriba.

Suena el teléfono de la cocina y su madre se sobresalta. Cameron siente un pellizco de miedo que le recorre el cuerpo. Su madre se queda mirando el teléfono, sin moverse, mientras vuelve a sonar. Ella es la que está más cerca.

—¿No vas a contestar? —pregunta él con voz tensa.

Su madre contesta al teléfono y espera. Se vuelve para mirarlo y él se da cuenta.

—Sí, está aquí. —Se queda paralizada—. Sí. Iremos enseguida. —Cuelga el teléfono y le dice—: Quieren hablar contigo otra vez. Tenemos que ir a la comisaría de policía.

«Dios mío, alguien me vio». Deben de saber que estuvo en casa de Diana hace dos noches, después de las once, y él les había dicho que no. Intenta levantarse de la silla, pero le fallan las fuerzas.

—Voy a por tu padre.

Media hora después, Cameron y sus padres llegan a la comisaría de policía de Fairhill. Su madre insistió en que se terminara los cereales antes de salir, pero apenas pudo comérselos. Su padre camina a su lado con la mano sobre su hombro, como si le estuviese diciendo en silencio: «Estoy contigo». Cameron lo agradece, pero no va a servirle de mucho. Su padre no puede salvarle. Tuvieron una conversación apresurada y entre susurros antes de salir de la casa, sin que su madre se enterara.

«¿Y si me vio alguien?».

«Pues, en ese caso, les dices la verdad y no te pasará nada», contestó su padre.

—Por aquí —señala el inspector Stone a la vez que abre la puerta de la sala de interrogatorios. Es la misma en la que estuvieron ayer—. Te recuerdo que estás aquí por propia voluntad. Puedes marcharte cuando quieras.

Cameron asiente, nervioso. Es igual que la otra vez: los inspectores Stone y Godfrey, a un lado de la mesa, y Cameron flanqueado por sus angustiados padres, al otro. Desearía que su madre no hubiera venido, pero le da miedo pedirle que salga. Ponen en marcha la grabadora.

—Muy bien, Cameron. Ayer nos dijiste que habías dejado a Diana y que ella entró en su casa a eso de las once de la noche, ¿correcto? —Cameron asiente—. ¿Puedes decirlo en voz alta para la grabación? —pregunta Stone.

—Sí.

Stone asiente a su vez.

—Y, después, te fuiste a tu casa.

—Sí.

Stone le mira a los ojos y espera. El miedo de Cameron se dispara. Lo saben. Por la forma en que el inspector le mira..., por fuerza lo saben. Nota que empieza a temblar. Su padre le está mirando, preocupado.

—Tranquilízate, muchacho —dice Stone—. Solo queremos aclarar un par de cosas. —El inspector está siendo simpático, incluso bondadoso.

Cameron traga saliva.

—Vale.

—¿Había algún problema en tu relación con Diana?

¿Alguna discusión? Si es así, será mejor que nos lo cuentes ahora.

—No —contesta Cameron. Es un acto reflejo. Nada más decirlo, se acuerda de que Diana le había contado algunas cosas a Riley, y que esta sabía lo de la universidad. Debe de haber hablado con los inspectores y por eso le han llamado. Riley ha sido siempre una chismosa. No debería meterse en los asuntos de los demás, piensa con resentimiento.

Edward Farrell ve a su hijo temblar en la silla frente a los inspectores. El nerviosismo de Cameron le angustia. Mira a Shelby, que parece recelosa, asustada incluso. ¿Qué está pasando aquí? La atmósfera es distinta a la de ayer, pese a que el comportamiento de los inspectores no ha cambiado. Es su hijo el que ha cambiado.

—¿Estás seguro, Cameron? —insiste el inspector. Espera, pero Cameron no dice nada—. Porque a nosotros nos han dicho otra cosa.

—¿Qué? —pregunta Cameron.

—Nos hemos enterado de que Diana y tú teníais problemas.

Shelby interviene angustiada, inclinándose hacia delante en su silla.

—Eso no es cierto, ¿verdad, Cameron?

El inspector le lanza una mirada reprobadora y ella vuelve a apoyarse en el respaldo.

Cameron no contesta. Edward está preocupado. Su hijo no ha tenido nada que ver con la muerte de Diana. Pero también sabe que no les ha contado toda la verdad. Solo tienen que superar esta situación.

—Yo la quería —dice Cameron por fin, con terquedad—. Ella me quería. Estábamos perfectamente juntos.

—Pero debíais de tener algún desacuerdo —insiste el inspector—. Le pasa a todo el mundo. —Al ver que Cameron no responde, Stone le pregunta—: ¿Discutiste con Diana sobre a qué universidades iríais?

Cameron niega con la cabeza.

—No. No fue para tanto. Se me ocurrió que debíamos solicitar el ingreso en las mismas universidades, pero ella quería pedirlo también en otras porque tenían mejores cursos de veterinaria.

—¿Y a ti eso qué te parecía?

—Me parecía bien —contesta Cameron.

Pero Edward sabe que tuvieron una fuerte discusión al respecto aquella noche. Cameron se lo ha contado. Diana había roto con él.

—Su amiga Riley nos ha contado que estaba planteándose romper contigo —dice Stone.

—¡Eso no es verdad! —protesta Cameron. Y, a continuación, añade de forma impetuosa—: A Riley no le caigo bien.

—Yo creía que erais amigos —dice el inspector Stone.

—Antes sí. Salíamos todos juntos. Pero a ella no le sentó bien que Diana y yo empezáramos a salir porque Diana ya no le dedicaba tanto tiempo. Siempre estaba tratando de interponerse entre los dos.

El inspector Stone inclina la cabeza.

—Nos ha dicho que eras posesivo.

—No me extraña. A eso me refiero —responde a la defensiva—. Estaba intentando separarnos. Pero Diana sabía que yo la quería. Eso era lo único importante.

—De acuerdo. Entonces ¿no discutisteis la otra noche?

—No. Ya le he dicho que estuvimos dando una vuelta un rato, después aparcamos y tuvimos sexo en la camioneta, y, luego, la llevé a casa sobre las once. No pasó nada malo. Ella entró y yo me fui.

Edward observa a su hijo con nerviosismo. Sabe que lo que acaba de declarar no es verdad. Sabe que discutieron. Pero es él quien le ha dicho a Cameron que se ciñera a su primera declaración.

Stone apoya la espalda en su silla.

—La mujer que vive al otro lado de la calle de los Brewer llegó a su casa tras visitar a una amiga en el hospital el jueves por la noche. Va a verla todas las noches y regresa sobre la medianoche, así que está muy segura de la hora. Y cuando volvió a casa el jueves, poco después de las doce, vio a alguien sentado en una camioneta delante de la casa de los Brewer. La descripción de la camioneta se corresponde exactamente con la tuya.

A Edward se le revuelve el estómago.

Cameron siente que se marea, como si hubiese recibido un balonazo en el campo de fútbol. El inspector está esperando a que diga algo, pero no puede hablar. Nota cómo su cara se sonroja. Debe de parecer un absoluto culpable. Traga saliva, mira a su padre, que le hace una señal con la cabeza, casi imperceptible. No puede mirar a su madre.

—Vale, sí, estuve allí —dice al inspector, casi balbuceando. Hace una pausa para sopesar hasta dónde debe contar. Piensa en lo que le ha dicho su padre y vuelve a tragar saliva—. Sí que discutimos un poco. Por lo de la universidad. Y después la dejé en su casa a las once y me fui a la mía. —Hace una pausa—. Pero un rato después volví. Para disculparme con ella y hacer las paces. Aparqué delante de su casa y me quedé sentado en la camioneta. Pero no me atreví a entrar para hablar con ella. Pensé que seguiría enfadada conmigo. —Deja caer la cabeza—. Me quedé allí, en la camioneta, durante un rato, hasta después de la medianoche, y luego me fui, estuve dando una vuelta un rato más hasta la una de la noche, más o menos, y después me fui de nuevo a mi casa.

—¿Por qué no nos has contado esto antes? —pregunta Stone.

—Porque… creía que, si ustedes sabían que habíamos discutido y que estuve allí, podrían pensar que… —No logra terminar la frase.

—Siempre hay que decir la verdad —sentencia Stone con firmeza.

—Se la estoy diciendo ahora —responde Cameron con desesperación.

Stone le mantiene la mirada e inclina la cabeza a un lado.

—Yo creo que no, Cameron.

Cameron empieza a temblar de manera casi descontrolada.

—Disculpe, inspector —empieza a decir su padre, pero no consigue añadir nada más.

Stone le interrumpe.

—Sabemos que saliste de la camioneta, Cameron. ¿Qué hiciste cuando bajaste de ella?

Edward mira alarmado a su hijo y al inspector. Dios santo, ¿qué está pasando aquí? Esto no puede estar pasando. Si Cameron dice que no bajó de la camioneta es que no lo hizo. Debe creerlo. ¿Está mintiendo el inspector? ¿Está tratando de tenderle una trampa? Pero Edward sabe que su hijo ha mentido desde el principio. Tiene que ponerle fin a esto. Ya.

—Un momento —dice con tono agresivo—. ¿Está acusando a mi hijo?

—Lo único que queremos es aclarar los hechos, señor Farrell —responde Stone.

—No —insiste Edward con firmeza—. Esto se ha acabado. Si quiere seguir interrogando a mi hijo será con la presencia de un abogado. —Debería haber hecho esto antes, piensa.

Ve un breve parpadeo de fastidio en los ojos del inspector, seguido de una expresión de resignación.

—De todos modos, estaba a punto de leerle sus derechos —dice—. Godfrey, por favor, procede.

Edward, su mujer y su hijo oyen con absoluta consternación cómo la inspectora Godfrey le lee sus derechos a Cameron.

—¿Está detenido? —pregunta Edward, incrédulo. Siente que no puede respirar, como si algo muy pesado le estuviera presionando el pecho.

—No. Pero queremos seguir interrogándole y ya no va a ser de forma voluntaria. Llame a su abogado. Esperaremos a que llegue.

Stone apaga la grabadora y los dos inspectores salen de la habitación. Edward ve el rostro sorprendido y demacrado de su mujer y, a continuación, mira a su hijo.

—Cameron, no digas nada más. Voy a llamar al mejor abogado criminalista que pueda encontrar.

Sus dedos se mueven ajetreadamente sobre su móvil mientras busca en Google los abogados criminalistas de Vermont con mejor reputación. Empieza a hacer llamadas mientras su mujer y su hijo se quedan sentados, paralizados por el miedo. Ninguno de los dos pronuncia una palabra.

22

Nadie sabe que estoy aquí, invisible, en esta sala de interrogatorios. Observo desde algún lugar del techo. Resulta genial ser como una mosca en la pared, verlo y oírlo todo, pero no lo estoy disfrutando porque es de lo más sobrecogedor. Creen que estoy muerta, pero estoy aquí mismo.

Sigo queriendo creer que esto es algo temporal, una especie de sueño largo y recurrente del que voy a despertar, pero empiezo a temer que no es ningún sueño. En cierto modo, me he estado sintiendo como envuelta en alguna crisálida, no tan angustiada como debería, como si me hubiesen drogado con algo que lo amortiguara todo y me hiciera experimentarlo desde la distancia. Pero, ahora, esa crisálida se está desmoronando y me siento más alerta, menos fragmentada, más consciente de lo que está pasando. Como si me hubiesen dado un chute de adrenalina.

¿Este chico que dice que me quería es el responsable

de que yo esté ahora aquí, en este formato reducido, dejándome llevar de un sitio a otro?

Estuvo sentado en la puerta de mi casa, a oscuras, todo ese tiempo. ¿Por qué lo haría? Si quería disculparse, ¿por qué no me envió un mensaje para decirme que estaba en la puerta? Yo habría bajado. Le habría dejado pasar.

Pero entonces se me ocurre que a lo mejor lo hizo. Y que a lo mejor sí le dejé pasar.

¿Qué hizo cuando bajó de la camioneta? El inspector lo quiere saber y yo también. «¿Qué hiciste?», le grito a Cameron. Me coloco justo delante de su cara y le grito lo mismo una y otra vez. Ni siquiera pestañea. Estoy muy enfadada. No puedo intervenir. No me puedo comunicar. Solo puedo gritar y gritar sin que nadie me haga caso.

Ha estado mintiendo desde el principio. Y ahora han descubierto sus mentiras y quiero saber la verdad. Si me ha hecho esto, quiero que sufra por ello. No soy ningún ángel. Todos creen que soy un libro abierto, pero soy más complicada de lo que parece, igual que todo el mundo. No soy ninguna santa. No soy perfecta. Hay cosas que no cuento. Pero eso es lo que hacen todos. Todo el mundo tiene secretos. No hay más que ver a Cameron, ese cabrón mentiroso.

Cuando los inspectores salen de la sala, me quedo mirando a mi antiguo novio, derrumbado en su silla como un zombi, con sus padres a su lado. Ha estado llorando mucho, cualquiera puede darse cuenta. Pero a lo mejor no llora por mí. Puede que esté llorando por lo que le va a pasar a él.

Mientras le miro, intento recordar. Pienso en el momento en que subí a su camioneta cuando vino a recogerme. Recuerdo que me eché el pelo hacia atrás y le sonreí al tiempo que me ponía el cinturón de seguridad, como siempre. Y ahora, de repente, al mirarlo consumida por la rabia, me acuerdo. Fuimos por carreteras rurales en medio de una absoluta oscuridad, con los faros delanteros surcando las tinieblas. Nos detuvimos en uno de nuestros sitios preferidos, en la esquina de un campo, al borde de una granja. Ahora que lo pienso, no quedaba lejos de donde encontraron mi cuerpo.

Cameron se colocó encima de mí nada más apagar el motor. Yo también deseaba que nos enrolláramos, pero no tanto como él. Cameron siempre quería sexo. Creo que siempre es así con los adolescentes. Después, se quejó de que siempre teníamos que hacerlo en la camioneta. Traté de quitarle importancia y le recordé que en verano extendíamos una manta en el suelo y lo hacíamos bajo las estrellas. Pero desde que hace más frío lo hemos hecho en la camioneta. No podemos ir a su casa porque sus padres parece que siempre están allí.

—¿Sabes qué? La próxima vez podríamos probar en tu habitación —propuso mientras nos volvíamos a vestir.

Eso hizo que me enfadara de inmediato. Ya habíamos tenido esa conversación y no me apetecía volver a lo mismo.

—O sea, tu madre no está en casa y pronto va a hacer un frío de cojones. No podemos venir aquí en invierno.

No me gustó ni su queja ni su tono.

—Pues a lo mejor vas a tener que quedarte sin nada —le dije, sorprendiéndome a mí misma. Nunca habíamos discutido, así que lo que sucedió después nos asombró a los dos.

—¿Qué narices quieres decir con eso? —preguntó.

Durante un momento, no contesté porque no sabía cómo hacerlo. No estaba dispuesta a recibirlo en mi habitación de la infancia. Y ya estaba molesta con él, en general, por ser tan pegajoso. Él tenía sus entrenamientos de fútbol, pero, en cuanto estaba libre, se me echaba encima. Y yo también tenía cosas que hacer. Tenía que estudiar y también un trabajo de media jornada. Cameron no trabajaba. Sus padres pensaban que con los estudios y el deporte ya era suficiente. Pero a mí me estaba criando una madre soltera y estaba ahorrando para la universidad. De repente, su comportamiento posesivo —conmigo, con todo— me cabreó. Hablé sin pensar.

—¿Sabes, Cameron? Hay una cosa que quería comentarte desde hace un tiempo.

Él me miró como si no le gustara el tono de mi voz. Se puso rígido y entrecerró los ojos, como si se estuviese preparando.

—He estado pensando en la universidad. —Hubo entonces un largo silencio, como si él supiera lo que iba a decir.

—¿Y? —preguntó.

—Hay facultades de veterinaria muy buenas a las que quiero enviar mi solicitud..., otras de las que no hemos hablado.

—Sí, vale. Puedo solicitar el ingreso donde tú quieras. Ya te lo he dicho.

No estaba captando la indirecta y yo ya sabía que iba a ser así. Sabía que iba a tener que decírselo a las claras.

—Es que... estoy pensando que quizá sería mejor que no fuésemos a la misma universidad. —Ya estaba, lo había dicho.

—¿Qué? ¿Estás rompiendo conmigo?

Fue su incredulidad lo que terminó de convencerme. Sencillamente no podía creerse que yo quisiera hacer nada sin él, que no era lo más importante en mi vida. Pareció enfadarse entonces, aunque no recuerdo que yo sintiera miedo.

—No. No ahora mismo —contesté de forma automática en un intento por suavizar las cosas, a la vez que me odiaba por ello. Allí sentada, en la cabina de su camioneta, deseé de repente recuperar mi antigua vida, ver a mis amigos, pasar más tiempo con Riley, dedicarme más tiempo a mí. Pero no soportaba hacer daño a Cameron, apartarlo de una forma tan repentina y definitiva.

—No —dijo.

Me quedé un poco atónita al oír aquello.

—¿Qué quieres decir con ese «no»?

—Que no vamos a romper. No sabes lo que dices. Solo estás enfadada porque quiero acostarme contigo en tu habitación.

En ese momento, sí que me enfadé. Me puse furiosa. Me estaba diciendo que hablaba por hablar, que no sabía lo que quería. «¿Cómo se atreve?». ¿Y cómo era capaz de creer que podía decidir de forma unilateral que no íbamos a cortar? A la mierda. Las cosas no eran así. Las relaciones se terminan cuando uno de los miembros quiere que se terminen.

—¿Sabes qué? Hemos roto —estallé, ya sí con seguridad—. Llévame a casa. Hemos terminado.

—No lo dices en serio —protestó.

—Llévame a casa. Ya. No quiero volver a verte.

Puso en marcha la camioneta y salió del terreno derrapando. Condujo a una velocidad alarmante por los caminos de tierra, en medio de la más absoluta oscuridad. La gente no debería conducir cuando está enfadada. Es peligroso. Sobre todo de noche por el campo, donde no hay ninguna luz.

—Más despacio —dije con rabia, colocando mi mano sobre el salpicadero—. Vas a atropellar a alguien.

—¿Como a quién?

—Como a un animal —respondí furiosa.

Cuando llegamos a mi casa, se detuvo en la puerta y yo bajé de la camioneta dando un portazo. Fui directa hacia la casa sin volver la mirada. Cuando entré, cerré también de un portazo. Oí cómo se marchaba a toda velocidad con un chirrido de neumáticos.

Una vez dentro, no podía creerme lo que acababa de pasar, lo rápido que había cambiado todo. Yo no había planeado mencionar nada de eso. Pero pensé que quizá había sido lo mejor. Se me ocurrió enviar un mensaje a Riley, pero no me vi con ganas y decidí contárselo todo por la mañana.

No recuerdo nada más después de eso. Pero ahora sé que Cameron volvió esa noche.

Quiero recordar. ¿O no? ¿Quiero revivir el terror de que me estén asesinando? Puede que haya una buena razón por la que no puedo recordar. Quizá nunca lo consiga.

Quiero volver a meterme en esa crisálida. No quiero sentirme viva ni quiero estar viva. Aunque no creo que tenga elección. Empiezo a ser consciente de que nada de esto es un sueño.

23

El sábado por la mañana, Brad Turner está tomando café y fumando un cigarro tras otro en la mesa de la pequeña cocina de su apartamento. Son casi las doce del mediodía. Ha dormido poco. Ha desconectado el detector de humos, harto ya de fumar junto a la ventana. Ha colocado la tapadera de un tarro de mermelada en la mesa y la está usando como cenicero. Sabe que Kelly tenía pensado ir a la policía esta mañana para contarles lo de la denuncia de Diana. Querrán hablar con él pronto.

Ellen lo llama desde la panadería y hace lo posible por parecer normal. La llamada le resulta estresante. Le cuesta prestar atención a lo que ella le dice por todo lo que se le está pasando por la cabeza. Probablemente le pregunten dónde estuvo el jueves por la noche. Contempla la idea de pedirle a Ellen que declare que pasó la noche en la casa de él, aunque no fue así. Pero no quiere hacerlo. Y sus padres sabrían que estaría mintiendo.

Ellen va a terminar sabiéndolo. Se pregunta si debería

contárselo ya, antes de que se entere en otro sitio, explicarle que no fue más que el histrionismo de una niña adolescente. Su mente va a mil por hora, ayudada además por el café y la nicotina.

—¿Me estás escuchando? —pregunta Ellen. Parece preocupada por él. No ha oído nada de lo que ella le ha dicho.

—Perdona —responde Brad—. Esta mañana estoy un poco distraído.

—Claro —dice ella con tono empático—. ¿Qué haces hoy?

—Tengo lío con cosas del instituto —contesta. Pero no las va a hacer. Fuma un cigarro tras otro mientras espera noticias de Kelly.

—Anoche te eché de menos —dice ella con voz suave. Al ver que él no responde, le habla con tono más enérgico—: Pero ya he terminado las tarjetas de las mesas de los invitados. ¿Quieres que vaya a tu casa después del trabajo?

—No sé. Tengo mucho que hacer. Te llamo después, ¿vale? Te quiero —añade, de repente y con sinceridad, antes de colgar. Sí que la quiere. No puede perderla. Es lo único que tiene.

Por supuesto, esto le va a hacer daño. Puede que no quiera casarse con él si piensa que ha tenido un comportamiento inapropiado con una adolescente. Debe asegurarse de que ella le cree. Al fin y al cabo, Diana ya no está y no le va a poder contradecir.

El exmarido de Brenda estaba deseando irse. Se ha preparado un café, le ha dicho que lamentaba no poder servirle de más ayuda, la ha abrazado y se ha marchado. Brenda no sabe qué es lo que vio alguna vez en él.

Recorre la casa sin rumbo fijo, consumida por la pena. Recuerda la extraña sensación que tuvo anoche cuando se estaba quedando dormida, la de que su hija estaba cerca de ella, consolándola. Pero ahora no la siente. Se ve completamente sola, abandonada. Mientras se mueve de una habitación a otra sin saber qué hacer, se le va metiendo lentamente en la cabeza la idea de que hay algo distinto, pero no consigue ver qué es. Tiene la impresión de que falta algo, está casi segura de ello, pero no logra averiguar qué es.

Cuando suena el timbre de la puerta, cree que son los inspectores otra vez, así que va a abrir. No le importa estar con el pijama y la bata. Se sorprende al ver que son Riley y Evan. Siempre le han caído muy bien los dos. Evan lleva en las manos un ramo de flores, lirios blancos y rosas de color rosa, envueltas en celofán. Las lágrimas le vuelven a inundar los ojos al verlos y al pensar que no han venido para ver a Diana. Pero, de repente, tiene el deseo de hablar con alguien que quisiera a Diana, que estuviese implicado en su vida; alguien que no sea un padre negligente ni un inspector de la policía. Abre más la puerta y les invita a entrar.

Los lleva hasta la cocina, deja las flores en la mesa y se sienta con gesto de cansancio. Riley y Evan se sientan también en la mesa de la cocina. Es como si las flores de la mesa ocuparan el lugar de Diana.

—Lo siento mucho, señora Brewer —dice Riley, con la voz entrecortada.

—Yo también lo siento —añade Evan con torpeza.

Ella los mira y ve la pena y la tensión de sus jóvenes rostros.

—Gracias —responde con voz temblorosa.

—Estamos aquí para lo que necesite. Aunque solo sea para hablar o para ayudarla con los recados, si no le apetece salir.

—Sois muy amables —contesta Brenda.

Le conmueve su gesto y su preocupación. Riley es una chica estupenda y se ha quedado a dormir en esta casa en innumerables ocasiones. Es lista y buena, como era Diana. Y siempre le ha gustado Evan. Es muy amante de los libros, como su hija, a la que también le encantaba leer. Un buen cambio en comparación con tantos deportistas del instituto, como Cameron. Cameron no se ha puesto en contacto con ella. Pero puede que tenga alguna razón.

—El padre de Diana ya se ha ido, así que puede que os tome la palabra. —Y añade con lágrimas en los ojos—: Ahora estoy completamente sola.

—Le daremos nuestros números de móvil —se ofrece Evan y, al ver un cuaderno y un bolígrafo en la mesa, los coge, escribe su nombre y su teléfono y le pasa a Riley el bolígrafo y el papel.

—Llámenos cuando quiera —dice Riley—. Si necesita algo o alguien con quien hablar.

—Puede que me venga bien —contesta Brenda sintiéndose abrumada de repente. No cree que sea capaz de hacer nada. No puede comer, ducharse ni vestirse. Y, desde luego, tampoco puede preparar el funeral de su única hija.

—Nosotros la ayudamos —se ofrece Riley—. Con lo que necesite.

Es un alivio no tener que enfrentarse sola a esto. Brenda consigue ponerse de pie y se dispone a preparar un té para los tres. Mientras va cogiendo el hervidor y las tazas, se descubre hablándoles de la señora Payne, que vive al otro lado de la calle.

—La noche en que asesinaron a Diana, vio una camioneta aparcada delante de la casa con un hombre sentado en ella. Fue a eso de la medianoche. —Y añade con desaliento—: A lo mejor si hubiese llamado a la policía… —Se interrumpe. Puede que, si Helen Payne hubiese llamado a la policía, su hija siguiera con vida. Si ella fuese Helen, ¿habría llamado a la policía? No lo sabe.

—¿Pudo dar una descripción de la camioneta? —pregunta Riley.

Niega con la cabeza.

—Solo que era una pickup. Pero por aquí todo el mundo tiene ese tipo de camionetas. Cameron tiene una. Y el hombre ese del Home Depot, Joe Prior. —Y añade—: Los inspectores me han dicho que Prior tiene una coartada, pero no muy buena. —De repente, se le rompe la voz—. Es culpa mía por no estar en casa.

—No —se apresura a decir Riley—. No es culpa suya. No debe pensar eso.

—Pero sí que lo es —insiste Brenda—. Porque no estaba en casa. Si no me hubiese cambiado al turno de noche, es posible que Diana no hubiese muerto. —Empieza a llorar.

—¿Pero cómo puede saberlo? —pregunta Evan—. No debe culparse. —Se levanta y le pasa la caja de pañuelos que hay sobre la mesa de la cocina.

Pero sí que se culpa.

24

C uando suena la llamada, a Brad casi se le sale el corazón por la boca. Espera un momento para recuperar
el aliento antes de contestar. Por la pantalla del teléfono, sabe
que no es Kelly. No ha tenido la decencia de llamarlo para
contarle cómo le ha ido en la comisaría de policía. No, es un
inspector, y quieren hablar con él. Brad intenta mostrarse
calmado. Tienen que saber que se lo esperaba.

Cuando llega a la comisaría, hay periodistas apostados
en la puerta. Algunos le hacen fotos y a él no le gusta. Quieren saber quién es. Decide decirles, con tono calmado, que
era profesor y entrenador de Diana y que, sin duda, estarán
interrogando a todos los profesores. Eso hace que pierdan enseguida el interés por él. Vuelven a quedarse esperando en la
puerta mientras él entra.

Una vez sentado en la sala de interrogatorios delante
de los dos inspectores, le resulta más difícil parecer relajado.
No debería haberse fumado todos esos cigarros ni haber
bebido tanto café. De repente, tiene la boca seca y con un

sabor agrio y quiere beber un poco de agua, pero le da miedo que la mano le tiemble al beber, así que no la pide y ellos no se la ofrecen.

—Hemos tenido conocimiento esta mañana de ciertas informaciones sobre usted por parte del director Kelly —empieza diciendo Stone.

—¿Qué les ha dicho? —pregunta Brad manteniendo un tono neutro.

Pero el inspector no responde a su pregunta.

—¿Cuánto tiempo lleva dando clases en el instituto Fairhill?

—Algo más de un año. Empecé el septiembre pasado. Doy clases de educación física y entreno a algunos equipos deportivos.

—Tenemos entendido que entrenaba a Diana.

—Sí, estuvo en mis clases de gimnasia el año pasado y también este. Era una buena atleta y se le daba especialmente bien el atletismo campo a través. Era la mejor corredora de su equipo. —Se va sintiendo un poco mejor ahora que está hablando—. Es una verdadera tragedia. Tenía muchísimo potencial.

—Pero se quejó de usted.

Brad mira al inspector, que está esperando que diga algo.

—Así es —admite por fin—. Exageró algunas cosas. Yo lo achaco al dramatismo propio de la adolescencia. —Cree que ha conseguido que no parezca que está muy a la defensiva y quizá incluso transmitido que se sintió decepcionado por una de sus alumnas—. Me sorprendió su forma de interpretar algunas cosas, pero, aun así, le pedí perdón. Ahí acabó todo.

—¿Por qué le pidió perdón exactamente? —pregunta el inspector.

Ahora se siente incómodo.

—Le dije que lamentaba que hubiese malinterpretado mi forma de actuar.

—¿Y cuál fue su forma de actuar?

Recuerda la rabia que sintió hacia Diana. No debe permitir que se le note.

—No le gustaba que yo le diera una palmada en la espalda si hacía una buena carrera —contesta con tono afable—. A veces, le ponía una mano en el hombro y me acercaba cuando le daba alguna charla motivacional. Cosas así. —Se remueve en su silla—. No tenía ni idea de que eso la molestaba hasta que se quejó ante el director Kelly.

El inspector se queda mirándolo a los ojos, como si estuviese esperando a que diga algo más.

—¿Alguna vez han practicado ustedes algún deporte? —pregunta Brad. Ninguno de los inspectores contesta—. Yo me he criado haciendo deporte. Siempre nos dábamos palmadas en la espalda para animarnos. Lo hacía de forma inconsciente. Fue un verdadero error. Pero, después de eso, se acabó la camaradería. Mantuve las distancias. Aprendí la lección.

—¿Nunca la tocó con actitud sexual? —pregunta Stone.

—Rotundamente no.

—Ella dijo también que usted la miraba de una forma que la incomodaba.

Brad se permite mostrar algo de indignación.

—Eso fueron imaginaciones de ella. Yo era su profesor, su entrenador. Tengo que asegurarme de que hacen bien las cosas para que no se lesionen. Nunca la miré más que a ningún otro de mis alumnos.

—¿Alguna vez vio a Diana fuera de clase o de los entrenamientos? —pregunta Stone.

—No.

—¿Sabe si alguien la estaba molestando?

Niega con la cabeza.

—No. Nunca supe de nada de eso.

—Una cosa más —añade el inspector—: ¿Nos puede decir dónde estuvo el jueves por la noche a partir de las once?

—Estuve en mi casa, en la cama.

—¿Solo?

—Sí.

—De acuerdo, gracias. Eso es todo, por ahora. —El inspector se levanta y le pasa una tarjeta—. Si se le ocurre algo que pueda ser útil, póngase en contacto conmigo, por favor.

Brad acepta la tarjeta.

—Lo haré.

Cuando sale de la comisaría de policía, siente un inmenso alivio.

Joe Prior aparca su camioneta en el aparcamiento del 7-Eleven. Ha conducido algo más de una hora para llegar hasta aquí. Sabe que Josie estará hoy; siempre trabaja los sábados. Joe lleva un tiempo observándola. Le gusta tenerlas repartidas. Josie aquí, en Littleton, que está al otro lado de la frontera con New Hampshire. Kayla en Magog, al este de la provincia de Quebec. Tiene que conducir mucho, pero no le importa. Le gusta conducir su camioneta; aprovecha ese tiempo para pensar, para repasar sus fantasías en su imaginación.

Baja de la camioneta y entra tranquilamente en la tienda. Sabe dónde están las cámaras y se mantiene todo lo que puede fuera de su campo de visión. Ahora debe ser especialmente cuidadoso. Lleva una gorra de béisbol bien calada y el cuello de la chaqueta levantado. Se queda por el rincón de atrás mirando cosas de picoteo mientras otra persona termina su compra en la parte delantera. Observa a Josie a escondidas, disfrutando de la curva de su mejilla, la caída de su pelo castaño claro, el contorno de sus pechos bajo la camiseta.

La clienta pasa por su lado al salir por la puerta y suena el tintineo de la campanilla. Joe sigue mirando cosas mientras va avanzando despacio por el pasillo. No va a comprar nada; solo está mirando.

La campanilla vuelve a sonar. Ha entrado un hombre con su hijo pequeño. El agudo parloteo del niño invade la tienda. Joe odia a los niños.

Eso lo echa todo a perder, así que se marcha. La irritante cháchara del niño sigue a Joe hasta que la puerta se cierra al salir.

25

Riley está sentada con Evan en un merendero del pequeño parque del centro de la ciudad, después de su visita a la señora Brewer. Es sábado por la tarde, hace frío pero hay sol. Ha sido espantoso ver así a la madre de Diana. La muerte de su hija la ha destrozado y Riley apenas podía soportar mirarla. A lo largo de estos años ha pasado mucho tiempo en la casa de los Brewer, para jugar cuando eran niñas y para quedarse a dormir desde que empezaron el instituto, y ahora piensa en lo vacía que va a estar esa casa. Se le rompe el corazón al pensar en la señora Brewer. Se ha quedado sin nada.

Riley vuelve a sentir que los ojos se le inundan de lágrimas y aparta la mirada de Evan, hacia los columpios. Piensa angustiada en lo que la madre de Diana les ha contado, lo que vio su vecina la noche que mataron a Diana. Al final, se vuelve a Evan.

—¿Crees que fue Cameron el que estuvo sentado delante de la casa en su camioneta esa noche? —Pensó que la había mentido.

—Pero la señora Brewer ha dicho que Joe Prior también tiene una camioneta —contesta Evan—. Y que la policía cree que su coartada no es muy sólida. Pudo haber sido él.

—Entonces pudo ser cualquiera de los dos —responde ella—. O cualquier otro. —Un rato después, añade con tono de resentimiento—: ¿Sabes lo que me cabrea? Que la vecina no llamara a la policía. Quizá, si lo hubiese hecho, Diana seguiría viva. En eso estoy de acuerdo con la señora Brewer.

Se quedan otra vez en silencio, sentados en el merendero con gesto triste.

—He estado pensando que me gustaría poner algo conmemorativo, a lo mejor una cruz de madera blanca y sencilla a un lado del terreno donde la encontraron —dice Evan—. Mi padre debe de tener en casa todo lo que se necesita.

Riley asiente.

—Es una bonita idea. Yo te ayudo.

Riley acompaña a Evan de vuelta a su casa y él la lleva al poco frecuentado cobertizo de su padre en el patio de atrás. Ahí dentro tiene todo tipo de herramientas y trozos de madera. Evan encuentra enseguida un par de tablas que le podrán servir. Coge un martillo y unos clavos y construye una cruz de alrededor de metro y medio de alta y medio metro de ancha.

—Creo que nos queda un poco de pintura blanca por aquí —dice Evan mientras examina su obra—. Quizá deberíamos ponerla primero y pintarla cuando esté clavada en el suelo, será más fácil. Y así no tendremos que esperar a que se seque para poder colocarla. Le voy a preguntar a mi madre si puedo usar su coche, ¿vale?

La deja en el cobertizo mientras él entra en la casa. Hace frío, pero no le ha molestado que Evan no la haya invitado a entrar. Es sábado por la tarde y sabe que probablemente el padre de Evan esté ya bien empapado en alcohol. No suele hablar de ello, pero Riley sabe lo mucho que a Evan le fastidia. Baja la mirada a la cruz, que está en el suelo. No puede creer que el jueves por la noche Diana estuviera viva y que, sin siquiera haber pasado dos días, Riley esté aquí, en el cobertizo de Evan, mirando esta cruz. Durante un momento siente un pequeño mareo, como si el mundo girara demasiado rápido y ella no pudiera seguirle el ritmo.

Evan regresa con el permiso para coger el coche y meten la cruz, acomodándola entre los asientos delanteros. En el espacioso maletero del coche de su madre, Evan introduce una vieja lata de pintura blanca, una brocha y un destornillador y un martillo con los que abrir el bote. Mete una bolsa de plástico para guardar la brocha sucia y la lata de pintura cuando acaben, y también una pala.

Riley sube al coche con gran pesar. Mientras Evan conduce hacia las afueras de la pequeña ciudad, ella le hace detenerse en la floristería. Es la misma a la que han ido antes para comprar las flores para la señora Brewer. Es la única de la ciudad.

—Deberíamos comprar unas flores para ella —dice.

Lo deja en el coche y entra corriendo en la tienda. Elige dos pequeños ramos, uno de lirios blancos y otro de gerberas rosas. Vuelve al coche.

—He comprado uno de parte de cada uno.

Riley se siente cada vez más inquieta a medida que

Evan va tomando los caminos rurales que los llevarán hasta el terreno. Todavía no lo ha visto, solo en fotografías, pero todo el mundo sabe dónde encontraron a Diana. Saben dónde está la granja de los Ressler.

Mientras Evan avanza por la carretera de grava en dirección a la granja, ven restos de cinta amarilla de la policía aleteando con la brisa a lo largo de la valla. Detiene el coche a un lado del camino y bajan despacio. Se colocan juntos, uno al lado del otro, en la entrada del campo, mirándolo. Riley reconoce la verja verde por las fotos que ha visto en las noticias, pero la carpa blanca que había sobre el cadáver de Diana ya no está, así que no saben dónde la encontraron exactamente. Riley siente un escalofrío involuntario, algo animal, instintivo. Se imagina al asesino, probablemente el hombre que estaba sentado en su camioneta delante de la casa de Diana, llevando a su amiga por el terreno, a oscuras, seguramente ya muerta. Puede verlo todo con absoluta claridad, todo salvo el rostro del asesino. Se obliga a dejar de pensar.

Observa cómo Evan coloca la cruz entre el borde de la carretera y la valla de madera, junto a la entrada del terreno. No pueden ponerla dentro porque es propiedad privada y es tierra de cultivo. Cuando la cruz está bien sujeta en su sitio, Riley coge en silencio la brocha de la mano de Evan. Pinta la cruz con reverencia, con ternura, dando largas pasadas, casi como si estuviese acariciando a Diana, cepillándole su larga melena. Cuando ha terminado, coloca los dos ramos de flores cuidadosamente en la base.

—Te echo mucho de menos, Diana —susurra a la vez que se limpia las lágrimas.

—Van a descubrir quién te ha hecho esto, Diana —añade Evan cogiéndola de la mano—. Te lo prometo.

Veo a Riley y Evan colocando la cruz, pintándola de blanco puro. Destaca mucho sobre el fondo natural. Riley y Evan..., les confiaría mi vida.

Pero me temo que con Cameron me equivoqué. Puede que haya sido él quien me trajo hasta aquí, flotando en los márgenes, en esta especie de vida a medias, mientras veo llorar a la gente que me quiere. Yo también lloro por todo lo que he perdido.

Han desaparecido muchas cosas... Hay pedazos enteros de mi memoria que no están. Espero que averigüen quién me ha hecho esto, porque no estoy segura de que yo pueda recordarlo por mí misma.

Edward recibe un mensaje cuando el abogado de Cameron llega por fin a la comisaría el sábado por la tarde.

—Ya está aquí —les dice a su mujer y a su hijo, que han estado sentados en esta sala de interrogatorios lo que ha parecido una eternidad mientras esperaban al abogado—. Voy a hablar con él. —Se levanta.

—Yo voy también —dice Shelby.

—¿Y yo? —pregunta Cameron.

—Tú te quedas aquí. Nosotros hablaremos antes con él —contesta Edward.

Edward y Shelby salen de la habitación para ir en busca del abogado en la sala de espera. Es un hombre de cuarenta y muchos años que se llama Steven Hanlan y desprende un aire de seguridad y profesionalidad. Es uno de los mejores abogados criminalistas de Burlington y, nada más verlo, Edward se siente un poco mejor. Ya no van a tener que encargarse de esto ellos solos.

—Vamos a algún sitio más privado para hablar —propone el abogado, a la vez que levanta su maletín y los lleva a una zona más tranquila con sillas vacías, donde no los van a oír. Habla en voz baja.

—¿Cuál es la situación?

Edward le pone al día rápidamente.

—Sé que pinta mal —reconoce Edward cuando ha terminado—. Pero es imposible que él lo haya hecho. Es un buen chico. Y la quería. —Pero sabe que, a menudo, hay mujeres que mueren a manos de hombres que las quieren. Mira a Shelby, que no parece haberse recuperado del impacto del interrogatorio policial y permanece muy callada.

—No voy a preguntar si lo ha hecho o no —comenta el abogado—. Mi labor es la de defenderlo y es en lo que voy a poner mi máximo empeño. —Se pone de pie—. Dejen que hable con él a solas. —Edward le dice dónde puede encontrar a Cameron y se aleja por el pasillo.

Cuando se va, Shelby empieza a llorar. Su marido la abraza.

—Edward, tengo miedo —susurra Shelby—. ¿Qué estaba haciendo Cameron allí?

Edward la aparta y la mira. Tienen que superar esto de la forma que sea.

—No lo sé.

Se sientan en medio de un triste silencio hasta que el

inspector Stone les pide que vayan de nuevo con ellos a la sala de interrogatorios.

Todos se acomodan para continuar con las preguntas, esta vez con el abogado presente, y Stone hace las presentaciones para la grabación. A continuación, retoma el interrogatorio donde lo habían dejado.

—Cameron, ¿qué hiciste cuando bajaste de la camioneta?

Edward mira asustado, con el corazón en la boca. Jamás en su vida ha tenido tanto miedo. Ni siquiera cuando nació Cameron con el cordón umbilical enrollado al cuello y una puntuación de cero en el test de Apgar.

—Antes he mentido.

A Edward le da un brinco el corazón.

Cameron parece prepararse para hablar. Empieza a hacerlo con voz monótona.

—Cuando estuve sentado en la camioneta, le envié varios mensajes a Diana diciéndole que quería hablar con ella, pero no contestó. —Mira al abogado, que le hace una señal con la cabeza. Cameron saca el teléfono de su bolsillo—. Miren, se lo puedo enseñar.

Edward está deseando ver esos mensajes. A lo mejor debería haberle pedido antes a su hijo que le dejara ver su teléfono, pero no se le ocurrió.

Stone y Godfrey estudian en silencio los mensajes del teléfono y, a continuación, Stone vuelve a dejar el móvil en la mesa, a su lado.

—De acuerdo. Y, después, ¿qué? —insiste.

—No sabía qué hacer. Pensé que seguía enfadada conmigo y que no quería hacerme caso, o que a lo mejor había deshabilitado las notificaciones. La luz de la sala de estar seguía encendida.

A continuación, clava la mirada en la mesa y habla a toda velocidad.

—No quería dejar las cosas como estaban, así que... salí de la camioneta y llamé a la puerta de la casa. Llamé varias veces, pero no contestó.

—¿Y luego? —pregunta Stone.

Edward está desesperado por oír a Cameron decir: «Volví a la camioneta y me fui a casa». El abogado parece preocupado y apoya una mano sobre el brazo de Cameron mientras niega con la cabeza.

Pero Cameron no le hace caso y continúa.

—Rodeé la casa y fui a la parte de atrás. —Traga saliva, nervioso—. Su habitación está en esa parte. La luz del dormitorio estaba encendida. La llamé varias veces. Incluso lancé un poco de tierra contra la ventana, pensando que así reaccionaría. Pero no contestó. Imaginé que seguía enfadada y que no quería hacerme caso. Entonces volví a la camioneta, estuve dando vueltas un rato y regresé a casa.

—¿Es eso cierto? —pregunta el inspector Stone sin expresión.

Edward está seguro de que el inspector no le cree. No se atreve a mirar a su mujer.

—Sé que no lo parece... ¡pero yo no la maté! —se apresura a contestar Cameron—. Debería haberles contado todo desde el principio. Lo sé. Pero ahora se me ocurre que... ¿Y si ya estaba muerta? ¿Y si la habían matado después de que yo la dejara a las once, antes de volver? ¿Y si es por eso por lo que no respondía? Porque estoy seguro de que me habría contestado si hubiese podido. Aunque hubiese apagado el móvil, me habría oído llamar a la puerta y por la ventana.

Stone no parece convencido.

—Creemos que el asesino entró en la casa por el jardín trasero. Hemos encontrado huellas en la hierba.

Edward ve cómo Cameron niega con la cabeza, inquieto. Por fin, mira a su abogado, que no parece nada contento. Edward siente náuseas.

—¡Yo no entré en la casa! ¡Lo juro! —exclama Cameron.

26

La tarde del sábado va llegando a su fin y Brenda está de nuevo sentada con los inspectores en su sala de estar. Le cuentan que Cameron ha contratado a un abogado. Eso le resulta perturbador, hace que sienta asco por haber permitido que ese chico entrara en su casa, por haber dejado que saliera con su hija en su camioneta por el campo de noche cuando ella salía de la ciudad para ir a trabajar.

—¿Alguna vez le habló Diana de su profesor de gimnasia? —le pregunta el inspector Stone.

Brenda le mira con el ceño fruncido, confundida.

—¿Su entrenador de atletismo? ¿El señor Turner? —Stone asiente—. No, la verdad es que no.

—Al parecer, Diana se quejó de él ante el director.

Esto la pilla completamente por sorpresa.

—¿Por qué?

—Por conducta inapropiada.

Se queda pasmada. Diana nunca le dijo nada. Le molesta que su hija nunca se lo mencionara. ¿Por qué? ¿Por qué su hija le contó tan pocas cosas? Siempre pensó que estaban muy unidas, pero ahora lo duda. Eso añade una capa más a la pena, que su hija no confiara en ella. Y ahora es demasiado tarde.

—Nunca me habló de eso. ¿Cree que él ha podido hacerlo?

—No lo sabemos. Le hemos interrogado. Parece poco probable, pero estamos abiertos a todas las posibilidades. —Y añade—: Ya han terminado con el cadáver, así que puede empezar a organizar el funeral. —Tras una pausa, continúa—: La causa de la muerte ha sido la estrangulación con algún tipo de ligadura. No hay señales evidentes de que fuera agredida sexualmente. No se ha podido obtener ninguna prueba en el análisis de ADN de su cuerpo y, como ya sabe, su ropa ha desaparecido. Tampoco hemos hallado ninguna prueba en el terreno donde encontraron el cuerpo ni en la casa. Vamos a seguir con la búsqueda de la ropa y de su teléfono móvil.

Brenda tiene la mirada fija en la puerta de la sala de estar. Normalmente, la comba de su hija está colgada del picaporte, pero no la ve. Ahora se da cuenta de que eso es lo que le pareció distinto.

—La cuerda de saltar de Diana…, siempre la deja colgada de ese picaporte —dice señalando—. Y no está. La usaba para saltar delante de la tele.

—¿Cuándo fue la última vez que recuerda haberla visto? —pregunta Stone.

Intenta pensar.

—No estoy segura. Pero siempre está ahí. Y ahora no está. —Al caer en la cuenta de lo que eso significa, siente náuseas. Ve cómo los dos inspectores se miran.

Cuando Roy ve la cruz blanca en el borde de su terreno ese atardecer, mientras oscurece, y las flores colocadas debajo, detiene el tractor y se queda sentado en silencio. No sabe quién la ha puesto ahí, pero le parece un bonito gesto. Le recuerda a esas cruces que se ven a veces en las cunetas de las autopistas, donde alguien ha muerto en un accidente, con flores u ositos de peluche esparcidos debajo de ellas. De repente, el corazón se le inunda de una pesada sensación de lo triste que es la vida. Qué trágica e injusta ha sido la muerte de esta chica, y que haya muerto de una forma tan espantosa, tan insensata. Le cuesta no pensar en ello, quizá por lo extraño que resulta que haya ocurrido en su pequeña ciudad rural, o porque la abandonaran en su propiedad. No puede quitarse de la mente la imagen de su cuerpo muerto y de las aves carroñeras. Se pregunta si alguna vez podrá volver a trabajar en esta tierra, o incluso pasar por su lado, sin pensar en ello. Mañana comprará unas flores.

Mientras está sentado en su tractor, mirando la cruz y las flores, presentándole sus respetos en silencio, tiene una continua sensación de inquietud, de que hay algo más que no va bien en su mundo. No está seguro de qué se trata, pero tiene que ver con su hija. Puede que todos los de la zona estén ahora mismo preocupados por sus hijas, piensa, después de lo que le ha pasado a la hija de los Brewer. Puede que haya un asesino por aquí y nadie sepa quién es.

Pero es algo más que eso. Ellen parecía callada y tensa los últimos dos días y ha confesado que está preocupada por su prometido. Él sabe que este fin de semana no se han visto. Roy espera que no esté echándose atrás. La boda va a ser en apenas unas semanas.

Sábado, 22 de octubre de 2022, 21.45 horas

Riley y yo hemos vuelto esta noche a casa de la señora Brewer, después de cenar, para hablarle de la cruz que hemos colocado. Le hemos enseñado unas fotos de nuestros móviles. Parecía muy conmovida y nos ha dado las gracias. He acompañado a Riley otra vez porque últimamente no la dejan salir sola de noche.

La señora Brewer nos ha dicho algo que quizá no debería habernos contado: los inspectores han averiguado que Diana se quejó ante el director Kelly del señor Turner, el profesor de gimnasia, por «conducta inapropiada», y le han interrogado, pero que no creen que él la haya matado. Tengo que confesar que me ha sorprendido. Diana nunca nos dijo nada ni a mí ni a Riley. Estoy seguro de que Riley también se ha sorprendido. Al parecer, Diana tampoco se lo había contado a su madre y he notado que la señora Brewer estaba dolida por ello. Supongo que Diana tenía más secretos de los que nos imaginábamos. Eso hace que me pregunte qué otras cosas no nos contó a los dos o, al menos, a Riley. También me ha sorprendido, porque el señor Turner siempre me ha parecido un buen tipo.

Y ahora creen saber cuál ha sido el arma del crimen. La señora Brewer nos ha contado que la cuerda de saltar de Diana ha desaparecido de la sala de estar. No puedo dejar de pensar en eso, en cómo pudo ocurrir. Si la estrangularon con su propia comba, ¿no quiere decir eso que probablemente la asesinaron en la casa y que, después, la llevaron al terreno de la granja? Parece que es lo que piensan, según la señora Brewer, pero no están dando mucha información.

Habría sido arriesgado llevarla hasta un vehículo por la parte delantera de la casa para deshacerse del cadáver. Pero su calle no tiene salida y hay una parcela vacía al lado de la casa. Hay un camino abandonado al otro lado de esa parcela. No se puede ver desde la calle; nadie lo usa. Me pregunto si el asesino pudo llevársela desde la parte trasera de la casa a través de esa parcela, a oscuras, hasta una camioneta que estuviese en ese camino. Y si se le habrá ocurrido a la policía.

Cameron y yo montábamos en bici por ese camino cuando éramos pequeños. Pero cualquiera podría conocerlo, incluso Joe Prior, si la ha estado vigilando y lo estaba planeando.

Siento un ligero remolino de algo en medio de esta tristeza entumecida. Si no fuese tan desagradable, casi podría imaginarme escribiendo sobre esto de una forma diferente. No como un diario, sino quizá en forma de novela. Sería un modo de rendir homenaje a Diana. Pero daría lo que fuera porque estuviera de nuevo aquí.

La vida es muy extraña, impredecible. Siempre he pensado que algún día escribiría sobre nosotros, incluida Diana. Pero no así.

Paula Acosta está viendo las noticias de la noche, sentada en la cama con su marido. No han dado ninguna información nueva sobre el asesinato de Diana. Siempre ponen las mismas imágenes de la carpa en el terreno, las figuras de la policía científica moviéndose alrededor. No hay pistas nuevas o, al menos, no las están divulgando. No han dicho nada sobre Brad Turner. Se pregunta si Kelly habrá hablado con la policía.

Está preocupada por las personas que estaban más unidas a Diana. Su madre; su novio, Cameron; sus amigos Riley y Evan; las chicas del equipo de atletismo. Se le parte el corazón al pensar en todos ellos. Es espantoso que haya habido un asesinato en su pequeña ciudad. Siempre había pensado que aquí estaban seguros.

Brenda está tumbada en la cama, bien entrada la noche, completamente sola en esa casa llena de corrientes de aire. Está esperando que la vuelva a inundar la sensación que tuvo la noche anterior, que su hija estaba a su lado. La echa mucho de menos.

—Diana, ¿estás ahí? —susurra, vacilante.

Pero no hay nada. Cuando por fin se queda dormida, sueña con la comba, apretada alrededor del cuello de su hija.

27

A la mañana siguiente, domingo, Riley está esperando a que Evan aparezca en el coche de su madre. Le envió un mensaje esta mañana con su loca idea. Quiere ir a la casa de Joe Prior para ver si pueden echar un vistazo a su camioneta. Quiere ir en coche para así poder actuar con discreción y tener la posibilidad de salir corriendo, si es necesario. No está segura de esto ni de qué harán si ven la camioneta, ¿Pero qué puede perder? Hoy no tiene otra cosa que hacer.

Cuando llega Evan, monta a su lado en el asiento del pasajero.

—¿Cómo has encontrado la dirección de Prior? —pregunta él mirándola antes siquiera de salir marcha atrás por el camino de entrada.

Ella sonríe.

—No sé su dirección exacta, pero vive en el edificio de la esquina de Division con Goucher. He llamado a una de las periodistas locales, he fingido que yo también lo era, le he preguntado si sabía dónde vivía y me lo ha dicho. —Evan vuelve a mirarla un momento con expresión de asombro y, a continuación, retrocede por el camino de entrada y salen en dirección al apartamento de Prior. No está lejos. Ella guarda silencio un momento antes de hablar.

—No han dicho nada en las noticias sobre Turner.

—Ya lo sé —contesta Evan.

—¿Pero no debería ser sospechoso si Diana se quejó de él?

—A lo mejor lo es y no lo han dicho. Tampoco han hablado mucho en las noticias sobre Cameron ni Prior, aparte de que los han interrogado y los han soltado.

—Supongo que sí. —Le pregunta algo a lo que ha estado dando vueltas—: ¿Por qué crees que Diana no nos dijo nada de lo del señor Turner?

—No lo sé —responde Evan—. No es propio de ella.

—Desde luego que no. ¿A qué viene tanto secretismo? ¿Qué estaría ocurriendo? —Ha pasado toda la noche pensando en esto—. Si fue al director Kelly para quejarse de él, debía saberlo. Debió hacer algo al respecto. Tendría que haberlo hecho. Debe haber algún registro en alguna parte.

—Sí, pero no nos lo va a contar.

—La policía debe de saber qué pasó, pero no van a decir nada —responde Riley. Y añade—: Para un momento.

Evan se mete en una bocacalle y aparca.

—¿Qué?

Riley le mira.

—¿Y si se lo contamos nosotros a la prensa y van ellos al director Kelly? No podría negarlo, si la policía ya lo sabe, ¿no? —Evan la mira y ella continúa—: No me gusta nada la idea de que el señor Turner le hiciera algo asqueroso a Diana y se fuera de rositas. O sea, aunque no la haya matado, está claro que hizo algo malo. Quizá no debería siquiera seguir dando clases. ¿Por qué no debería saberlo la gente?

—Es verdad.

Eso la ha tenido preocupada. ¿Por qué no se lo contó Diana? Puede entender que no se lo dijera a Evan y también por qué no le habló de ello a su madre. Es un asunto embarazoso y no tenían ese tipo de relación, porque su madre es un poco chapada a la antigua y le habría incomodado hablar de cosas como el sexo. A lo mejor es esa la razón por la que se limitó anoche a describirlo como «conducta inapropiada» y no entró en más detalles. Pero le sorprende que Diana no se lo mencionara a ella. Sin duda, Riley se lo habría contado a Diana si le hubiese pasado una cosa así, pero, por otra parte, también se lo habría dicho a su madre. No tiene sentido. Todo esto hace que ahora se pregunte si fue algo tan desagradable como para no hablar de ello.

—Quizá debería llamar a la cadena KCVS.

—¿En serio? ¿Y qué les vas a decir?

Riley se queda pensando.

—Les diré que Diana me contó que había ido al señor Kelly para quejarse del señor Turner, pero no les daré mi nombre. —Antes de que se pueda arrepentir, se dispone a buscar el número en su teléfono. Hace la llamada y, de repente, se pone nerviosa.

—Noticias de la KCVS —responde una voz de mujer.

—Tengo una información —dice Riley con voz entrecortada—. Un dato que podría ser relevante en el asesinato de Diana Brewer —continúa mientras Evan la mira.

—Adelante.

Riley traga saliva.

—Diana presentó una queja sobre un profesor del instituto. Su profesor de gimnasia, el señor Turner. Era su entrenador. Se estaba comportando de una forma inapropiada con ella.

—¿Dónde ha conseguido esta información?

—Era amiga suya. Me lo contó —miente Riley—. Le sugiero que se lo pregunte al director Kelly, del instituto Fairhill.

Cuelga antes de que la mujer que está al otro lado pueda preguntarle el nombre. Mira a Evan; le cuesta creer lo que acaba de hacer.

—Eres una valiente, lo reconozco —dice él. Pone en marcha el motor y continúan su camino.

El domingo por la mañana, Shelby va por su tercera taza de café. Apenas ha dormido, y su marido tampoco. Es terrible que tu hijo adolescente sea sospechoso de asesinato. Ya no puede mirar a Cameron de la misma forma. Cuando lo hace, no ve lo que antes veía. Le aterra que la policía se pueda presentar en su casa en cualquier momento para arrestarlo. Le sigue sorprendiendo que lo dejaran libre después del interrogatorio del día anterior. ¡Menuda forma de acosarlo!

Siempre ha adorado a Cameron. Es su único hijo. Siempre lo ha querido con locura, lo ha animado y protegido, y se ha sentido orgullosa de él. Ha sido un buen estudiante, aunque no brillante. Pero lo ha compensado siendo un magnífico deportista. Fue un bebé precioso, un niño guapo, y, ahora, es un joven atractivo. No puede fingir que eso no le importe. Se dice a sí misma que a todas las madres les importa el aspecto de su hijo, aunque no lo reconozcan. Las que tienen hijos guapos se sienten superiores, afortunadas, bendecidas. Las madres de hijas guapas se sienten especiales, de eso no hay duda. Les confiere un estatus especial cuando su hijo o su hija son atractivos y populares. Y Shelby se dejó llevar por esa sensación, tan feliz de que su precioso hijo estuviese saliendo con una de las chicas más atractivas y populares del instituto. Ahora lo admite y eso hace que se sienta avergonzada. Porque ahora no sabe qué se esconde detrás del atractivo rostro de su hijo.

Es un mentiroso, de eso no hay duda. Ha mentido sobre la hora a la que llegó a casa. Ha mentido sobre dónde estuvo esa noche y al decir que no salió de la camioneta. ¡Cómo lo miró ese inspector! El miedo se le metió en el estómago, porque por la forma en que el inspector lo miraba supo que pensaba que Cameron había matado a Diana. Estuvo esa noche en su jardín trasero, estaba enfadado y había mentido a todos al respecto. ¿Cómo va a volver a creer nada de lo que diga?

«¿La ha matado?», piensa mientras aguanta la respiración. ¿Consiguió entrar en su casa, subir a escondidas a su habitación y estrangularla? ¿O tuvo una fuerte discusión con ella, perdió el control y después la metió en la camioneta y dejó su cuerpo en un campo? Si fue así, no sabe cómo su hijo va a cargar con ello el resto de su vida. ¿Cómo ha podido pensar que saldría airoso? ¿Cómo ha podido intentarlo siquiera? ¿Es así su hijo?

Se sienta a solas junto a la ventana de la cocina, sintiendo cada vez más frío. Es como si el corazón le hubiese dejado de latir y la sangre ya no le circulara por las venas. No quiere creer en esa posibilidad, pero se obliga a pensar en profundidad cómo adoraba Cameron a Diana, cómo no la apartaba de su vista. Le dedicaba una atención que rozaba la obsesión. Y a Edward y a ella les había parecido que era bonito. «El primer amor es así», se decían el uno al otro. Les gustaba pensar en la buena pareja que hacían, la novia tan estupenda que era Diana, lo orgullosos que Cameron les hacía sentir.

Pero, si es sincera consigo misma, había veces en las que su comportamiento con Diana la incomodaba un poco. Ese amor que rayaba en el deseo de controlarla. Y, sin embargo, fingía no verlo y no decía nada. Se convenció a sí misma de que estaba buscando problemas donde no los había. Estaba claro que eran felices juntos. Pero las parejas pueden parecer perfectamente felices, pueden engañar a cualquiera… hasta que ocurre lo peor.

Siempre ha querido a Cameron, lo ha protegido… y ha inventado excusas para él. Sabe que tiene un carácter fuerte. Lo ha visto en varias ocasiones. Como aquella vez en la que tuvo una pelea en el instituto y casi lo expulsan. Y esa reciente tendencia a los celos cuando se trataba de Diana.

Fue un disgusto enterarse de que Diana quería ir a otra universidad sin Cameron. No debería haberlo sido si Shelby hubiese pensado con claridad; era de esperar. Pero quería que siguieran juntos. Pensaba que Diana era buena para Cameron, una novia que le animaba a estudiar, a sacar mejores notas, en lugar de andar de fiesta a todas horas.

Ahora, desearía que Cameron no hubiese empezado a salir nunca con Diana, que su hijo fuera algo menos guapo, algo menos deportista, algo menos popular. Simplemente... normal.

28

El domingo por la mañana, Graham Kelly oye que llaman a la puerta de su casa y se queda paralizado. Avisa a su mujer.

—¿Puedes abrir tú?

Está leyendo el periódico en la cocina. No dicen nada sobre Turner, gracias a Dios. Por supuesto, puede ir él a abrir la puerta, pero, de repente, las piernas le han empezado a temblar como un flan.

Se queda completamente inmóvil mientras oye con atención a su mujer que sale a abrir.

—¿Sí? —dice ella.

—¿Está tu marido en casa? —responde una voz.

Es Brad Turner. «Joder».

—Sí. Está en la cocina —contesta su mujer. Kelly oye sus pasos acercándose y se prepara. No ha hablado con Brad desde que lo llamó el viernes por la noche para advertirle de que iba a ir a la policía a la mañana siguiente. No hizo caso a sus llamadas. Su mujer no sabe nada de esto.

—Mira quién ha venido —dice con tono alegre su mujer, Sandra—. ¿Quieres un café? —le pregunta a Brad.

—Sí, claro. Gracias —contesta él antes de que ella se gire hacia la jarra y coja una taza del armario para servirle un café.

—Os dejo solos —dice Sandra y sale de la cocina mirándolos con curiosidad.

Kelly no quiere arriesgarse a que los oiga.

—Vamos a mi estudio —dice poniéndose de pie. Suben con sus cafés a su despacho, al final del pasillo. Deja que Turner entre primero y cierra bien la puerta tras de sí. Sandra está abajo y ha empezado a pasar la aspiradora por las alfombras.

—La policía me interrogó ayer —dice Brad antes incluso de que se sienten. Y, a continuación, su tono se vuelve malhumorado—: ¿Por qué no respondías a mis llamadas?

La pregunta ofende a Kelly. No respondió porque no quería hablar con él.

—Ya te avisé de lo que les iba a contar —responde acaloradamente. Los dos toman aire. Kelly se deja caer pesadamente en uno de los sillones y Brad en el otro. Se inclinan para acercarse y hablar en voz baja.

—¿Y qué tal te fue? —pregunta Kelly—. No pueden creer que hayas tenido algo que ver con lo que le ha pasado a Diana.

—Yo no estaría tan seguro —responde Brad con expresión tensa.

—¿Qué? —pregunta Kelly, sorprendido—. Pero tendrás una coartada, ¿no? —añade con inquietud—. ¿No estaba tu prometida contigo?

—Esa noche estaba en su casa con sus padres.

—Yo creía que vivía contigo.

—No. Vive con sus padres.

Se queda pasmado un momento. Brad no tiene coartada. No había contado con eso. Así que no van a descartarlo rápidamente como sospechoso, tal y como él se esperaba. Le investigarán con más profundidad, y también la queja de Diana y la forma en que él la gestionó. Ahora Kelly está tremendamente preocupado. Su cargo le exige denunciar los supuestos abusos a menores. Si se llega a saber que no hizo nada respecto a las acusaciones de Diana, su carrera habrá llegado a su fin. Tiene una hipoteca y tres hijos. Traga saliva.

—¿Crees que la policía va a investigar este asunto más a fondo? —le pregunta.

—No lo sé.

Lanza a Brad una mirada fría y llena de furia.

—He intentado protegerte lo mejor que he podido. Era su palabra contra la tuya y yo te creí. No sé qué es lo que pasó en realidad y actué de la forma que consideré que era mejor. Inocente hasta que se demuestre lo contrario. No la creí a ella ni quise destrozar tu carrera. Pero no quiero tener nada más que ver con esto.

Siente que algo en su interior se desmorona cuando le dice esto a Turner, mientras el más joven permanece sentado y encorvado delante de él, visiblemente nervioso y con un intenso olor a tabaco. Kelly tiene la repentina y espantosa sensación de que todo puede empeorar mucho más de lo que creía, que es posible que ese joven retorcido que tiene delante matara a la chica. Recuerda lo que ella le contó que había hecho. Él pensó que mentía porque se había negado a acudir a la policía y también porque creía que no era una chica honesta. La habían pillado copiando un trabajo de ciencias la primavera anterior. Al principio, ella lo había negado categóricamente, pero, al final, confesó entre lágrimas ante él y su profesora de ciencias. ¿Pero y si no mintió respecto a Brad Turner? Se aparta del hombre que tiene enfrente.

¿En qué lugar le deja esto ahora? Podría tener las manos manchadas de sangre. Debería contarle la verdad a la policía, no la versión más suave que les dio ayer, la que figura en el expediente que nunca tuvo intención de enseñar a nadie. Dejar que sean ellos los que averigüen quién mentía.

Pero están su hipoteca, su mujer y sus tres hijos.

Aun así, mientras observa al hombre que tiene delante con profunda consternación, decide que, si Turner no puede rendir cuentas sobre dónde estuvo esa noche, él debe hacer lo correcto. Puede que Turner haya notado su cambio de postura porque, de repente, se inclina más hacia delante y le clava la mirada.

—Si yo fuera tú, me ceñiría a mis primeras declaraciones —dice.

—Debo hacer lo que estime que es lo correcto.

—Pero, Kelly, yo sé lo de aquella aventura que tuviste con la señorita Desjardins. Y no dudaría en contárselo a tu mujer.

Kelly siente que la cara se le queda pálida. «¿Cómo narices se ha enterado?».

—Te vi una vez, una noche de la primavera pasada

—dice Turner acercándose aún más—. Estaba en el parque después de correr, recuperando el aliento. Te vi llamar a su puerta al otro lado de la calle y meterte en su casa. Vi como la besabas antes de que cerrara la puerta. Sentí curiosidad, así que me quedé. Estuviste bastante rato.

Brad Turner sale de la casa de Graham Kelly más inquieto que cuando llegó. Siente que todo se le viene encima. Ya no se fía de Kelly. No le gustó su forma de mirarle en su estudio. Su asco apenas disimulado, como si creyera que él pudo asesinar a Diana. Y no va a permitir que Kelly piense eso porque, en ese caso, ¿qué sería capaz de hacer? Podría contar a los inspectores lo que Diana le había dicho en realidad. Ha tenido que amenazarle con desvelar lo que sabe de él, que le vio con aquella atractiva y joven profesora por casualidad. Una suerte que así fuera.

Aun así, no sabe qué va a pasar. Kelly se ha quedado aterrorizado. No cree que vaya a contar nada, pero tampoco puede estar seguro. ¿Y si piensa que su mujer le va a perdonar? ¿Qué pasará entonces?

Brad no va directamente a su casa. Da una vuelta por el perímetro de la ciudad, con la cabeza agachada. No quiere hablar con nadie.

Creía que el día anterior le había ido relativamente bien con los inspectores. Lo había sorteado bien. Pero le pidieron una coartada y él no pudo dársela. ¿Será eso el fin? La verdad es que depende de Kelly, piensa ahora.

Fue un verdadero idiota. No parecía que pudiera evitarlo. Las miradas, los roces fortuitos, el placer que eso le daba. No creyó que nadie pudiera darse cuenta. Y, una vez que empezó, no supo cuándo parar.

Siempre le ha gustado mirar a las chicas, sus cuerpos jóvenes y en pleno desarrollo. Es una de las razones por las que se hizo profesor de gimnasia. Le gustan sus largas e indómitas piernas y sus balanceantes coletas. Le gusta observarlas con sus pantalones cortos y sus pequeñísimas camisetas doblándose, retorciéndose y estirándose. Le gusta imaginárselas en el vestuario. Eso sobre todo. Le gusta ver cómo maduran a lo largo de un año. Cuando las entrena, le gusta inclinarse sobre ellas y olerles la piel, el sudor almizcleño que desprenden, como si fuese perfume. Darles una palmada en la espalda cuando han hecho algo bien. Pero con Diana se pasó de la raya. Qué error fue aquello.

Diana, especialmente, era una tentación a la que debía resistirse. Acababa de salir de la facultad de Magisterio y se fijó en ella enseguida, en septiembre del año pasado, cuando Diana estaba en undécimo curso. Era una atleta nata, y eso le gustó. Era guapa, con sus ojos grandes, su piel algo pecosa y su largo cabello de color miel. Se inclinaba hacia delante y dejaba que el pelo le colgara mientras se lo recogía en una coleta antes de empezar a correr. Él se colocaba detrás de ella para mirar sus mallas de atletismo y observar el elegante movimiento cuando volvía a echar la cabeza hacia arriba con un meneo de la coleta. Dios, era increíble. Lo sorprendió mirándola.

¿Qué va a hacer con Ellen? Ella sabe que sucede algo. Todos los intentos de él de eludir sus preguntas por teléfono no parecen más que haberla convencido de que algo va mal. Sabe que está afectado por la muerte de Diana, pero no sospecha que eso no es todo. Puede que lo averigüe pronto y, cuando eso ocurra, ¿qué pasará con él? ¿Seguirá ella a su lado?

Tiene que hacerlo.

Riley y Evan llegan al edificio de Joe Prior a las afueras de Fairhill. Se quedan mirando la fea construcción baja que tienen delante.

Evan rodea el edificio con el coche. Hay varias plazas en el aparcamiento y algunas están vacías. Ahora mismo, solo hay una camioneta tipo pickup allí.

Evan aparca su coche en la calle y bajan. Riley mira a su alrededor, nerviosa, antes de acercarse al vehículo. No hay nadie. Los dos observan la camioneta mirando por las ventanillas a la vez que lanzan miradas hacia atrás. Ni siquiera saben si es esa camioneta, pero Riley saca agitadamente varias fotos de ella con su móvil mientras Evan sigue vigilando. No sabe qué esperaba encontrar. No es que Prior fuera a dejar ninguna prueba en el asiento trasero, pero tenía que venir a ver. ¿Y si los inspectores no pueden porque no tienen suficientes evidencias para conseguir una orden de registro? Pero no ve nada excepcional: un casco de albañil polvoriento, un chaleco reflectante y un periódico en el asiento del pasajero, además de una taza de café sucia en el portavasos. Esta camioneta es parecida a la de Cameron, que también es una pickup negra. Por el casco, es probable que pertenezca a Prior, pero no lo sabrán con seguridad a menos que él salga del edificio y monte en el vehículo.

—¿Pasa algo? —pregunta su mujer cuando Graham Kelly vuelve a bajar unos minutos después de que Brad Turner se marche—. ¿Por qué ha venido ese profesor?

Graham está a punto de evitar la pregunta, decir que no es nada, inventarse alguna razón, pero, antes de que se le pueda ocurrir algo, vuelven a llamar a la puerta.

—¿Quién narices será? —pregunta Sandra mientras va a la puerta.

«Ya está —piensa Kelly—. Ha venido la policía. ¿Qué les voy a decir?».

Pero no es la policía. Es una reportera de las noticias de la KCVS. Oye cómo se presenta a Sandra en la puerta: «Soy Jennifer Wiley, de las noticias de la KCVS», y se siente atrapado. A regañadientes, va con su mujer. Ya había declarado todo lo que tenía que decir a la prensa el viernes en el instituto. Le habían dejado tranquilo desde entonces. No va a poder seguir evitándolos eternamente, pero le fastidia que hayan venido a su casa.

La reconoce. Estaba el viernes en el instituto después de que hallasen el cadáver de Diana. Como director, ya había hecho una declaración y había hablado con varios periodistas sobre la enorme pérdida que suponía para su centro educativo y su comunidad, sobre lo encantadora que era Diana, el gran potencial que tenía y lo importante que era que encontraran a quienquiera que hubiera hecho algo tan terrible. No tiene más que decir. Pero, ahora, Jennifer Wiley le está mirando.

—Señor Kelly, tengo entendido que Diana Brewer acusó de conducta inapropiada a uno de sus profesores, Brad Turner.

Por un momento, se queda mudo. Puede sentir el calor que le sube hasta las mejillas.

—Sin comentarios —responde después con firmeza antes de cerrarle la puerta en las narices. Se da la vuelta y ve a su mujer mirándole con expresión de asombro.

29

Ellen está esperando en el apartamento de su prometido. Ordena un poco mientras él llega, lavándole los pocos platos en el fregadero y limpiando las encimeras. Ha ido sin avisar porque tiene que hablar con él. No estaba en casa, pero ella tiene su propia llave. Lleva sin ver a Brad desde el viernes por la tarde en el aparcamiento del instituto. Dijo que quería estar a solas el viernes por la noche y no asistir a su cena familiar en la granja, y ayer la volvió a esquivar y, de nuevo, por la noche. ¿Por qué la está evitando? ¿Qué está pasando? Tira a la basura la preocupante tapadera de mermelada llena de colillas de cigarro, desconcertada por su extraño comportamiento. Se siente inquieta, como si estuviese a punto de desatarse una tormenta. ¿Se está arrepintiendo? ¿No quiere seguir adelante con la boda?

No podría soportar que él se echara atrás y cancelara el enlace. Ya está todo organizado, han enviado las invitaciones, se han gastado el dinero y sus padres les han prestado la cantidad para la entrada del pequeño y perfecto bungalow que será de ellos el 1 de diciembre. ¿Qué van a hacer con eso? Respira hondo e intenta detener el torrente de sus pensamientos. Sabe que él la quiere. Tiene que tranquilizarlo, si es que se trata de eso. Brad procede de un hogar desgraciado. Quizá no sea de extrañar que esté nervioso. Tiene que aprender a abrirse, a hablar con ella de estas cosas. Ellen puede apaciguar todos sus temores.

Oye la llave de la puerta y se pone en tensión. Suele venir sola con frecuencia, pero normalmente le avisa antes con un mensaje. Esta vez no se lo ha enviado porque teme que la esté evitando. No sabe qué esperar. Se queda de pie en la sala de estar, mirando a la puerta.

La expresión en su rostro al verla, de consternación e incluso de pánico, hace que se le encoja el corazón. Debe de ser peor de lo que imaginaba.

—¿Qué haces aquí? —pregunta él, pero ahora está sonriendo y la consternación y el pánico han desaparecido. Se acerca y la envuelve entre sus brazos, de tal forma que ella no puede verle la cara. Sí puede notar su corazón latiendo con fuerza contra el suyo. Al fin y al cabo, hay que subir las escaleras de dos plantas hasta el apartamento. Se abrazan con fuerza y ella entierra la cara en el hueco de su cuello y aspira su olor. Puede que, al final, no sea nada y simplemente esté nervioso por la boda. Brad susurra su nombre sobre su cabeza y le acaricia la nuca.

Por fin, se separan. Ella le observa. A pesar de la sonrisa, parece tenso y no la mira a los ojos. Quizá sea demasiado pronto para la esperanza.

—Está ocurriendo algo —dice Ellen—. ¿Qué es?

Él la mira en ese momento como si sintiera dolor. Se

pasa una mano nerviosamente por su denso pelo negro. Parece que quiere decirle algo y la sangre se le congela en las venas. Pero Brad no tiene ocasión de decir nada porque llaman a la puerta. Los dos se sobresaltan y giran la cabeza. No ha llamado nadie al portero automático, pero Ellen sabe que la gente puede entrar en el edificio si pasan detrás de otra persona.

Brad da unos pasos hasta la puerta y abre. Ellen reconoce de inmediato a la mujer que está ahí: es una conocida reportera de las noticias de la KCVS, Jennifer Wiley.

Brad se queda mirando a la reportera y siente el deseo de cerrar los ojos. Esto no puede estar pasando. Solo existe una razón por la que ella esté ahí y Ellen se encuentra justo detrás de él. Siente que el corazón se le va a salir del pecho, golpeándole en los oídos. Es como si no pudiera respirar; pero lo más extraño es que, cuando habla, le parece que su voz suena casi normal.

—¿Sí?

Ella le mira con una sonrisa cálida y amable.

—¿Brad Turner?

Asiente. Ella se presenta y dice:

—Me gustaría hablar con usted sobre Diana Brewer, si le parece bien.

Quiere cerrarle la puerta en las narices, pero Ellen se acerca y dice: «Pase», y a él le entran ganas de matarla. Antes de que se le pueda ocurrir algo para salir de ahí, la reportera se está sentando en su pequeña sala de estar con su prometida, y Ellen le está hablando de lo espantoso que es lo de

Diana y cómo le ha afectado a él. Parece encantada de estar hablando con una pequeña celebridad de la zona, con esta persona que le va a destrozar. Brad siente una terrible rabia hacia las dos mujeres que se encuentran en su sala de estar. No puede pedirle a la reportera que se marche ahora que Ellen la ha invitado a entrar. Eso podría levantar sospechas. Se dice a sí mismo que tiene que tranquilizarse. ¿Qué sabe ella? Puede que nada. No puede saber nada con seguridad. Y Diana está muerta.

—Ven a sentarte —le ordena Ellen, y él obedece con visible amabilidad porque no sabe qué otra cosa hacer.

—Siento molestarle —dice la reportera—. Sé que la muerte de Diana debe de haberle afectado mucho, pero entenderá que la comunidad de por aquí está destrozada y nos gustaría rendir un homenaje a Diana. Estoy hablando con muchas personas que la conocían. Estoy haciendo un reportaje sobre ella.

Él empieza a calmarse un poco.

—Era una persona estupenda —miente Brad—. Es terrible lo que le ha pasado.

—Tengo entendido que usted era su profesor de gimnasia —dice la reportera.

—Y su entrenador —interviene Ellen—. Estaba en el equipo de atletismo de campo a través, así que la conocía bien.

—Ah, ¿sí? —pregunta la reportera.

—Diana era una atleta nata —responde Brad, deseando que Ellen cierre la puta boca—. Tenía muchas posibilidades de que le fuera bien en el campeonato regional que se celebra dentro de poco. —Deja que la voz se le entrecorte un poco mientras piensa con desesperación qué otra cosa decir de ella.

—Según parece, era una chica estupenda en todos los aspectos, por lo que me han contado —prosigue la reportera—. Y, por eso mismo, tengo que tomarme muy en serio lo que me han dicho de que presentó una queja por conducta inapropiada en el instituto. Una queja contra usted.

Silencio. Brad puede oír los latidos de su propio corazón, el zumbido de la calefacción del apartamento. Nota la expresión de absoluta sorpresa en la cara de Ellen. Es como si el tiempo se hubiese detenido. ¿Qué va a hacer ahora? ¿Cómo puede salvarse?

—¿Qué narices está diciendo? —pregunta Ellen a la reportera, ya no con simpatía, sino con repentina dureza. La cara se le ha quedado completamente blanca. Se gira hacia él en busca de una explicación.

Brad no sabe qué otra cosa hacer más que negarlo.

—No es verdad —dice.

—¿Qué no es verdad? —pregunta Wiley sin rodeos—. ¿La queja en sí o que ella la presentara?

Él clava sus ojos inundados de lágrimas en la reportera; no soporta mirar a Ellen. Se pregunta qué es lo que sabe esta mujer. Debe de haber hablado con Kelly o con la policía. Pero la policía tiene la versión más suave. Al menos, hasta ahora. No sabe con seguridad qué ha podido contarle Kelly a la periodista; debe dar por supuesto que le ha dicho lo mismo que a la policía, o nada de nada. Diana está muerta. Ahora no puede contradecirle. Y, en realidad, Kelly no sabe nada con certeza. Fue la palabra de ella contra la de él. Toma aire y lo expulsa.

—Habló con el director Kelly sobre mí, pero todo fue un malentendido. No sé por qué le dio tanta importancia.

—¿Qué es lo que dijo ella?

—Poca cosa, en realidad. No fue nada. Le daba palmadas en la espalda después de correr, le ponía la mano en el hombro cuando le daba alguna charla de motivación, ese tipo de cosas. Nunca fue nada sexual, al menos por mi parte. Fue un malentendido. Hizo una montaña de un grano de arena.

La reportera parece preocupada, Ellen parece mucho más que eso.

—Kelly no le dio importancia. Por eso no hizo nada. Y ella no quiso insistir ni contárselo a nadie, porque estaba claro que había exagerado. Y ahora, si no le importa, me gustaría que se marchara.

30

R iley y Evan vuelven a meterse en el coche y se quedan sentados.

—¿Y ahora qué? —pregunta Evan.

—Quizá debamos esperar sin más para ver si sale —responde Riley.

Evan se encoge de hombros.

Ella se pregunta si tiene algún sentido estar ahí. Su mente se deja llevar durante un rato. Ve entonces a un hombre grande y fornido que sale de la puerta trasera del edificio y se dirige hacia la camioneta. Da un codazo al brazo de Evan y nota que él se inclina hacia delante a su lado. Cuando el hombre se acerca, lo reconoce por la foto: el pelo rojo y la barba descuidada. Nota cómo el corazón le late más rápido.

—Es él. —De repente, está asustada. Es el hombre que puede haber asesinado a Diana. El que pudo estar en la puerta de su casa sentado en esa camioneta. Piensa ahora que no le han dicho a nadie a dónde iban ni lo que estaban haciendo.

Prior lleva una bolsa grande de lona en la mano derecha. Lanza la bolsa al asiento del pasajero y sube.

—¿Y si lleva en esa bolsa alguna prueba de la que se vaya a deshacer? —señala Riley mirando a Evan—. Deberíamos seguirle.

—¿Estás segura de que quieres hacerlo? —pregunta Evan, inquieto.

—Se lo debemos a Diana, ¿no? —replica Riley.

Evan espera a que la camioneta salga del aparcamiento y, después, la sigue desde cierta distancia. Prior se incorpora enseguida al acceso a la autopista I-91 Norte.

—¿A dónde irá? —pregunta Riley.

—Por favor, prométeme que, si se mete en medio de algún terreno para tirar esa bolsa, no vamos a encararnos con él.

—Solo vamos a ver a dónde se dirige, eso es todo.

Conducen a cierta distancia por detrás de él, sin perder de vista la camioneta, pero sin ser demasiado obvios. Le siguen durante más de una hora, manteniendo fácilmente la camioneta a la vista, pero Prior se mantiene en la autopista. Pasan buena parte del trayecto en un tenso silencio, cada uno perdido en sus propios pensamientos.

—La frontera de Canadá. Ahí es a donde se dirige —dice de repente Evan—. Por aquí no hay nada más.

—No podemos seguirle más allá de la frontera. No hemos traído los pasaportes. ¿Crees que está tratando de huir?

—Puede ser.

Cuando llevan una hora y media siguiendo a Prior, llegan al paso fronterizo de Derby Line. Evan se detiene a un lado mientras ven cómo Joe Prior y su camioneta entran en Canadá.

Riley se viene abajo.

—¿Y si está escapándose? —grita—. Evan, ¿y si él la ha matado?

—Podemos contárselo a la policía —propone él—. Al menos, sabrán cuándo y por dónde ha atravesado la frontera.

De repente, Riley está convencida de que Joe Prior es el hombre que ha asesinado a su mejor amiga. ¿Por qué si no iba a huir? Saca el teléfono. Evan da la vuelta con el coche y emprenden el largo camino de regreso a Fairhill.

Ellen está sentada en el sofá, inmóvil. Brad cierra la puerta del apartamento después de que la reportera se marche. El silencio entre los dos es como un arma cargada.

—Ahora que se ha ido, podrás contarme la verdad —dice Ellen mirándole con frialdad y el corazón latiéndole con fuerza por el miedo.

Él parece quedarse de piedra.

—¡Ya te he contado la verdad, lo juro! —Se sienta al lado de ella—. Cariño, nunca te he hablado de nada de esto porque fue una mentira y no quería que te preocuparas por una tontería. Tanto Kelly como yo sabíamos que todo era falso y por eso no pasó nada después. Si de verdad hubiese hecho algo inapropiado, ¿crees que Kelly se habría quedado de brazos cruzados? ¡Habría perdido mi trabajo si hubiese sido verdad! No fueron más que exageraciones de una adolescente. Esa chica era muy fantasiosa.

Ellen se queda mirándolo. Esa es una imagen de Diana muy distinta a la que tenía antes.

—Bueno, ¿y qué fue de las dos cosas? ¿Un malentendido o una mentira? —pregunta despacio.

Brad se queda en silencio, como si se diera cuenta de que ha cometido un error. Ella insiste:

—¿Malinterpretó lo que hiciste o se lo inventó? —Sabe que su voz suena estridente, acusatoria, pero todo esto ha sido un fuerte impacto.

—En parte lo malinterpretó, pero también mintió. Exageró.

—¿Y por qué iba a hacerlo?

—No tengo ni idea. Todo fue muy repentino. Nadie se sorprendió más que yo. No te imaginas lo angustiante que fue. Llegué a preguntarme si… —No sabe si decirlo.

—¿Qué?

—Llegué a preguntarme si se había enamorado de mí y, cuando vio que no le hacía caso, quiso vengarse de alguna forma. Es el tipo de cosas que hacen las adolescentes.

—Ah, ¿sí? —El tono de Ellen es duro. No está muy segura. Su experiencia en el mundo ha sido bastante diferente. Le cuesta creer que una chica que a todos parecía tan lista y buena hiciera algo así. Se queda mirándolo. Es evidente que está muy angustiado y se pregunta si la está mintiendo.

—No me crees —dice Brad con frialdad. Y añade con un tono más hostil—: Crees de verdad que me comporté de manera inapropiada con una de mis alumnas.

De repente, cuando dice esto, ella se siente insegura, temerosa de perderle. Quiere creerle.

—¡Claro que no! —protesta, sencillamente porque no puede creerlo. Se niega a creerlo. Pero ahora sabe por qué ha estado tan alterado los últimos dos días, desde que asesinaron a Diana. No solo porque haya perdido a una alumna en unas circunstancias tan terribles. Tiene miedo de que esto se sepa y acabe con su reputación, aunque solo se tratara de un malentendido o una completa mentira; tiene miedo de que la gente opine así de él. De repente, Ellen piensa en sus padres. ¿Qué van a creer ellos? Y ahora todo va a saberse porque esta periodista está enterada. Le horroriza la idea de lo que se les viene encima. ¿Cómo va a enfrentarse ella a la gente? Es una ciudad pequeña y los rumores vuelan.

Él la agarra de las dos manos y le habla con expresión seria.

—Tenemos que ser fuertes, Ellen.

Ella asiente, paralizada. Se da cuenta de que a él le asusta lo mismo, lo que la gente pueda decir.

—Es probable que la policía quiera hablar contigo —dice él.

Ellen está confusa.

—¿Por qué?

Brad vuelve a mirarla como si fuera tonta.

—Porque no tengo coartada.

El horror absoluto de su situación la invade en ese momento. Está diciendo que podría ser sospechoso del asesinato de Diana. Ni siquiera se le había ocurrido.

—Yo puedo ayudarte con lo que le tienes que contar a la policía —dice él.

Cameron da vueltas sin parar por su pequeño dormitorio, de un lado a otro, entre el escritorio y la pared, una y otra vez. O está moviéndose así, o hecho un ovillo en la cama, sin término medio. No deja de revivir el largo día de ayer en la comisaría de policía, los interrogatorios tan catastróficos. Le interrogaron de una forma implacable, insistiendo una y otra vez hasta que creyó que iba a derrumbarse y contarles lo que ellos quisieran que dijera. Entonces, su padre intervino para protegerlo y llamó a un abogado.

No está seguro de que la cosa mejorara después.

Cometió un grave error. No debería haber confesado que bajó de la camioneta. Lo dijeron como si ya lo supieran. ¿Pero cómo podían saberlo? «¿Qué hiciste cuando bajaste de la camioneta, Cameron?». Y ahí fue cuando metió la pata y lo confesó. No debería haberlo hecho. Sabían que alguien había estado en el césped de detrás de la casa, y ahora están seguros de que fue él. Ha sido él quien les ha dicho que estuvo allí.

Cuando hablaron, antes de seguir con el interrogatorio, su abogado le advirtió de que ya tenían suficiente en ese momento como para que no tardaran en pedir una orden para requisarle el teléfono. Le preguntó si había algo de lo que tuvieran que preocuparse. Así que Cameron le enseñó los mensajes que le envió a Diana, en los que se disculpaba, le suplicaba perdón, le decía que estaba delante de su casa, en la camioneta. El abogado le dijo que estaba bien que ya hubiese confesado que habían discutido y que estuvo allí, delante de su casa, porque quería hablar con ella. Lo iban a averiguar de todos modos, en cuanto tuvieran su teléfono. ¿Pero confesar que bajó de la camioneta? Eso fue cosa suya.

El abogado no sabía nada. Fue un error. Su abogado no se había quedado nada contento. Debería haberse limitado a darles el teléfono y mantener la boca cerrada.

Ahora es el principal sospechoso. La policía cree que entró por la parte de atrás y la mató. Está bastante seguro de que eso es lo que creen también su abogado y sus padres.

Pronto le arrestarán. Dios mío, ¿qué va a hacer?

31

Joe Prior disfruta de sus largas excursiones dominicales. Va hasta Quebec, en Canadá. Allí hay una chica cuyo aspecto le gusta. Trabaja en una tienda de autoservicio Couche-Tard. Cree que tendrá unos dieciséis años. Una buena edad.

Durante la semana su rutina consiste en ir a trabajar, volver a casa y cenar, tomarse unas cuantas cervezas y acostarse. A veces, Roddy se acerca para tomar unas cervezas. El de la construcción es un trabajo duro, pero los fines de semana los dedica al placer. Ayer fue hasta Littleton, en New Hampshire, y hoy toca Magog, en Quebec. Le gusta ir a ver cómo están sus preferidas y, después, dar una vuelta en busca de otras chicas guapas que trabajen de cajeras en otras tiendas. Cuando encuentra alguna que le gusta, y es bastante exigente, intenta averiguar algo más de ellas. No quiere saber cuáles son sus sueños ni sus aspiraciones. La verdad es que eso no le importa. Lo que hace, a veces, es seguirlas hasta su casa cuando salen del trabajo, con cuidado de que no lo vean, para enterarse de dónde viven. Y, en algunas ocasiones, cuando sabe dónde vive una de sus chicas, se queda allí hasta bien entrada la noche, vigilando su casa.

Trata de indagar quién vive con ella, qué hábitos tiene. Examina el lugar, las puertas, las ventanas y cómo podría entrar, los alrededores donde poder aparcar la camioneta, la forma de salir huyendo. Se lo aprende todo de memoria. Es parte de la diversión. Si le parece demasiado arriesgado, si la chica vive con una familia grande, abandona, como pasó con esa tal Georgia. Una pena. No veía la forma de llegar hasta ella con tanta actividad dentro de esa casa. Pero le sorprende la cantidad de chicas que viven solamente con sus madres, la cantidad de padres que hoy en día no viven con ellas. Sin duda, eso lo hace más fácil. Roddy le ha preguntado a dónde va los fines de semana, ese entrometido de mierda. Joe le ha contado que tiene un colega en Quebec con una cabaña y que algunos fines de semana va a verlo y salen de caza o a pescar. Cuando Roddy le preguntó dónde tenía los aparejos de caza y de pesca, le contestó que no tenía ninguno, que usa los de su amigo. Hace poco, Roddy le preguntó si podía ir con él algún día, que le gusta cazar y pescar, que se crio en New Brunswick. Eso no va a pasar ni de coña. No tiene ningún amigo con una cabaña.

Ellen se siente entumecida y rígida mientras Brad intenta convencerla para que no se marche.

Se ofrece a prepararle una buena cena y le pide que se quede a pasar la noche. Le dice que la ha echado de menos y que, ahora que ella entiende por qué la estaba evitando, no hay problema. Le dice que, ahora que ella lo sabe todo, solo desea tenerla cerca. Le repite una y otra vez que la quiere, que está deseando casarse con ella.

Pero Ellen tiene miedo de no saberlo todo, y no se quiere quedar. No puede aceptar sin más esta inquietante explicación y hacer que todo vuelva a la normalidad. Necesita un tiempo para pensar y no puede hacerlo si está con él. Todo esto le resulta demasiado abrumador.

Brad ha estado aconsejándola sobre qué tiene que decirle a la policía. «Tú simplemente diles la verdad», como si ella no pensara hacerlo. Y, de todos modos, ella no sabe nada. ¿Qué les puede contar? «Diles que me conoces, que sabes que eso no pasó nunca, que fue una exageración de Diana. Que sabes que yo jamás haría algo así».

Pero no lo sabe con seguridad.

Hay algo raro en todo esto. Él parece estar… actuando de una forma desproporcionada. ¿Por qué está tan preocupado? Si lo que le ha dicho a la periodista es verdad, que sus gestos amistosos fueron completamente malinterpretados y que no pasó nada más, ¿por qué tiene tanto miedo? ¿Qué son esas mentiras que dijo Diana y que él no le ha querido contar?

«Es importante que estés de mi lado».

Incluso le ha llegado a decir que estuvo muy mal que no pasara la noche del jueves aquí con él, porque, así, nada de esto estaría ocurriendo. Como si fuera culpa de ella que él no tenga coartada. Le asusta incluso que necesite tenerla.

A lo mejor debería hablar con Kelly, piensa Ellen. Él debe saberlo.

—Entonces ¿te quedas esta noche? —intenta persuadirla Brad.

Ella piensa en su vuelta a casa, en las miradas inquisitivas de sus padres. Saben que está pasando algo. ¿Qué les va a decir? No puede irse a ningún sitio ahora mismo sin llevarse esta carga con ella.

Cuando le mira mientras él espera que responda, suena su teléfono.

Brad mira angustiado su móvil sobre la mesa de centro. Se le ponen los pelos de punta. Joder. Ahora no.

—¿Quién es? —pregunta Ellen con recelo.

—Graham Kelly. —Su voz suena nerviosa. Preferiría no hablar delante de Ellen.

—¿No vas a responder?

Le está observando, como si se tratara de una prueba. Él deja que suene dos tonos más antes de cogerlo.

—¿Sí?

—Brad, hay una cosa que deberías saber —dice Kelly. El tono de su voz es tenso.

—Pon el altavoz —le ordena Ellen con frialdad.

Pero Brad no puede dejar que esto se descontrole. Piensa con rapidez.

—Hola, Graham. Está aquí Ellen, así que voy a poner el altavoz, ¿vale? —Espera poder confiar en que Kelly no diga ninguna tontería. Pero no le ha gustado la forma en que Kelly le miró esta mañana. No le ha gustado que se aprovechara de su ventaja—. Le he contado lo de la acusación de Diana. Ha estado estupenda. Muy comprensiva.

Mira a Ellen, que parece más paralizada que comprensiva.

—Qué bien —contesta Kelly con cuidado—. Hola, Ellen.

—Hola —responde ella.

—Me alegra que te lo haya contado, porque las cosas van a ponerse feas. —Su voz suena tensa.

—Ya lo sé —interviene Brad con poca energía—. Hace un rato ha pasado por aquí una periodista. He tenido que echarla.

—¿La de KCVS?

—Sí.

—También se ha pasado por aquí —dice Kelly.

Brad está deseando saber exactamente qué le ha contado Kelly, pero no va a preguntárselo ahora que está Ellen delante.

—Hay otra cosa de la que debes preocuparte.

A Brad casi se le para el corazón.

—¿Qué?

—Ha aparecido hoy otra chica que ha hablado de ti. Ha ido a la policía.

—¿Qué? —repite Brad mientras todo le da vueltas.

—He pensado que debías saberlo —dice Kelly. Y cuelga, como si no quisiera tener nada más que ver con el asunto.

Ellen se levanta de un salto y va corriendo al baño. Brad oye sus arcadas sobre el váter.

32

En el baño, Ellen se echa agua en la boca con las manos temblorosas. La mente se le dispara. «Otra chica». Esas palabras se repiten una y otra vez en su cabeza. Brad no le dijo nada de ninguna otra chica. ¿Qué más le está ocultando su novio? ¿Es que todo lo que sale de su boca va a ser mentira?

Tiene que recuperar la compostura. Le va a preguntar a Brad sobre esa otra chica. Y, después, se irá. No puede seguir aquí. Si el hombre con el que se supone que va a casarse puede comportarse de manera inapropiada con sus alumnas adolescentes, no sabe quién es. Si fue solo una chica, podría habérselo inventado. Pero si ha habido más de una... «Otra chica»...

Dios mío, y esta otra chica ha acudido a la policía. ¿Qué les ha contado? ¿Y qué dirá Ellen si la policía quiere interrogarla?

Brad ha intentado ocultarlo, pero ella está segura de lo asustado que está. Debe haber una razón.

Ahora está llamando a la puerta del baño.

—¿Estás bien? —Parece asustado.

Ellen abre la puerta y le mira. Pasa por su lado y entra en la sala de estar, coge su chaqueta y su bolso y se vuelve hacia él.

—¿Qué va a contar de ti esa otra chica? —inquiere.

—No lo sé —contesta él elevando la voz—. Nunca le he hecho nada a nadie. ¡Ni a Diana ni a ninguna otra! ¡Tienes que creerme!

Pero no le cree. Ya no.

—Ellen, cariño, no te vayas —suplica con una mirada de desesperación.

—Ahora mismo necesito estar un tiempo sola —contesta ella mientras va hacia la puerta.

—Y yo necesito saber si puedo contar contigo —replica él con furia.

Ellen no responde.

Domingo, 23 de octubre de 2022, 21.30 horas

Cuando volví a casa esta tarde, mis padres me echaron una bronca. Les dije que no esperaba estar tanto tiempo fuera.

—¿A dónde narices has ido con el coche de tu madre? —quiso saber mi padre, con su borrachera de los domingos por la tarde. Se balanceaba un poco de pie mientras me miraba con ojos borrosos. Siempre he odiado los domingos. Me pregunté una vez más por qué mi madre no lo ha abandonado.

Decidí contarles la verdad.

—Riley y yo hemos estado siguiendo a Joe Prior. —A mi madre casi se le desencajó la mandíbula, literalmente. Se quedó ahí, boquiabierta, incapaz de hablar.

—¿Quién es ese? —preguntó mi padre con la mirada perdida. Mi padre siempre mostrando interés por todo.

—¿Por qué no sigues tú con lo tuyo? —le dijo mi madre—. Yo me encargo de esto.

Mi padre volvió a desaparecer en la sala de estar y mi madre sacó una silla de la mesa de la cocina y nos sentamos. Le conté toda la historia y no estaba muy contenta.

—¡Podría ser un asesino! —exclamó—. ¡Evan, tienes que mantenerte alejado de él!

—No hemos corrido ningún peligro, mamá —contesté—. No nos hemos bajado en ningún momento del coche. —Una pequeña mentirijilla—. Hemos llamado a la policía para contarles que ha cruzado la frontera de Canadá y, luego, hemos ido a la comisaría después de regresar aquí.

Fue frustrante. Los inspectores ni siquiera estaban cuando llegamos. Hablamos con un agente de uniforme y le repetimos que Joe Prior había cruzado la frontera de Canadá en Derby Line a las 13.20 de la tarde. Tomó nota de la información. No parecía que nos estuviese tomando muy en serio. Eso cabreó mucho a Riley, y no la culpo.

Roy lanza miradas de soslayo a su hija mientras están viendo la televisión el domingo por la noche. Está seguro de que ha estado llorando, aunque es evidente que se ha lavado la cara y se ha puesto maquillaje para intentar disimularlo. Ha estado inusualmente callada toda la noche, con lo parlanchina que es siempre. Apenas tocó la cena. Susan y él han intercambiado miradas en silencio desde que Ellen llegó a casa a última hora de la tarde. Ha pasado algo y los dos saben que probablemente tendrá que ver con su prometido.

—¿Todo bien? —le pregunta a Ellen durante un intermedio de anuncios—. Estás muy callada.

—Sí, bien. Solo estoy cansada —responde.

—Si te pasa algo, puedes contárnoslo —insiste él con suavidad—. Todo el mundo tropieza con algún bache.

—Me voy a la cama —anuncia ella de repente, y se pone de pie—. Buenas noches.

—No está bien —dice Susan en voz baja cuando Ellen se ha ido.

—No —se muestra de acuerdo Roy. Intenta volver a dirigir la atención al programa de la televisión, pero no logra concentrarse. Está preocupado por su hija. Cuando termina el programa, empiezan las noticias locales. Hay datos de última hora sobre el asesinato de Diana Brewer, y Roy se incorpora en su silla.

Jennifer Wiley, un conocido rostro de las noticias de la KCVS, está informando desde el exterior de la comisaría de Fairhill. «Esta noche ha llegado una nueva información sobre la investigación del asesinato de la joven de Fairhill Diana Brewer, de diecisiete años, que fue estrangulada y cuyo cuerpo apareció el viernes por la mañana en un terreno de un granjero de la zona. Ahora se ha hecho público que Diana había presentado una queja por la conducta inapropiada de uno de sus profesores del instituto Fairhill».

Roy cae en la cuenta.

La reportera continúa: «Hoy he intentado hablar con el director del instituto Fairhill, Graham Kelly, sobre esas acusaciones, pero no estaba disponible. Sigan atentos para más información sobre esta última hora».

Roy se gira hacia su mujer. Ella le está mirando con expresión afligida. Roy sabe que los dos están pensando lo mismo.

33

Paula se incorpora en la cama con la mano en el mando a distancia. Lleva todo el fin de semana esperando esto.

—Martin, mira —dice dándole un codazo a su marido para que aparte la atención del libro que está leyendo—. Saben lo de Turner. Kelly ha debido de hablar por fin con ellos. —Escucha con atención—. Menudo lío se va a formar —añade cuando acaba la noticia. Se pregunta cómo lo llevará Kelly—. Es mejor que lo haya contado él a que lo averigüen de cualquier otra forma. —Al menos, eso es lo que ella espera que haya pasado.

—No han dicho su nombre —comenta Martin.

—Todavía no —responde ella—. ¿Cuánto tiempo van a poder mantenerlo en secreto?

Le alivia saber que la policía tenga ya conocimiento de esas acusaciones de Diana contra el profesor de gimnasia. Quiere que el asunto se trate como es debido. Si hay algo de verdad en eso, si se ha comportado de forma inapropiada con una alumna, no deberían permitirle dar clases. No le gusta que su hija, que cualquier chica pueda estar expuesta a algo así. La policía llegará al fondo de este asunto.

Piensa de nuevo en Diana, en cómo terminó muerta en ese campo. Si Turner ha tenido algo que ver con eso, está segura de que la policía lo averiguará.

Shelby Farrell está viendo las noticias en la televisión.

—¡Edward! —grita, y él se reúne rápidamente con ella en la sala de estar. Cuando terminan de dar la noticia, mira a su marido—. Ya sabes lo que quiere decir «conducta inapropiada». ¿Y si ha sido él? ¿Y si ha matado a Diana?

De repente, se gira al oír un sonido en la puerta. Es Cameron. Le sorprende verlo fuera de su dormitorio.

—¿Qué pasa? —pregunta Cameron.

—Solo estábamos viendo las noticias —contesta ella. Le cuenta lo de la queja que presentó Diana contra el profesor y aparece en sus ojos un brillo de interés.

—¿Qué profesor? —pregunta.

—No han dado su nombre, pero la policía debe de saber de quién se trata —responde Shelby—. ¿Tienes idea de quién podría ser?

—Diana nunca me habló de eso. —Cameron parece sorprendido y también enfadado. Después pregunta—: ¿Puedo salir un rato? ¿Puedo coger la camioneta?

—¿Para qué? —pregunta a su vez Shelby.

—Solo quiero ir a por una hamburguesa.

—No te has comido la cena —comenta Shelby.

—Ya, y ahora me muero de hambre —responde Cameron con tono gruñón.

Shelby mira a su marido dubitativa.

—¿Crees que es una buena idea? —pregunta Edward.

—¿Por qué no? Yo no he hecho nada malo. Estoy harto de estar en mi habitación. Me voy a volver loco. No puedo salir durante el día. Todo el mundo se queda mirándome.

Edward le observa.

—Claro, supongo que sí —dice con inquietud—. ¿Quieres que te acompañe?

—No.

—¿Vas a ver a tus amigos? —pregunta Shelby.

Cameron niega con la cabeza.

—No. Necesito estar solo.

—No vas a hacer ninguna estupidez, ¿verdad? —insiste Shelby con nerviosismo.

—No voy a suicidarme, si es eso lo que te preocupa.

Eso es lo que le preocupa. Eso y cualquier otra cosa que pueda hacer y que no le convenga. Como hablar con sus amigos, decir algo que no debe. Pero Shelby reprime su recelo.

—No tardes mucho, ¿vale?

Brad Turner encadena un cigarro tras otro hasta que el aire del apartamento está viciado y lleno de asqueroso humo. Está enfadado con Ellen por no haberse puesto de su parte. Pensaba que al menos ella le creería con lo de Diana. Si no le cree ella, ¿quién lo hará? Vale, ahora que esa otra chica ha ido a la policía…, quizá era demasiado esperar que Ellen se pusiera de su lado. Pero, cuando se trataba solamente de Diana, debería haberle escuchado. Debería haber confiado en él.

Después de haber contado con un poco de tiempo para tranquilizarse y pensarlo, siente que tiene algo más de control. Se convence de que Ellen volverá cuando todo esto se desinfle por falta de pruebas. Porque no hay ninguna prueba, no en lo que concierne a Diana. Y tampoco hay nadie más que tenga pruebas. Es solo la versión de Diana y la de esta otra chica contra la de él.

Debe de tratarse de Zoe Simpson, piensa ahora. No puede ser nadie más.

Pero tiene que estar seguro de Kelly. Tiene que hablar otra vez con él, recordarle que esto también puede destruirlo. Lo que Brad teme en realidad es que Kelly pierda los estribos.

Comete el error de ver las noticias de la noche y enterarse de que la queja de Diana ya se ha hecho pública. Pronto darán su nombre y todo el mundo lo sabrá.

De repente, está desesperado por salir de ese apartamento lleno de humo. Se siente atrapado y necesita respirar. Se marcha rápidamente y se mete en el coche. Debe tratar de hablar de nuevo con Ellen. Seguro que sigue queriéndole. No puede haberse terminado así, sin más.

Se descubre conduciendo por los conocidos caminos de grava en dirección a la granja de la familia de Ellen. No sabe qué le ha podido contar a sus padres. Entonces, cae en la cuenta de que probablemente hayan visto las noticias.

Una cruz blanca aparece de repente ante sus faros de la forma más inesperada, sobresaltándole. Eso vuelve a traerle el recuerdo desnudo y terrible de que Diana está muerta. Se queda sentado durante un rato en el coche completamente inmóvil, desconcertado.

No puede volver a hablar con Ellen esta noche. Va a darle tiempo hasta que todo se asiente. Porque sabe que, si solo ha aparecido una chica con una queja contra él, será su palabra contra la de él. Lo negará todas las veces que haga falta y todo esto se desvanecerá y podrá casarse con Ellen en diciembre.

Riley está en su dormitorio, sentada en la cama, con la espalda apoyada en el cabecero. Está pensando en Diana y las lágrimas le recorren las mejillas. Cree ahora que probablemente Joe Prior la ha asesinado. ¿Por qué si no iba a huir a Canadá? Es probable que no regrese nunca, que desaparezca y no tenga que comparecer nunca ante la justicia por lo que ha hecho. El agente que tomó nota de su información ni siquiera pareció preocuparse.

Mira fijamente una fotografía de Prior en internet. Tiene aspecto de asesino. No puede creer que Evan y ella hayan estado de verdad esperando en la puerta de su apartamento y lo hayan seguido. ¿Y si los hubiera visto? Pero estaba demasiado concentrado en llegar a Canadá. Y llevaba con él esa bolsa de lona. No deja de pensar en esa bolsa.

Su corazón está invadido por la pena y no deja de llorar. No soporta tener que regresar mañana al instituto. No está preparada. Su madre ya le ha dicho que puede quedarse mañana en casa, si quiere. Quizá nunca llegue a estar preparada.

Vuelve a sus mensajes con Diana y los lee de nuevo. Hay cientos de ellos, puede que miles. Pasa mucho tiempo revisándolos. Leerlos y ver las fotos anexas le recuerda todo lo que han hecho juntas y, en ocasiones, le hace sonreír. Por fin, llega al último mensaje que recibió de Diana, a las 21.52 de la noche en que murió:

Cameron viene de camino para
recogerme.

Mira los mensajes que le escribió a Diana desde entonces:

Bns días, t veo ahora

Oye, Diana, estoy n la cafet

Estás?

Y luego:

Hola, Diana. Te echo de menos.

Ojalá estuvieses aquí.
Ojalá supiese qué te ha pasado.

Se sorbe la nariz cuando le empiezan a caer los mocos y vuelve a escribir.

No sé cómo voy a superar esto.
El mundo está muy vacío sin ti.
Vamos a averiguar quién te ha hecho
esto, tarde o temprano.

Se deja caer, agotada, y cierra los ojos. Un momento después, oye la notificación de un mensaje. Quizá sea Evan, piensa. Abre los ojos y mira el móvil. Pero es de Diana.

No, no vais a poder.

Suelta un grito y se le cae el móvil de la mano.

34

Riley oye los pasos de su madre avanzando por el pasillo. La puerta de su dormitorio se abre de repente y aparece su madre, claramente asustada.

—¿Qué es? —grita—. ¿Qué ha pasado?

Riley gira la cara hacia su madre.

—¡Es el teléfono! —exclama.

—¿Qué?

Riley se acurruca alejándose del móvil, que está en su cama.

—Estaba enviando un mensaje a Diana —dice con voz temblorosa—. No sé por qué. Me ayuda a sentir como si siguiera aquí. Pero me ha respondido, ahora mismo.

—¿Qué? —repite su madre dejándose caer sobre la cama.

Riley coge el teléfono con recelo y se lo enseña.

—Mira.

—No es Diana —observa su madre.

—Claro que no. Eso ya lo sé. ¿Pero quién es? ¿No debería tener su móvil la policía?

—La policía no enviaría un mensaje así —dice su madre con la cara pálida.

Riley vuelve a dejar el móvil y empieza a temblar.

—Es su asesino, ¿verdad? Tiene su teléfono, seguro. ¡Me ha enviado ese mensaje! —Siente que se está poniendo histérica.

El hombre que ha matado a Diana acaba de enviarle un mensaje. «No, no vais a poder». Mira el teléfono como si estuviese viendo una serpiente enroscada en su cama. La mente se le dispara. ¿Y si sabe quién es ella? Su nombre habrá aparecido en el teléfono de Diana. ¿Y si la está vigilando? Puede que sepa dónde vive.

—¿Qué vamos a hacer? —pregunta Riley, aterrada.

—¿Dónde tienes la tarjeta que te dio el inspector? —responde su madre rápidamente.

Riley se levanta de la cama y empieza a buscar en los bolsillos de sus vaqueros. Encuentra la tarjeta y se la da a su madre, que saca su móvil del bolsillo de su bata y marca el número que aparece en ella. Pone el altavoz.

En el teléfono suenan cuatro tonos antes de que respondan.

—Inspector Stone.

—Soy Patricia Mead, la madre de Riley Mead. Mi hija ha estado enviando mensajes a Diana con su móvil. Alguien le acaba de responder.

Hay un breve silencio. Riley y su madre se miran, esperando.

—Estaré ahí en cuanto pueda —contesta el inspector Stone—. Quizá tarde una hora en llegar. ¿Cuál es su dirección?

Las dos se visten mientras esperan al inspector. Su madre comprueba que todas las puertas y ventanas están bien cerradas y, a continuación, prepara una manzanilla, pero las dos están demasiado nerviosas como para bebérsela. Cuando llega el inspector, solo, es bien pasada la medianoche. La madre de Riley le invita a entrar y se sientan en la sala de estar.

Stone va directo al grano.

—No tenemos el teléfono de Diana. No hemos podido encontrarlo. —Mira a Riley y extiende la mano—. ¿Puedo ver el tuyo?

Ella abre la aplicación con los mensajes de Diana y se lo pasa sin pronunciar palabra. Sigue demasiado impactada como para decir nada.

Stone revisa los mensajes mientras va deslizando la pantalla.

—Ese mensaje se envió a las once y trece minutos de la noche —dice por fin a la vez que deja el móvil sobre la mesita que está entre los dos—. Creo que debemos suponer que quienquiera que matara a Diana tiene su teléfono y ha enviado ese mensaje.

—¿Por qué lo habrá hecho? —pregunta Riley, asustada. Su voz suena como un chillido y su madre la mira angustiada.

—Sabemos que algunos asesinos se llevan algún trofeo. Es arriesgado, pero a ellos les merece la pena. —Hace una pausa y después añade—: Pero responder a tu mensaje es alcanzar un nuevo nivel de arrogancia.

Riley sabe lo que es la arrogancia.

—¿Va a ir ahora a por mí? Sabe cómo me llamo. ¡Puede que sepa dónde vivo!

Su madre la mira alarmada y, después, vuelve a dirigir su atención al inspector.

—¿Qué pueden hacer para protegerla?

—Lo mejor que podemos hacer es cazar a ese cabrón —responde Stone. Mira a las dos con expresión calmada, aunque Riley puede notar su nerviosismo—. Sé que estás asustada, pero este ha sido su primer error. Daremos con él. —Respira hondo y exhala—. Mientras tanto, dejaré un coche patrulla vigilando la casa. Y, por favor, que esto no salga de aquí.

A la mañana siguiente, Graham Kelly no se siente bien mientras se prepara para ir a trabajar. Esto es mucho peor que el típico malestar de los lunes por la mañana.

Durante un rato, tumbado en la cama y despierto desde las cinco de la mañana, ha pensado en no ir. Va a ser un verdadero follón. Los periodistas se van a lanzar sobre él, ahora que la KCVS ha dado la noticia de que Diana había presentado una acusación contra uno de los profesores. Querrán saber quién es y qué hizo. Empieza a sentir un sudor frío.

Pero va a ir porque las cosas van a empeorar si se queda escondido en casa. Tiene que apaciguar todo esto como sea. Brad Turner le tiene cogido por las pelotas. Si dice la verdad, Brad le contará a su mujer lo de su estúpida, breve y lamentable aventura. Su mujer le pedirá el divorcio y Kelly no quiere divorciarse. Eso acabaría con él, y también con los niños. Tampoco quiere que su carrera quede destrozada. Se trata de una elección sencilla: o dice la verdad de lo que Diana declaró sobre Turner, o se aferra a la versión mucho más suave que ya le ha contado a la policía, la que aparece en el expediente. Nada bueno le va a pasar si cuenta ahora la verdad, por muy mal que eso le haga sentirse. Debe ceñirse a lo que ya ha dicho.

Turner le llamó anoche a última hora y se lo dejó claro. Graham lo odia por ello. Prácticamente, Brad le está haciendo chantaje. Kelly no sabe con seguridad qué es lo que ocurrió entre Brad y Diana, pero ahora cae en la cuenta de que debía de haber algo de verdad en lo que ella declaró. Diana está muerta y Kelly ya no está seguro de nada.

El problema estriba en que Kelly es, por naturaleza, una buena persona y le horroriza verse en esta situación. Quiere limpiar su conciencia y contarle a la policía lo que declaró Diana en realidad, explicarles que no la creyó porque se negó a ir más allá con su queja, cosa que debería haber hecho si estuviese diciendo la verdad. Y ella ya había mentido anteriormente, cuando había copiado. Así que por supuesto que pensó que mentía.

Su mujer está muy callada mientras él se viste. Va a salir antes de lo habitual, para evitar a la prensa. Sandra tampoco está contenta con la situación. Él le ha contado la misma versión edulcorada que le ha dado a la policía. Ella sabe que Brad vino a su casa el fin de semana, que se encerraron en el despacho. Sabe lo intranquilo que está Graham.

Se sube al coche con la conciencia revuelta y el corazón agitado.

Desde que su hija empezó a trabajar en la panadería, Roy ha disfrutado de sus madrugadas juntos en la cocina de la granja, preparando el desayuno, charlando sobre el día que les esperaba mientras el sol apenas había salido. El lunes por la mañana está solo con Ellen en la cocina, pero la atmósfera es distinta. Susan se ha quedado en la cama porque los dos creen que es mejor que él hable con su hija a solas.

Ellen se bebe el café y se come la tostada en silencio, con la cabeza agachada. Su padre tiene que decir algo, aunque se le parta el corazón al hacerlo.

—Ellen —dice. Ella levanta los ojos con recelo. Tiene aspecto de haber dormido poco—. Tu madre y yo estuvimos viendo anoche las noticias. —Ellen deja de masticar. Le está clavando la mirada con expresión de miedo. A él se le cae el alma a los pies—. Dijeron…, dijeron que Diana presentó una queja contra uno de sus profesores.

Ella se cubre la cara con las manos.

—¿Es Brad? ¿Es por eso por lo que estás tan alterada? Ella asiente sin fuerzas y se aparta las manos.

—Pero dice que él no lo hizo. Que ella se lo inventó.

Roy vacila un momento antes de preguntar:

—¿Por qué se quejó entonces?

—No lo sé.

Su padre se arma de valor.

—¿Le crees?

—Yo pensaba que sí. —Le mira con expresión desolada—. Ay, papá, ¿qué voy a hacer? Dice que tengo que estar a su lado, y lo haría, pero…

—¿Pero qué?

—Pero ha acudido otra chica a la policía. —Su voz se ha convertido en un susurro—. Otra más. Estuvo ayer en la comisaría.

Roy traga saliva. Otra. Se siente invadido por el asco. El prometido de su hija podría ser un acosador de menores. También va a ser sospechoso en la investigación de un asesinato. ¿Es ella consciente?

—Me ha dicho que es posible que la policía quiera hablar conmigo —añade ella como si le leyera la mente. Lo mira, claramente angustiada—. Le preocupa que puedan sospechar de él por…, por lo que le ha pasado a Diana. Ya le han pedido una coartada para esa noche.

—¿Y?

—Y no la tiene.

Se queda mirando a su hija con el corazón latiéndole con fuerza. Dejaron el cadáver de esa chica en su propiedad, piensa Roy. ¿Por qué? ¿Porque sabía cómo llegar? ¿Es el prometido de su hija una especie de demente?

Ve la angustia en los ojos de su hija y no puede soportarlo. La idea de que se vaya a casar con un hombre que podría ser un acosador de menores y quizá un asesino… No puede permitir que eso ocurra.

35

Shelby está en la cocina después de desayunar cuando suena el teléfono. Durante un momento se queda mirando sin energía el aparato en la pared antes de contestar.

—¿Diga?

Es el inspector Stone. Oye su voz y tiene que reprimir el deseo de volver a colgar de un golpe.

—Buenos días —dice el inspector.

Ella no responde. Tiene la garganta seca.

—Nos gustaría que volvieran a traer a Cameron a la comisaría más tarde —le pide Stone.

—¿Para qué? —pregunta ella con voz tensa.

—Tenemos más preguntas.

—¡Ya ha respondido a todas sus preguntas! —exclama Shelby.

—No sobre lo que estuvo haciendo anoche —dice Stone—. ¿A las cuatro, por ejemplo? Y asegúrese de que está presente su abogado. —El inspector cuelga el teléfono.

Shelby se queda de pie en la cocina, con la mano todavía sobre el auricular, incapaz de moverse durante un rato. A continuación, sale disparada escaleras arriba y abre la puerta del dormitorio de Cameron.

—¿Dónde estuviste anoche? —grita—. ¿Qué hiciste?

Cuando Edward ve el mensaje que recibe de Shelby está en una reunión de ventas. «Los inspectores quieren volver a hablar con Cameron. Sobre lo que hizo anoche».

Él contesta de inmediato, intentando no llamar la atención. «¿Qué pasó anoche?». ¿Qué coño está ocurriendo? ¿Por qué le quieren preguntar por anoche? Cameron estuvo fuera anoche mucho más tiempo del que debía, si lo único que iba a hacer era comprar una hamburguesa. Edward se levanta, hace un gesto de disculpa y sale de la reunión. Puede notar las miradas de todos clavadas en la espalda. Todos saben que la policía ha interrogado a su hijo; no sabe qué es lo que piensan. Sale directo a su despacho, cierra la puerta y llama a Shelby.

—¿Qué está pasando? —pregunta inquieto en cuanto ella coge el teléfono.

—Quieren que lo llevemos otra vez hoy a las cuatro, con su abogado. Quieren preguntarle sobre lo que estuvo haciendo anoche —le cuenta Shelby en voz baja pero teñida de tensión.

—¿Le has preguntado a Cameron?

—¡Claro que le he preguntado! Pero dice que no hizo nada, que solo fue a por una hamburguesa y que luego estuvo dando vueltas con la camioneta. Y ahora no me habla.

Edward siente un nudo en el estómago. ¿Por qué salió Cameron de casa anoche? ¿Qué hizo?

—A lo mejor debería hablar yo con él —dice por fin con el corazón acelerado y, de nuevo, ese dolor aplastante en el pecho.

Brad Turner está en su casa, después de que esta mañana Graham Kelly le informara de que ha quedado suspendido del trabajo por ahora. Ya se lo esperaba. Fue una llamada formal, nada amistosa.

Poco después, la llamada es del inspector. El corazón de Brad se acelera de inmediato. Respira hondo y se dice a sí mismo que no debe entrar en pánico. Esto también se lo esperaba. Tienen que volver a interrogarle si es que ha ido otra chica a la policía, como dijo Kelly. Les dirá que no fue nada. La última vez pareció que le creían. Si logra despejar las dudas que puedan tener ahora, habrá acabado todo. Siempre que Kelly mantenga la boca cerrada.

Se dirige a la comisaría. Cuando llega, acompañan de nuevo a Brad a una sala de interrogatorios. Está deseando superar todo eso. Que termine. Lo único que tiene que hacer es mantenerse firme.

—Señor Turner —empieza Stone—. Queremos hacerle algunas preguntas más. —Brad asiente—. Ya nos ha hablado de Diana, que había presentado algunas acusaciones contra usted.

—Sí, pero ya les di explicaciones sobre eso —contesta.

—Exacto. Pero la cuestión es que ha venido otra chica.

Habló ayer por la tarde con nosotros. —Se detiene para ver su reacción.

Brad se las arregla para parecer sorprendido, indignado.

—¿Qué? ¿Qué chica?

—Ahora mismo no voy a decirle quién.

—¿Y qué ha contado? —pregunta Brad con tono severo. Debe controlar su rabia.

—Ha contado que usted entró una vez en el vestuario de las chicas cuando ella estaba dentro, sola. Fue la última en salir ese día y todavía no estaba vestida del todo. Intentó taparse con los brazos. Dice que usted se disculpó, que le explicó que pensaba que el vestuario estaba vacío…, pero que tardó un rato en salir.

—Eso no ha pasado nunca —asegura Brad con firmeza.

—Ella ha sido muy insistente —responde el inspector.

—Aun así, no es verdad —rebate Brad con frialdad—. Se lo ha inventado.

Stone vuelve a mirarlo, estudiándolo, intentando ver qué está pensando.

Sí, estuvo en el vestuario. Sí, se quedó allí, mirándola más tiempo del necesario. Es Zoe Simpson la que le ha acusado. Debe de ser ella. Pero no la tocó. No se acercó a ella. Fue todo completamente inofensivo, en su opinión. Esas chicas enseñan más cuando van en biquini. Pero está claro que estos inspectores no lo ven así.

—Sabe que, si este sinsentido sale a la luz, acabará conmigo. Y ni siquiera es verdad.

—¿Ha entrado usted en el vestuario de las chicas?

—No, nunca.

—¿Está completamente seguro? —pregunta el inspector Stone, claramente sin creerle—. Porque a nosotros esa chica nos ha parecido bastante fiable.

Brad se mantiene firme. No había allí nadie más y sabe que no hay cámaras. Es solo su palabra contra la de él.

—Nunca he entrado en el vestuario de las chicas. Nunca he tocado a esa chica, quienquiera que sea.

—No le he preguntado si la tocó —replica Stone.

Brad intenta que no se le note la rabia.

—Una cosa más —dice Stone—. ¿Dónde estuvo usted anoche entre las once y las once y media?

Brad vacila un momento.

—De camino a ver a mi prometida.

—¿Quién es su prometida y dónde vive?

—Ellen Ressler. —Y añade de mala gana—: Vive con sus padres.

Stone agudiza la mirada.

—No serán sus padres Roy y Susan Ressler, ¿no?

—Sí.

—Entiendo —dice el inspector Stone inclinando la cabeza—. Su prometida vive en la granja de sus padres. La granja en la que encontraron el cadáver de Diana.

Brad siente cómo la cara se le enrojece, pero no contesta.

—Eso es muy interesante —continúa Stone—. No sabía que tenía usted relación con la granja de los Ressler.

—Todo el mundo sabe que es mi prometida —se defiende Brad.

—¿Y nos podrá confirmar que estuvo usted anoche con ella a esa hora?

Brad hace una pausa.

—No. A mitad de camino cambié de opinión sobre ir a verla y me volví a casa.

—¿Por qué cambió de opinión?

—Pensé…, pensé que quizá necesitaba algo de espacio.

—Entiendo. ¿Problemas en el paraíso? Supongo que no estará muy contenta con la idea de lo que usted pudo hacer a sus alumnas. —Se inclina hacia delante—. ¿Qué le hizo a Diana, Turner?

—Nada. No le hice nada.

Pero continúan interrogándole, haciéndole las mismas preguntas una y otra vez.

36

Estoy flotando, viendo cómo el señor Turner intenta quitarse de en medio a los inspectores. Yo no sabía lo del incidente con Zoe en el vestuario. Así que no he sido la única. Ojalá lo hubiese sabido. Me gusta ver cómo se retuerce, se lo merece; aunque no creo que él me haya matado. ¿Por qué iba a hacerlo? Pero sí tengo claro que le gustaba mirar. Me fastidia no saber cómo he llegado aquí. Me han quitado la vida. Alguien tiene que pagar.

Recuerdo cuando me pasó a mí, aquella vez en el vestuario, después de que todas las demás se hubiesen ido. Estaba canturreando en la ducha y no le oí entrar. Cuando salí, estaba a poca distancia de mí. Me sobresalté tanto que solté un pequeño grito. Intenté taparme con las manos mientras buscaba frenéticamente la toalla, que había dejado colgada de una percha al lado.

—¿Es esto lo que buscas? —preguntó. Sacó la toalla de detrás de su espalda y sonrió. La extendió hacia mí, como si fuese una señal para que yo me acercara a cogerla.

Intenté calibrar si podría pasar por su lado, mientras pensaba si habría cerrado la puerta con llave. Pero me estaba bloqueando el paso. Me pregunté si me oiría alguien si gritaba. Si me creería alguien si lo contaba. Todo eso pasó por mi mente en décimas de segundo. No sé cuánto tiempo estuve allí, pero, incluso ahora, recuerdo la angustia que sentí, el miedo.

Me lanzó la toalla.

—No le cuentes esto a nadie. De todos modos, no van a creerte. Diré que me invitaste a entrar para que te mirara. —Y, después, se fue.

No se lo conté a nadie, tal y como él esperaba.

Después, mantuve las distancias. Pero, a veces, le descubría mirándome, como si compartiéramos un sucio secreto.

Quizá era más peligroso de lo que había imaginado.

Edward vuelve a casa, incapaz de esperar siquiera a la hora del almuerzo para hablar con su hijo. Shelby, que no ha ido a trabajar para estar con Cameron, se alegra de verle, pero su hijo no. Ha entrado en la habitación de Cameron sin su mujer, tras considerar que le sacará más información si ella no está presente.

—¿De qué va todo esto? —le pregunta a su hijo. Quizá está siendo más brusco que antes. Los nervios le están traicionando.

—No lo sé —responde Cameron a la defensiva.

—¿A dónde fuiste anoche?

—Fui a comer algo y después estuve dando una vuelta, eso es todo.

—¿Dando una vuelta por dónde? Debes de haber hecho algo que haya hecho saltar sus alarmas. ¿Por qué si no iban a querer interrogarte? —Ahora casi está gritando. Cameron le mira asustado. Pero Edward no puede contenerse. Le pregunta elevando la voz—: ¿Estás tratando de ocultar algo?

—¡No!

—¿A dónde fuiste?

Cameron se aparta de él, acurrucado contra la pared del dormitorio.

—Fui a un sitio al que solía ir con Diana…, un terreno vacío. Solo aparqué allí y me quedé un rato sentado.

—¿Por qué?

—¡Porque la echo de menos! —Empieza a llorar.

Edward suaviza el tono con su hijo.

—¿Dónde está ese terreno?

—¿Qué más da?

—Dímelo.

—Es en el cruce de Pickering Road con Town Line.

Edward siente que un escalofrío le recorre el cuerpo.

—Pero… eso es justo al lado de la granja de Ressler, donde encontraron a Diana.

Cameron no dice nada y, por primera vez, Edward piensa que sí existe una posibilidad de que su hijo sea un asesino.

Brad Turner sale por fin de la comisaría, apartando con las manos a los reporteros ávidos por conseguir una foto suya mientras le gritan preguntas. Saben que Diana presentó una acusación contra uno de sus profesores y aquí está él, servido ante ellos en una bonita bandeja. Esa zorra de la KCVS está justo delante.

—Señor Turner —dice gritando su nombre—, ¿quiere comentar algo sobre las acusaciones que hizo contra usted la chica asesinada?

La mira brevemente a los ojos, lleno de rabia, pero intentando que no se le note. Le da miedo lo que pueda pasar cuando se enteren de lo de Zoe. Aparta la mirada sin responder. Se mete en su coche y se va a casa. Toma un camino largo y sinuoso, para asegurarse de que ninguno de ellos le sigue.

En cuanto llega a casa, se deja caer en el sofá, con la cabeza entre las manos y tirándose de los pelos con los dedos. Tiene que llamar a Ellen. Se plantea la idea de buscar un abogado. No le gusta la imagen que eso puede dar, pero está asustado.

Se enciende un cigarro y llama a Ellen al trabajo. El teléfono suena varias veces y, después, pasa al buzón de voz. Ella siempre contesta, aunque esté ocupada en la panadería. Ahí está su respuesta. Justo ahí.

Shelby ha estado volviéndose loca de preocupación desde que el inspector Stone llamó a su casa esa mañana. Espera que su marido pueda sacarle algo a Cameron. Ahora sale al encuentro de Edward mientras él va bajando lentamente las escaleras.

—¿Qué ha dicho? —susurra.

Edward niega con la cabeza y la aleja de allí para entrar en la cocina.

Ella está más que preocupada, rozando el pánico.

—¿Qué crees que pasó anoche?

—¡Joder, ojalá no hubiese salido!

—Fuiste tú el que dijo que no pasaba nada. ¡Yo no quería que saliera!

—Vaya, ¿así que ahora es culpa mía? —le reprocha Edward.

Shelby respira hondo antes de contestar.

—Perdona, no. No es culpa tuya. Por supuesto que no. Es que estoy nerviosa. —Retuerce las manos, angustiada.

—Ha dicho que fue a un terreno al que solía ir con Diana —dice él tras acercarse a ella. Hace una pausa—. Un terreno al lado de la granja de los Ressler.

Shelby siente que su cuerpo se balancea, como si estuviese a punto de desmayarse. Se agarra al brazo de su marido para no caerse.

—¿Por qué?

—Porque la echa de menos.

Ella le mira asustada.

—Ojalá nos lo hubiese contado. Quizá podríamos haberle ayudado —susurra.

—¿Ayudado, cómo? —pregunta Edward bajando la voz.

Shelby mira vacilante.

—No lo sé. ¿Y si estaba tratando de…, de…? No sé… Él termina la frase por ella.

—¿De destruir pruebas?

243

Los dos piensan lo mismo. Ella espera la respuesta de Edward con miedo.

—¿Tú lo harías? —pregunta—. ¿Le ayudarías a destruir pruebas?

—¿Tú no?

37

Riley va con Evan al parque bajo el aire frío de octubre. El sol brilla, pero no están de buen ánimo. Los dos se han saltado las clases y han ido a visitar de nuevo a la señora Brewer para pasar un par de horas con ella y ayudarla a preparar el funeral, que se va a celebrar el miércoles.

Organizar el funeral ha alterado a Riley. La señora Brewer les ha dicho que va a dejar el ataúd cerrado. Riley ha sentido alivio al saberlo, pero no le gusta la idea de que Diana esté metida dentro de un ataúd y que la bajen al frío y profundo suelo del cementerio. El sonido de la tierra golpeando contra el ataúd, con Diana en su interior. Que quede cubierta por el peso de toda esa tierra. Riley teme sufrir un ataque de pánico cuando llegue ese momento.

—No sé si voy a poder —dice.

—¿Poder qué? —responde Evan, mirándola. Ya están en el parque y se dirigen hacia los columpios vacíos.

—Ir al entierro. Creo que podré con el funeral, pero no sé si soportaré el entierro en el cementerio. —Se detiene.

Empieza a temblar y Evan la mira con preocupación—. La idea de que esté enterrada para siempre... —Sabe que va a parecer que se está volviendo loca. Mira fijamente a Evan—. ¿Qué crees que le ha pasado?

Él la observa como si no entendiera la pregunta.

—¿A qué te refieres?

—¿Crees que está ahí arriba, contemplándonos? ¿O ha desaparecido y ya no queda nada de ella? —Está temblando descontroladamente. No es justo que Diana haya muerto tan pronto, tan joven. ¿Ahí se acaba todo? Espera que haya algo más, que Diana no haya desaparecido para siempre. Ya es bastante malo pensar que su cuerpo se va a desintegrar en el suelo frío y oscuro, con los gusanos... Resulta aterrador.

—Eso de la vida después de la muerte no existe —dice Evan.

—¿Cómo lo sabes? —exclama ella—. A lo mejor sigue todavía aquí, con nosotros, mirándonos. A lo mejor no puede descansar hasta que encuentren a su asesino.

—Eso es absurdo —insiste Evan. Parece inquieto, como si no supiera cómo enfrentarse a ella y a su arrebato emocional.

—Yo no estoy tan segura. —Respira hondo varias veces para intentar calmarse—. Hay una cosa que tú no sabes. Una cosa que hicimos y que nunca contamos a nadie.

—¿De qué narices estás hablando? —pregunta Evan.

Riley empieza a caminar de nuevo, hacia un banco que hay al lado, y se sienta. Evan toma asiento junto a ella. El frío del banco se filtra rápidamente a través de sus vaqueros.

—No os lo contamos ni a vosotros ni a nadie porque creíamos que os reiríais de nosotras. —Vuelve a tomar aire antes de hablar—. Pasamos una noche juntas hace un par de meses, en la casa de Diana. Sadie Kelly vino también. —Hace una pausa y, después, continúa—: Ya sabes que a Diana le gustaba contar historias de miedo. —Le mira—. Esa noche nos estuvo contando varias muy fuertes y nos estuvimos riendo, gastándonos bromas. Y, luego, propuso que probáramos a invocar a algún espíritu.

—¿En serio? —comenta él con tono desdeñoso.

—¡No, espera a oír esto! —se apresura a decirle ella—. Sadie preguntó: «¿Cómo? No tenemos ninguna tabla de ouija a mano». —Riley se detiene de repente mientras recuerda lo extraño e inquietante que fue—. Y Diana propuso que la hiciéramos nosotras. —Continúa—: Así que escribió todas las letras del alfabeto, un «Sí» y un «No» y los números del uno al diez en un papel y, después, lo recortó todo en cuadraditos. Luego, los colocó en un círculo sobre el suelo de madera. Nos quedamos allí sentadas en pijama sin que ninguna nos lo tomáramos en serio. Estuvimos comiendo patatas fritas, bebiendo vino que había traído Sadie y riéndonos. Diana bajó y trajo otra copa de vino y una vela. Su madre se había acostado ya. Diana encendió la vela y apagó todas las luces. Después, puso la copa boca abajo en el suelo entre todas las letras y nos sentamos en círculo. Diana nos dijo que colocáramos la punta de un dedo encima de la copa puesta del revés. A mí me parecía un poco ridículo, pero Sadie y yo obedecimos. Diana nos contó que le habían dicho que se hacía así y que funcionaba mejor que con un tablero de ouija comprado. Así que las tres nos quedamos sentadas a oscuras, con el parpadeo de la vela y Diana susurrando: «¿Hay alguien ahí? ¿Hay algún espíritu por aquí esta noche? ¿Algún alma perdida?». Daba miedo. —Riley se detiene y siente un escalofrío involuntario.

—¿Y eso es todo? —pregunta Evan.

—No. —Riley niega con la cabeza y respira hondo—. Después, la cosa se puso rara.

38

Sigue —la anima Evan.

—La copa empezó a moverse —continúa Riley—. Sola. Te lo juro. Ninguna la empujábamos; habíamos apoyado la punta del dedo muy ligeramente. Formó la palabra «Hola».

—Lo recuerda con toda claridad; le había impresionado muchísimo. Fue de lo más espeluznante e inesperado—. Diana dijo: «Gracias por venir. ¿Cómo te llamas?». Y el espíritu formó la palabra «Simon». Fue un poco lento, pero muy claro. Luego, Diana le preguntó: «¿Cuántos años tienes?». Y fue a los números uno y dos. Así que Diana dijo: «¿Tenías doce años cuando moriste?». Y se movió a la palabra «Sí».

—Riley se detiene y observa la reacción de Evan. Está paralizado, pero está segura de que lo está entendiendo—. Después, Diana le preguntó: «¿Dónde vivías?», y él formó la palabra «Aquí». Ella dijo: «¿Aquí? ¿En esta casa?». Y las tres nos miramos, totalmente asustadas. Pero respondió: «No». Así que le preguntó si vivió en Fairhill y respondió: «Sí». Dijo que su casa ya no existía. Diana le preguntó en qué año nació y contestó que en 1861. Y luego le preguntó cómo murió. —Vuelve a hacer una pausa mientras Evan la mira con expresión de duda.

»Tienes que creerme, Evan. Había un niño, un espíritu. Estoy completamente segura. —Continúa—: Es lo más raro que he vivido nunca. Se quedó callado un rato y creímos que se había ido, pero Diana volvió a preguntarle cómo murió y él formó la palabra "Enfermo". Y Diana iba a preguntarle más cosas, pero, entonces, la copa de vino empezó a dar un montón de vueltas formando círculos en el suelo a toda velocidad, como si estuviese enfadado, y sentimos pavor, apartamos el dedo de la copa y se detuvo.

Evan la está mirando incrédulo.

—Sadie estaba manipulando la copa de vino y también os manipuló a las dos. Ya sabes cómo es.

—No. —Mueve la cabeza con vehemencia. —¡Yo estaba allí, tú no! Las tres juramos que no estábamos moviendo la copa y, después, volvimos a poner el dedo encima y probamos a empujarla, pero quedó muy claro cuándo alguna lo hacía. No podíamos conseguir que diera vueltas de esa forma. No era lo mismo. Ninguna de nosotras estaba dando las respuestas. No fue Sadie. Fue un espíritu. Estoy segura. —Vuelve a respirar hondo y de forma temblorosa—. Y ahora me pregunto si Diana estará por aquí, como ese niño, Simon. —Y añade—: Y si estará tan enfadada como él.

Está claro que Evan no la cree, piensa Riley. Está convencido de que la engañaron. Riley se arrepiente de habérselo contado. De repente, se levanta y empieza a alejarse con paso rápido.

—Espera, ¿qué haces? —le grita Evan. Y sale detrás de ella.

Riley no responde. Se ha enfadado con él por no creerla y ahora prefiere estar sola, pero, después de ese mensaje de anoche desde el teléfono de Diana, está demasiado asustada como para quedarse a solas, incluso a plena luz del día. Se detiene, mira hacia atrás y ve con alivio que él la está siguiendo.

La alcanza, pero se mantiene unos pasos por detrás de ella, para dejarle un poco de espacio. Va a la Iglesia Unida. Son casi las doce del mediodía de un soleado lunes y el jardín de la iglesia está desierto. Se dirige al cementerio, donde solían reunirse, pero donde probablemente jamás vuelvan a hacerlo. Se pregunta en qué lugar enterrarán a Diana y si llevará flores a su tumba. Pero no soporta pensar en eso.

Va directa a la zona más antigua del cementerio, la que más le gusta, donde las lápidas están viejas y estropeadas y, a veces, llenas de moho. Algunas son bastante imponentes y bonitas, pero muchas otras son muy sencillas. Esas tumbas son un reflejo de la riqueza de la familia de los difuntos. Otras son losas colocadas en la tierra y que, de tanto que se han pisado a lo largo de los años, cuesta leerlas. Algunas señalan la muerte de muchos niños a la vez. Resulta triste, pero todas esas muertes fueron hace mucho tiempo y no parecen reales. No como en la zona más nueva del cementerio, donde pronto empezarán a cavar una tumba para Diana.

Riley ha hecho las cuentas. Si Simon nació en 1861 y tenía doce años, debió de morir en 1873.

—Sé lo que estás haciendo —dice Evan a su lado.

—Pues, entonces, ayúdame a buscar —contesta ella.

Recorren despacio las filas de un lado a otro, leyendo cada lápida con atención. Pero no hay ningún Simon que naciera en 1861 y fuese enterrado en 1873. No hay ningún Simon ni nadie con esas fechas.

Evan se coloca al lado de Riley. Ella se da cuenta de que está a punto de pronunciar: «Te lo dije», pero no lo hace y Riley le agradece, al menos, ese gesto.

Ellen guarda un triste silencio mientras trabaja en la panadería, moviéndose como una autómata por la cocina, metiendo bollos en el horno y volviéndolos a sacar sin apenas pensar en lo que hace. Suena una señal en su teléfono, pero ella no le hace caso. Las demás chicas de la cocina tampoco hablan. Deben de haberse enterado de la noticia. Todas saben que han interrogado a su prometido; los periodistas lo vieron salir de la comisaría. Creen que es una especie de pervertido y que la policía puede estar sospechando que ha matado a Diana. Ellen está deseando gritar, arrancarse el delantal y salir corriendo.

No deja de dudar. A veces, piensa que a Brad lo han acusado por equivocación, que todo terminará solucionándose y que ella volverá a recuperar su antigua vida, con su optimismo, su preciosa boda y la bonita casa que les espera el 1 de diciembre. Pero la mayor parte del tiempo piensa que Brad debe de haber hecho algo inapropiado, que no se inventarían una cosa así. ¿Por qué iban a hacerlo? Pero siempre se oyen historias de gente que hace falsas acusaciones para destrozar la vida de alguien. La gente miente. Las chicas pueden hacer cosas horribles. Recuerda una noticia que oyó hace poco de una adolescente que asesinó a una persona sin hogar a sangre fría, sin motivo alguno… Puede que Brad sea una víctima. Desde luego, es posible. Y continúa así, de un lado a otro, volviéndose loca.

Ojalá hubiese estado con él la noche que mataron a Diana. Ojalá descubran al verdadero asesino para que todo esto acabe. Porque Ellen no cree ni por un momento que Brad haya asesinado a Diana. No ha sido él, así que no van a encontrar ninguna prueba de que lo hiciera. Pero sí teme que tuviera algún comportamiento inapropiado con Diana y esa otra chica. Puede que Brad sea un mentiroso.

Aparte de todo lo demás, es una humillación personal. Ella creía que él la quería, que la deseaba, que lo era todo para él. O, al menos, lo suficiente. Pero quizá no. Y el hecho de que haya podido cometer un error así, que no haya sabido detectar en él esa perversión… ¿Cómo va a volver a fiarse de sí misma? La idea hace que el estómago se le ponga del revés. Es posible que Brad lanzara miradas lascivas a las adolescentes, que las deseara, que las tocara. Resulta asqueroso. Duda de todo. Y sus padres…, ¿cómo va a mirar a sus padres después de esto?

¿Pero cómo va él a demostrar que no lo ha hecho? No puede, ese es el problema. Es posible que consiga librarse en el juicio, si es que llega, pero jamás logrará convencerla del todo de que no le ha hecho nada a esas chicas.

Sabe que no puede casarse con él si no está segura. Si existe alguna posibilidad de que él abusara de esas chicas, se habrá acabado todo. Y tendrá que cancelar su boda soñada y renunciar a la bonita casa que ha estado redecorando en su mente, así como al brillante futuro que habían planeado juntos.

39

Lunes, 24 de octubre de 2022, 13.30 horas

Riley se ha enfadado conmigo, pero no puedo evitar no creerla. No voy a fingir que sí. Todo eso de los espíritus y la ouija…, o fue alguna broma de Sadie, o alguna especie de histeria grupal.

Aunque confieso que se me habrían puesto los pelos de punta si hubiésemos encontrado la tumba de ese niño con su nombre y las fechas.

Mis padres se han ido a trabajar y esta tarde estoy solo en casa. Necesito pensar, escribir. Pero a lo mejor vuelvo pronto a las clases.

El asesino le envió un mensaje a Riley. Esta mañana me ha dado un escalofrío cuando me lo ha contado en secreto. ¿Por qué lo habrá hecho? Estoy seguro de que Riley está asustada. Le da miedo que él sepa quién es, que pueda estar vigilándola. Que ella pueda ser la siguiente. Esta mañana le ha dado un verdadero ataque de pánico en el cementerio al decirme esto, después de que no pudiéramos encontrar la tumba. Al final, he conseguido tranquilizarla. Me ha pedido que la acompañe a su casa. Incluso me ha pedido que esperara a que abriera la puerta y comprobara que la casa estaba vacía. Me he ofrecido a entrar y ayudarla a mirar. Ha sido raro vernos a los dos recorriendo toda la casa, mirando en los armarios y debajo de las camas, asegurándonos de que las ventanas y las puertas estaban cerradas. Creo que a Riley se le está yendo la cabeza. Pero hay una cosa en la que tiene razón. Hay un asesino por ahí y nadie sabe quién es. Y parece que creen que mató a Diana dentro de su casa. Y ha tenido la osadía de enviarle un mensaje a Riley. ¿Por qué lo habrá hecho? ¿Qué espera conseguir con ello además de asustarla?

La policía se ha quedado con su teléfono. Han dicho que lo querían por si le enviaba otro mensaje. Pero dudo que lo haga. Si de verdad está vigilando a Riley, sabrá que el inspector fue anoche a su casa y el motivo. Sería arriesgado volver a ponerse en contacto con ella.

Riley me ha llamado esta mañana a primera hora desde el teléfono de su casa para contármelo todo. Su madre ha tenido que irse a trabajar, así que, en cuanto han abierto las tiendas, he recogido a Riley para ir a comprar otro móvil, uno barato, porque no sabía cuándo iban a devolverle el suyo. Y luego hemos ido a casa de la señora Brewer para ayudarla con el funeral. Parece que no tiene a nadie más. Es muy triste.

Creo que a lo mejor voy a ir a mi última clase de esta tarde y, luego, me daré una vuelta para ver qué es lo que dice la gente. Sobre todo después de haber salido la noticia del señor Turner. Todo el mundo sabe ahora que Diana presentó una queja sobre él. Parece que la llamada de Riley al canal de noticias ha funcionado. Pero cuesta creer que él la haya matado. A mí me parece un tipo normal y corriente. Pero también me lo parece Cameron.

Paula llama suavemente a la puerta abierta del despacho del director Kelly. Ella tiene una hora libre y Kelly está solo y parece afligido. Levanta los ojos cuando oye la puerta y parece tranquilizarse un poco al ver que es ella. Le hace una señal para que entre.

—Graham —dice ella a la vez que cierra la puerta. Entra y se sienta en la silla de enfrente de su escritorio—. ¿Cómo lo llevas?

—Bueno, estoy seguro de que ya has visto las noticias —contesta malhumorado—. Como todos.

Ella asiente.

—Has hecho lo que debías al acudir a la policía. No tenías otra opción.

Él se pasa una mano por la cara.

—Será mejor que te lo cuente. Es probable que salga la noticia en cualquier momento. Otra chica ha acudido a la policía para hacer una acusación parecida.

Paula lo mira con consternación. No le extraña que esté tan alterado. Es lo que ella se temía, que las acusaciones de Diana pudieran ser verdad. Que no fuera la única. ¿Graham sabía lo de esta otra chica?

—¿Quién? —pregunta con voz aguda.

—No puedo decírtelo. La policía me ha llamado para preguntarme si sabía algo, pero no. ¡No tenía ni idea! Nunca vino a decirme nada. Palabra de honor —añade con brusquedad mientras la mira con aflicción—. Brad no tiene coartada para el asesinato.

Ella traga saliva y, de repente, nota que se le ha secado la garganta. Porque parece como si Graham creyera que Brad ha podido matar a Diana. No fue esa la sensación que tuvo cuando habló el viernes con él.

Kelly se aclara la garganta, nervioso.

—Paula, tú me conoces. Sabes que soy una buena persona, ¿verdad?

Ella asiente, pero no consigue recuperar la voz.

—Intento cumplir con mi deber. —Se inclina para acercarse a ella y baja la voz—. Cuando Diana vino a hablar conmigo e hizo esas acusaciones contra Brad…, estábamos los tres en esta habitación. Él lo negó todo enérgicamente. Era la palabra de ella contra la de él. —Vacila y, después, añade—: Esto no te lo he contado, pero ella ya había mentido con anterioridad.

—¿Qué? —exclama Paula, sorprendida.

Él asiente.

—La pillaron copiando en un trabajo de ciencias. Ella lo negó una y otra vez. Pero, al final, lo confesó. Así que yo no estaba en predisposición de creerla.

Paula se ha quedado completamente atónita; le cuesta creer algo así de Diana.

—Y hubo una cosa más —continúa Graham—. Ella no quiso seguir adelante con la acusación. De hecho, insistió en que no contáramos nada a nadie, que lo mantuviéramos en secreto. Le propuse que fuera a la policía, pero no quiso. Y eso hizo también que no la creyera. Pensé que estaba mintiendo. —Aparta la mirada de la de ella.

»Pero no seguí del todo el protocolo. No lo denuncié. Lo mantuve en secreto, solo con una nota en mi expediente. Los únicos que lo sabíamos éramos Brad, Diana y yo. Y tú. —Entonces la mira.

—Tienes obligación de denunciarlo, tanto si lo crees como si no —dice Paula con la voz alterada.

Él asiente con evidente consternación.

—Debería haberlo hecho, pero no lo hice. Debería haberla creído. Y ahora está muerta.

Paula sale del despacho, angustiada, y va a su siguiente clase. Es culpa de Graham que se encuentre ahora en esta situación. Es evidente que no gestionó bien las cosas. Le ha sorprendido que descubrieran a Diana copiando y que mintiera al respecto. También le preocupa lo que Graham ha comentado, que había aconsejado a Diana que acudiera a la policía, pero que se había negado. Así que debió de tratarse de algo bastante grave, no una nimiedad, como él le dijo en su día.

Se pregunta de nuevo cuáles fueron exactamente las acusaciones y por qué Graham cree ahora que tiene las manos manchadas con la sangre de Diana.

40

Cameron está en su habitación cuando oye voces en la calle. Se asoma a la ventana de su dormitorio. Ha venido la policía. Hay una furgoneta de la policía aparcada en la calle, delante de su casa. A Cameron ya le angustiaba tener que volver a ver a los inspectores a las cuatro y ahora esto.

Ladea la cabeza y escucha desde detrás de la puerta cerrada de su dormitorio. Oye gente hablando abajo y a su madre levantando la voz, asustada. Abre la puerta del dormitorio, da unos pasos y, de repente, se detiene cuando mira escaleras abajo al interior de la sala de estar. Hay gente por todas partes y es evidente que buscan algo. Su padre sigue aquí, al pie de las escaleras, con su madre; no ha regresado al trabajo después de volver a casa antes. La expresión de sus padres es como si hubiesen recibido otro impacto.

—¿Qué pasa? —pregunta Cameron cuando llega a su lado.

—Tienen una orden de registro —contesta su padre. Su madre parece incapaz de hablar. Apenas puede mirarlo a los ojos.

—¿Por qué? ¿Qué buscan? —pregunta de nuevo, confundido, mientras los ve subir hacia su dormitorio.

Ni su padre ni su madre contestan.

—Tenemos que ir ya a la comisaría —dice su padre—. Son casi las cuatro.

—No —protesta Cameron. Lo dice de forma automática. No puede hacerlo. No quiere que nada de esto esté ocurriendo. Tan solo desea esconderse.

—Vamos —ordena su padre con firmeza, colocándole la mano en el hombro—. Acabemos ya con esto. —Le dice que el abogado los verá allí.

Su madre, por primera vez, no los acompaña. Cameron se pregunta si se queda en casa para ver si encuentran algo. Tienen que ir en el coche porque están registrando la camioneta. Su mente se queda en blanco durante el corto trayecto hasta la comisaría.

Su padre intenta sacarlo de su estupor.

—Cameron.

Se gira sin ganas hacia su padre. «¿Qué querrá ahora?».

—¿Hay algo que yo deba saber? —pregunta su padre con voz seria.

Pero Cameron no puede hablar.

—¿Qué les vas a decir de anoche? —pregunta Edward mirando con gesto sombrío a la carretera—. Quizá deberíamos hablarlo.

Edward está entrando en pánico y guarda silencio cuando vuelven a ocupar su sitio en la sala y empiezan a grabar el interrogatorio. Cameron sigue sin estar arrestado, pero a Edward le aterra que solo sea cuestión de tiempo. Cada vez le cuesta más saber qué deben hacer. En su mente todo se ha vuelto borroso. No sabe diferenciar la verdad de la mentira ni lo que está bien de lo que está mal. Edward recuerda su conversación entre susurros con su mujer ese mismo día. Quieren ayudar a su hijo en lo que puedan, sin importar lo que haya hecho. Diana está muerta y eso ya no va a cambiar. ¿De qué serviría que su hijo pase el resto de su vida en la cárcel? Si Cameron es culpable, debió de perder el control. Está claro que jamás habría hecho algo así de manera intencionada.

¿Pero cómo pueden estar seguros de que no volverá a hacerlo? ¿Cómo van a soportar vivir, si lo ha hecho?

¿Y cuál es la mejor manera de ayudarlo ahora? Ya le han pillado en demasiadas mentiras. Edward no tenía ni idea hasta ahora de lo mentiroso que es su hijo. De camino a la comisaría, hablaron de lo que debía decir. ¿Le conviene confesar que salió anoche? Edward apretó las manos sobre el volante mientras trataba de pensar. Alguien podría haberlo visto salir con la camioneta, así que debe decir la verdad. Eso es lo que decidieron. Pero Edward le aconsejó —que Dios lo ayude— que no debe mencionarles lo del terreno al que Diana y él solían ir y que está tan cerca de donde encontraron su cuerpo. Le recomendó que dijera que fue a otro sitio, a cualquiera menos ese.

La voz del inspector Stone saca a Edward de sus pensamientos.

—Cameron, tenemos una pregunta muy sencilla. ¿Dónde estuviste anoche entre las once y las once y media?

Cameron mira al inspector.

—Salí con la camioneta.

—¿A dónde fuiste?

—A por una hamburguesa. Y después estuve dando vueltas por ahí.

—¿Por qué?

—Porque he pasado tres días encerrado en casa y me estaba volviendo loco. —Lo dice elevando la voz y mostrando su desesperación.

—¿Por qué importa eso? —interviene el abogado—. ¿Por qué se lo pregunta?

—El teléfono móvil de Diana ha desaparecido. ¿Lo tienes tú, Cameron?

Él niega con la cabeza.

—No.

—Pues alguien tiene el teléfono de Diana y envió un mensaje desde él a Riley Mead anoche, a las once y trece minutos. Creemos que quien la haya matado le quitó el teléfono. Ahora mismo lo estamos buscando en tu casa, Cameron, pero no lo vamos a encontrar allí, ¿verdad? Porque lo has escondido en otro sitio, ¿no? Y lo estabas mirando cuando llegó un mensaje de Riley, ¿no es cierto?

Cameron niega insistentemente con la cabeza.

—No.

Edward siente que la cabeza se le queda sin sangre. A Cameron no parece preocuparle mucho que la policía pueda encontrar el móvil desaparecido de Diana en su casa. ¿Es porque no lo tiene o porque sabe que no está allí? Dios santo, solo su hijo y él saben dónde estuvo Cameron anoche. ¿Y si al final sí la mató y escondió el teléfono en ese campo? ¿Qué decía el mensaje?

Stone se inclina hacia delante con un tono ligeramente agresivo.

—Dinos exactamente dónde estuviste anoche.

Cameron vacila antes de contestar, con voz hosca.

—Fui al cementerio de la Iglesia Unida.

—¿Por qué? —pregunta Stone.

—Es un sitio al que solíamos ir Diana y yo. —Y añade—: Solo quería estar a solas.

Ahora Edward teme de verdad que el teléfono esté en ese campo. Le aterra pensar que la policía lo encuentre, posiblemente lleno de huellas de Cameron. Piensa que quizá, si consigue que Cameron le diga dónde está, él mismo podría ir a buscarlo y deshacerse de él. Destruirlo.

—No hace falta coger la camioneta para ir a la iglesia desde tu casa —comenta Stone.

—Ya se lo he dicho. Primero, estuve dando vueltas por ahí —dice Cameron.

—Muy bien —contesta Stone, claramente sin creérselo—. Sabemos que estuviste esa noche en el jardín trasero de Diana. Creemos que quien la mató sacó su cadáver por la parte de atrás de la casa y atravesó la parcela vacía hasta un camino abandonado, donde le esperaba un vehículo. Tú debes conocer ese camino, Cameron. Te has criado aquí.

—No, yo no lo conocía.

—Deja de mentirme. Te sale como un acto reflejo.

Brad está nervioso. Ellen no quiere verlo. No ha respondido a sus llamadas ni a sus mensajes. Él no quiere abandonar el apartamento ahora que toda esta mierda ha salido en las noticias. Ha perdido a su prometida y está claro que va a perder su trabajo y probablemente también su título de docente. Cree que ha llegado el momento de contratar un abogado. Ha buscado en internet y ha elegido un par de ellos a los que llamar. Necesita que Kelly mantenga cerrada la maldita boca.

Los inspectores llegan con una orden de registro y un equipo de personas a última hora de la tarde del lunes. Mira atentamente la orden antes de dejarles empezar. Pero no hay nada que pueda hacer para evitarlo.

No tardan mucho en registrar el pequeño apartamento, pero es una de las peores experiencias en la vida de Brad, peor incluso que los interrogatorios a los que le han sometido en la comisaría de policía. Lo destrozan todo mientras él los mira, impotente. Le preocupa que puedan tratar de incriminarle con alguna prueba, algo que fuera de Diana. No se fía de la policía. Intenta no quitarle la vista de encima a ninguno, pero están por todas partes al mismo tiempo. Los vigila mientras el inspector Stone le vigila a él.

—¿Qué es lo que buscan? —pregunta Brad.

Pero el inspector no le contesta. El inspector Stone apenas se dedica a registrar, solo se limita a moverse por el apartamento con actitud bastante agresiva, mirando por aquí y por allá, dejando que los demás saqueen la vivienda sin ningún cuidado. Pero no encuentran nada. Brad siente el mayor de los alivios.

Cuando se han ido, coge el teléfono con manos temblorosas y llama a un abogado.

41

Lunes, 24 de octubre de 2022, 19.00 horas

Ahora todo es muy distinto. Es como si el mundo se hubiese detenido cuando Diana murió y, después, hubiese empezado a girar en la dirección opuesta. Nada es como antes. Ya no sé qué pensar de nadie.

Me acuerdo mucho de Cameron, encerrado en su casa, sin hablar con nadie que no sea la policía. Antes éramos muy amigos, pero cambió cuando empezó a salir con Diana. Todos nos dimos cuenta. Diana fue la que más tardó, pero, al final, también lo vio.

Cameron siempre ha sido un poco engreído porque es muy guapo y atlético, una estrella del deporte. Esas son las cosas que importan por aquí. Para él todo resultaba fácil. Pero nunca me ha parecido especialmente brillante. Estoy pensando en ese mensaje y en si él pudo haberlo enviado. Riley dice que los inspectores lo consideran una señal de arrogancia y, sí, a mí también me lo parece.

¿Puede ser Cameron así de soberbio? Es posible. Está demostrado que la gente tiende a creer que las personas atractivas son más inteligentes que las demás. Lo he leído en algún sitio. Pero no le he visto desde que Diana murió. No sé cómo estará llevando todo esto. Riley sí lo ha visto y dice que parecía destrozado y perdido, pero supongo que podría estar disimulando. No lo sé.

Me preocupa Riley. Resulta curioso. Jamás pensé que estaría preocupado por ella. Nunca me ha parecido una persona de la que habría que preocuparse. Es muy capaz e independiente. Muy fuerte. Pero la muerte de Diana la ha transformado de verdad. Y esto del mensaje la ha asustado mucho. Cada día se la ve más desmoronada. No cree que pueda aguantar el entierro el miércoles, pero le he dicho que tiene que intentarlo, que yo estaré ahí para apoyarla.

Toda esa competitividad que había entre nosotros ha desaparecido. ¿A quién le importan las clases, las notas y los galardones académicos cuando Diana ha muerto? Riley es muy diferente a Diana. No tan alegre y despreocupada. Pero también es guapa, a su modo.

Aunque todo eso de la tabla de ouija... me parece muy raro. Es como si hubiese alterado a Riley aún más. Ojalá no pensara en esas cosas. Creo que debería ir a ver a uno de esos terapeutas del instituto. Le podría venir bien. Hoy se lo he propuesto, pero ha contestado que no le apetece volver al instituto. Le he dicho que en algún momento tendrá que hacerlo y ella se ha limitado a encogerse de hombros. Le he dicho que voy a retomar las clases mañana con regularidad y que, si me necesita, puede enviarme un mensaje y allí estaré.

Esta tarde he estado un rato en el instituto y de lo único que hablaban todos era del señor Turner. Y ahora, por lo que he visto hoy en las noticias, otra chica ha ido a la policía para acusarlo. No dicen quién es porque es menor de edad. ¿Cómo puede ser tan asqueroso? ¿Podría ser un asesino?

Espero que lleguen al fondo de todo esto y que identifiquen al asesino de Diana. Se merece justicia. Pero, aunque averigüen quién lo ha hecho, ella no va a recuperar nunca su vida. Y nosotros tampoco.

Edward Farrell decide contárselo todo a su mujer. No puede llevar solo esta pesada carga.

La policía no encontró nada cuando registraron su casa y su camioneta por la tarde. A Edward no le sorprendió, porque Cameron no parecía especialmente preocupado por el registro. Pero esa noche, sentados en la mesa de la cocina, mientras Cameron está encerrado en su habitación, Edward le cuenta a Shelby lo que ha pasado en la comisaría con lo del teléfono desaparecido y el mensaje.

Shelby le mira asustada.

—Les ha dicho que fue al cementerio para estar solo —dice. Ella le mira fijamente con los ojos abiertos de par en par y completamente pálida.

—¿Qué? —susurra—. Pero él te dijo que había estado en el terreno al que solían ir, al lado de la granja de Ressler.

Edward traga saliva.

—Le aconsejé que no les dijera dónde estuvo de verdad. Habría dado… mala impresión.

—Pero Cameron no tiene el teléfono —protesta Shelby—. No lo han encontrado.

A Edward le parece increíble tener que explicarlo. Su mujer no piensa con claridad por culpa del miedo.

—No, aquí no. —Observa cómo ella asimila sus palabras y se asusta aún más.

—Crees que lo tiene escondido en otro sitio.

—Él asegura que no —dice Edward con tono cortante—. ¿Pero y si lo tiene? ¿Y si ha enviado ese mensaje? ¿Pero por qué cojones iba a hacerlo? Estoy bastante seguro de que es eso lo que creen los inspectores.

—¿Qué decía el mensaje?

—No lo sé.

—Tenemos que encontrarlo nosotros antes —concluye Shelby—. ¡Debes convencerle de que te diga dónde está! —Su mirada está desencajada y la voz le suena forzada—. ¡Tienes que deshacerte de él!

Edward está atormentado.

—¿Pero es lo más conveniente? —susurra—. Si la ha matado él... —No puede terminar la frase.

—¡No tenemos otra opción! —responde ella siseando con fuerza—. ¡Es nuestro hijo! ¡No podemos permitir que pase en la cárcel el resto de su vida!

—No va a querer decírmelo. —Edward niega con la cabeza en un gesto de derrota—. Lo he intentado en el coche, mientras volvíamos a casa. Ya sabes lo testarudo que puede ser. Lo niega todo. Pero ha dicho demasiadas mentiras.

—¿Qué vamos a hacer? —pregunta ella lamentándose.

—Quizá ha escondido el teléfono en algún sitio de ese

terreno al que fue anoche. Yo sé dónde está. Me lo ha dicho.
A lo mejor voy a echar un vistazo.

—¿Cómo vas a encontrar un teléfono móvil en un campo? —susurra ella con desesperación.

—¡No lo sé! ¿Se te ocurre algo mejor?

Pero no se le ocurre.

Edward espera a que oscurezca y, después, sube a la camioneta, que han registrado pero no se han llevado, y deja a su destrozada esposa en casa con su hijo, que está encerrado de nuevo en su dormitorio. No le dice a Cameron a dónde va, ni siquiera que va a salir. Edward lleva con él una potente linterna. Abandona la ciudad y recorre los caminos rurales hasta el cruce de Pickering Road con Town Line, a unos diez minutos de Fairhill. Se siente aliviado al no ver a nadie por allí. Está completamente oscuro, salvo por los faros de su vehículo.

Conduce despacio hasta que encuentra el terreno que está buscando, justo donde Cameron le dijo que estaba. Ve la verja abierta, entra en el campo y gira inmediatamente a la derecha, donde aparca en un rincón que está resguardado en dos lados por unos gruesos árboles a lo largo de la valla. Apaga el motor y se queda sentado en medio de la absoluta oscuridad, escuchando el ralentí del motor. Aquí no puede verle nadie. Tampoco habría podido ver nadie a su hijo y a Diana en esta camioneta.

Despacio, con una sensación de pavor, Edward baja de la camioneta y empieza a buscar. Puede que la policía ya haya estado registrando esto, al no estar lejos del campo donde descubrieron el cadáver. No lo sabe. Si lo han hecho, no han encontrado nada. Si Cameron escondió el teléfono, es probable que fuera a lo largo de la valla, no en medio del terreno. Empieza desde la esquina y va primero en una dirección y, después, en la otra. Busca en troncos huecos, en piedras grandes que parecen haber sido movidas, en lo que sea. Busca en cavidades dentro de los árboles, en recovecos entre las ramas. Pasa dos horas buscando hasta que el frío se le mete en los huesos, pero no encuentra nada.

Al final, vuelve a subir a la camioneta, derrotado.

Cuando Edward está saliendo del campo al camino de grava, ve los faros de otro vehículo muy por detrás de él que se incorpora al mismo camino. «Mierda, mierda, mierda». ¿De dónde sale? Hace un segundo no había nadie. Edward intenta mantener la calma. Puede que el otro conductor no le haya visto salir del terreno. Pero entra en pánico y pisa el acelerador hasta el fondo. Quiere alejarse de ahí cagando leches. No quiere que nadie sepa que ha estado cerca de donde encontraron a Diana.

42

Roy Ressler se dirige a la ciudad a comprar helado para acompañar la tarta de manzana que ha hecho Susan. Le gusta tomar algo dulce mientras ve las noticias de la noche, antes de acostarse. Espera que el trayecto en coche le sirva para distraerse de sus problemas.

Al final de su largo camino de entrada, cuando está girando a la izquierda para incorporarse a la carretera rural, ve lo que parecen las luces de un vehículo que sale de una de sus tierras. Le sorprende. No hay motivos para que nadie entre en una de sus tierras. Son propiedad privada. Piensa de inmediato en Diana, tan cruelmente asesinada y abandonada en uno de sus terrenos junto al mismo camino. Ve las luces de posición rojas del vehículo que va por delante del suyo e intenta alcanzarlo, pero está demasiado lejos y ha acelerado de forma impresionante hasta desaparecer. Cuando Roy llega al cruce con su vieja camioneta, hay tres direcciones posibles que el otro vehículo ha podido tomar y no tiene ni idea de por cuál habrá ido.

Roy no llega a ir a la tienda. Cuando entra en la comisaría de policía, está muy nervioso. Le preocupa que pueda haber otra chica abandonada en una de sus tierras y tiene una terrible sensación de urgencia.

Los inspectores no están pero unos agentes de la policía estatal se muestran dispuestos a hablar con él. Les cuenta lo que ha visto, pero no puede ofrecerles ningún tipo de descripción del vehículo.

—No hay ningún motivo para que nadie ande por mis terrenos por la noche —dice angustiado.

—¿Recuerda exactamente en qué terreno ha sido? —le pregunta uno de los agentes.

Roy asiente con vehemencia.

—Sí.

Se conoce sus tierras como la palma de la mano. Las conoce de toda la vida.

—Vamos a echar un vistazo —propone uno de los agentes.

Roy sube a su camioneta y dos agentes le siguen en un coche patrulla. Cuando llegan al campo, aparcan a un lado del camino y salen de sus vehículos.

—¿Está muy lejos este terreno del otro donde encontró a la chica? —pregunta el agente a Roy.

—A menos de un kilómetro —contesta Roy—. Por la misma carretera.

El agente examina la entrada del campo con una potente linterna.

—Huellas de neumáticos —observa.

—Se lo he dicho —responde Roy, sintiéndose respaldado. Pero, sobre todo, lo que siente es miedo. Si alguien ha dejado a otra chica muerta en su propiedad, no está seguro de poder soportarlo.

—Voy a llamar a Stone —dice el agente a su compañero—. Querrá que se haga una búsqueda exhaustiva.

Paula lleva toda la noche callada y pensativa. Está preocupada por su hija, Taylor. Ha vuelto a verla sentada sola durante la comida, en un banco del pasillo fuera de la cafetería. Tenía su almuerzo a un lado y estaba leyendo un libro. Los alumnos pasaban ante ella, saliendo y entrando en la cafetería sin decirle nada, sin verla siquiera. A Paula se le partió el corazón.

Estuvo vacilando. Pensó en acercarse a su hija y preguntarle qué pasaba, pero creyó que era mejor hacerlo en casa. En el instituto podría avergonzarla.

Le duele profundamente. ¿Por qué parece que Taylor no tiene ningún amigo? ¿Por qué se han alejado todos? ¿Por qué está tan callada? En el colegio tenía muchos amigos. ¿Estará relacionado con algo de internet? Necesita hacerse con el teléfono de su hija como sea y ver si la están acosando. ¿Pero cómo? Su hija no va a permitir que vea su teléfono. Si Taylor no quiere hablar con ella, ¿cómo la va a ayudar? Está cada vez más aislada.

Habló con ella sobre Turner en concreto cuando salió la noticia de él y Diana. Le preguntó a su hija si se había comportado alguna vez de manera inapropiada con ella o si había visto que lo hiciera con alguna otra, pero Taylor se replegó de nuevo, abochornada, y dijo que no. Tenía que preguntárselo. Al menos, ahora que Turner no está, puede dejar de preocuparse por Taylor y las demás chicas del instituto.

Paula sospecha que Taylor puede estar pasando por problemas en sus relaciones sociales porque su madre es profesora de Lengua en noveno curso. Se recuerda que hay otros chicos que llevan bien tener que ir al mismo instituto en el que sus padres dan clases, pero no puede evitar sentirse culpable. Quizá debería tratar de buscar trabajo en algún sitio más lejos. ¿Serviría eso de ayuda? ¿O puede que para Taylor la suerte ya esté echada en el instituto Fairhill?

Habla seriamente con Martin. A él también le preocupa cómo le está yendo a Taylor, pero no cree que el hecho de que Paula sea profesora en el mismo centro suponga un problema tan grave como ella piensa. Está de acuerdo en que deben hablar con su hija.

Van a la habitación de Taylor después de cenar. Paula llama a la puerta cerrada.

—¿Podemos pasar?

Oye un resoplido como asentimiento y entra en la habitación.

Taylor parece sorprendida y recelosa. Paula se queda mirándola un momento. Es una chica muy guapa, con sus finos rasgos y su cabello castaño y liso. Pero no se muestra abierta y sonriente como antes; no parece feliz. Paula está segura de que no quiere hablar con ellos. Ya está acostumbrada a esto, a su rechazo. ¿Son todos los adolescentes así? Taylor es su única hija; no tiene ni idea. Sabe cómo actúan en el instituto los otros chicos a los que da clase, pero no cómo son con sus padres.

—¿Va todo bien, cariño? —le pregunta Paula con ternura a la vez que se sienta en el borde de la cama. Su marido permanece de pie, incómodo, junto a la puerta.

—Sí, bien. ¿Por qué?

—Es que... he notado que últimamente estás muy callada. Siempre te encierras aquí, en tu habitación.

—¿Y?

Paula vacila antes de contestar.

—Hoy te he visto sentada sola durante el almuerzo.

Taylor se pone colorada.

—¿Por qué no estabas con las demás chicas, con tus antiguas amigas, Kiley y Petra? ¿Qué ha pasado con ellas? —Intenta mantener un tono despreocupado, pero el corazón se le está rompiendo en dos.

—Siguen igual, solo que ya no voy mucho con ellas.

—¿Por qué no?

—No lo sé. —Gira la cabeza hacia el otro lado.

—Taylor, ¿te ocasiona algún problema que yo sea la profesora de Lengua de muchos de tus compañeros?

—No.

—¿Te están acosando?

—No.

—¿Puedo ver tu teléfono?

—No. —Taylor coloca la mano encima del teléfono y lo acerca hacia ella.

Paula levanta los ojos hacia su marido, impotente. Él la mira como si ella debiera tener todas las respuestas. Se descubre enfadándose con él por no serle de más ayuda. No sabe qué hacer ahora. ¿Coge el teléfono de su hija? No conoce la contraseña. Decide darse por vencida, por ahora.

—Vale. Pero sabes que siempre puedes acudir a mí…, a nosotros…, para contarnos lo que sea, ¿de acuerdo?

Taylor asiente, pero no contesta. Está claro que lo único que quiere es que se vayan.

Paula, molesta, sale del dormitorio de su hija y se dirige a la sala de estar. Martin va detrás de ella y sirve una copa para cada uno.

—Sí que ha ido bien —comenta ella con sarcasmo.

—Llegaremos al fondo de esto —dice Martin, pero parece más preocupado que antes.

—¿Qué deberíamos hacer con su teléfono?

Él niega con la cabeza, impotente.

—No lo sé. ¿Qué hacen otros padres?

Ya averiguará qué es lo que hacen otros padres. A lo mejor deberían quitarle el móvil, a menos que ella acceda a enseñarles qué hay en él. Solo tiene trece años. ¿A cuánta intimidad tiene derecho? No debería haber nada ahí que no puedan ver sus padres, ¿no?

Paula da un sorbo a su copa, preocupada por Taylor. Además, no se quita de la mente su reunión con el director Kelly ese mismo día. Todo esto está siendo muy angustiante: que Diana esté muerta; que Turner la estuviese molestando a ella y, al parecer, a otra chica también; que no tenga una coartada para la noche del asesinato de Diana. Y luego está el hecho de que encontraran el cadáver en la granja de la familia de su prometida. «¿Ha podido matarla él?». Pensar en todo esto hace que se le revuelva el estómago.

Su marido y ella ven el informativo juntos. Ya se ha hecho público lo de la otra chica. Está en las noticias. A Graham Kelly está a punto de caerle encima una tormenta de mierda.

Paula piensa que quizá se lo merezca. No lo gestionó como debía y parece que va a tener que pagar por ello. Probablemente se quede sin trabajo por culpa de esto. Es posible que nunca más pueda trabajar en el sector de la educación. Tiene la sospecha de que una directora lo habría resuelto de una forma distinta.

43

El martes por la mañana, Joe Prior está en la obra cuando su capataz se acerca para decirle que hay dos inspectores que quieren hablar con él. A Joe no le gusta la expresión en el rostro del capataz, como si se estuviese preguntando qué narices habrá hecho ahora. Joe ya le ha contado que lo único que hizo fue charlar con esa chica de la caja del Home Depot. Ahora es evidente que su capataz se está preguntando a qué han venido los inspectores. Bueno, pues ya son dos.

Joe mira a las dos personas que están junto a la caravana del capataz. Los reconoce. Son los mismos inspectores que le interrogaron anteriormente con relación a Diana Brewer.

Se acerca a ellos y el capataz vuelve a meterse en su caravana, mirándolos con recelo. Joe se dirige a los policías.

—¿En qué puedo servirles? —pregunta complaciente. Cree que los inspectores tienen un aspecto un poco ridículo con sus trajes en medio de una zona de obras. Sería una pena que se dieran un golpe con una viga y que ni siquiera lleven puesto un casco, piensa. Pero eso no va a ocurrir.

—Solo un par de preguntas —dice Stone.

—De acuerdo.

—Usted cruzó la frontera de Canadá el domingo por la tarde.

«Mierda». ¿Cómo lo saben? ¿Le están vigilando? ¿Le están siguiendo? No pueden hacer eso. No tienen razones suficientes para seguirle. Piensa rápido, sopesando sus opciones. No puede negarlo, saben que cruzó la frontera. Es una perspectiva preocupante, si empiezan a investigar dónde ha estado y cuáles son sus hábitos.

—Sí, ¿y qué?

—¿Qué hacía en Quebec?

Joe se encoge de hombros.

—Solo fui a pasar el día, de compras. —Es una respuesta tonta. Él no tiene la costumbre de ir de compras, pero lo han pillado con la guardia baja.

—¿Qué compró?

—No me acuerdo.

—¿Tiene recibos?

—¿Qué narices es esto? —protesta Joe mirándolos con desconfianza.

—Lo tomaremos como un no —replica el inspector—. Una cosa más: ¿dónde estuvo el domingo por la noche, entre las once y las once y media?

—Estuve en casa. ¿Por qué? —responde Joe. Se pregunta si solo están tratando de ponerle nervioso, hacerle saber que todavía lo tienen en el punto de mira.

Stone lanza una mirada a su compañera.

—Gracias. Seguiremos en contacto. —A continuación, los inspectores se dirigen hacia la caravana del capataz. Joe se gira para volver a su puesto de trabajo, pero mira hacia atrás y ve a Stone llamando a la puerta de la caravana. Joe se detiene para mirar, inquieto. Aparece el capataz, cierra la puerta al salir y acompaña a los dos inspectores a la zona donde está trabajando Roddy Donnelly. Joe ve cómo los inspectores hablan con Roddy. Ahora sí que está preocupado. Desearía poder oír lo que dicen, pero se teme que ya lo sabe. Si Roddy se estuviera limitando a confirmar lo que él les contó, solo sería una conversación corta, pero se alarga durante demasiado rato. Stone está interrogando a Roddy de forma agresiva, invadiendo su espacio físico. Incluso desde esta distancia y por el lenguaje corporal de Roddy, Joe sabe exactamente el momento en que Roddy se rinde. Ya no mira a los inspectores, sino al suelo, negando con la cabeza. Los inspectores asienten mientras Roddy continúa hablando. Stone le da una palmada en el hombro.

«Joder».

Brenda ha perdido la noción del día que es. Cada noche que pasa está más convencida de que Diana se encuentra aquí con ella; puede sentirla en la casa. Le habla a su hija como si Diana pudiera oírla, como si estuviesen manteniendo una conversación. Quizá todo esto la esté volviendo loca.

No ha comido mucho últimamente. Se siente bastante débil, se marea cuando se pone de pie o sube las escaleras. Debe aceptar el ofrecimiento de Riley y Evan de ir a hacerle algunos recados. Se le ha acabado el pan.

Ha visto en las noticias lo de la otra chica. Brenda quiere saber qué le hizo el profesor de gimnasia, qué le hizo a Diana. Puede que nunca lo sepa.

Envía un mensaje a Riley y a Evan para pedirles si alguno de ellos puede pasarse por su casa después de las clases. Un minuto después, responde Evan y dice que va a por Riley y que estarán ahí en quince minutos.

Cuando llegan, le sorprende lo mucho que le alegra verlos. Son los únicos cuya compañía parece desear estos días.

—No deberíais faltar a clase —dice.

—Yo no he vuelto todavía al instituto —contesta Riley.

—No se preocupe —responde a su vez Evan—. Ahora estoy en el descanso del almuerzo y tengo libre después.

—Esperaba que pudierais ir a comprar algunas cosas para mí.

—Claro —responde Riley.

Le pasa una lista, dinero y unas bolsas de tela.

—Sois los dos de una gran ayuda —dice agradecida a la vez que se sienta pesadamente en la mesa de la cocina. Se queda callada un momento, conteniendo las lágrimas. Por fin, pregunta con voz llorosa—: ¿Creéis que alguna vez sabremos quién la ha matado?

Los dos la miran con gesto serio. Por fin, Evan asiente.

—Yo creo que sí, señora Brewer. Debe tener fe. —Y, a continuación, salen para hacer la compra.

Ella da vueltas por la casa, hablándole a Diana en voz alta. Le pide que, si está ahí, le dé una señal.

He vuelto a la comisaría. Los inspectores han traído a ese espanto de Joe Prior. Veo cómo se sienta en la sala de interrogatorios. Es tal y como lo recuerdo: grande, descuidado, con su desgreñado pelo rojo y una barba desaliñada. Lleva los vaqueros y la camisa sucios y su chaqueta no está en las mejores condiciones. Tiene ojos pequeños. Huele a sudor rancio, como si no se aseara mucho ni se lavara la ropa. Reconozco ese hedor de cuando me acosaba en la caja del Home Depot. Siempre le olía cuando se acercaba. Relaciono ese olor con una sensación de temor. Incluso después de que se marchara, el olor a rancio permanecía.

Ahora lo veo sentado en la sala de interrogatorios y trato de recordar si alguna vez noté ese asqueroso olor suyo en algún otro sitio. Una vez leí que el olor desbloquea recuerdos. Lo inhalo a regañadientes y espero que desbloquee algo ahora. Pero no. Lo único que siento es asco. Repugnancia.

El inspector Stone le mira con la cabeza ladeada.

—Bueno, pues su coartada no ha resultado.

Prior parece enfadado.

—Con amigos así, quién necesita enemigos, ¿eh? —añade Stone.

—Bueno, no debí pedirle que mintiera por mí —se defiende Prior—. Ha sido una estupidez, sobre todo porque no tengo nada que ocultar.

—Claro. No tiene nada que ocultar y le ha pedido a otra persona que mienta por usted —dice Stone.

—Oiga, intente ponerse en mi lugar. —Joe utiliza un tono razonable—. Mi foto apareció por todas las noticias cuando hablaban de esa chica muerta. Era como si yo fuese sospechoso, por el amor de Dios. Por eso me presenté voluntariamente para hablar con ustedes en cuanto pude, como seguro que recordará. −Stone lo mira fijamente−. No he tenido nada que ver con eso y solo quería que ustedes me dejaran en paz. No tenía coartada porque esa noche estuve solo en casa. Pero se me ocurrió que, si podía pedirle a alguien que respondiera por mí, ahí acabaría todo. −Apoya la espalda en la silla−. No sabe lo que se siente al ver tu foto en las noticias por una cosa así. La gente te mira raro. Mi capataz me estuvo haciendo preguntas. Los del trabajo hablaban de mí. Yo solo quería que todo eso acabara. No he tenido nada que ver con esa chica muerta.

−La acosó en el trabajo. Mostraba interés por ella y no era correspondido.

Se encoge de hombros.

Y, entonces, me acuerdo de una cosa que había olvidado de ese olor.

−Hemos estado investigándole −dice Stone−. Es usted una persona solitaria. Cambia de ciudad. Estamos rastreando sus anteriores domicilios, sus movimientos.

−Adelante −contesta Joe.

Bajo la mirada hacia Prior. Recuerdo otro lugar donde sentí ese hedor tan desagradable y particular. Fue una noche después del trabajo, cuando Aaron, mi jefe, me acompañó al coche. Nunca me molestaba en cerrarlo con llave porque no había nada dentro que mereciera la pena robar y, de todos modos, se trataba de una chatarra que tampoco merecía la pena robar. Subí al coche y noté ese tufo. Pensé que a lo mejor se había metido algún vagabundo en el coche, así que bajé las ventanillas para que entrara el aire. Después de eso, empecé a cerrarlo siempre con llave. Pero ahora pienso que fue él: Joe Prior. Se metió en mi coche. ¿Qué estuvo haciendo ahí? Y entonces caigo en la cuenta. Guardaba los papeles y la matriculación en la guantera. Pudo encontrar mi dirección.

Quiero gritarles esto a los inspectores. Y lo hago, pero no pueden oírme. Ni siquiera pestañean. Me pone furiosa no poder comunicarme con ellos. Pero ahora recuerdo otra cosa, algo aterrador.

Estoy junto a la ventana de mi dormitorio. Es muy de noche. Estoy mirando al jardín trasero y veo que hay alguien. Veo la figura oscura de un hombre que levanta los ojos hacia mí. No sé quién es y siento pavor.

Ahora, al mirar a Joe Prior, siento ese mismo pavor.

44

Joe Prior ha tenido un día de mierda.

No le gustó que le interrogaran los inspectores, pero le dejaron marchar y volvió al trabajo.

Ahora, cuando termina su jornada a las cuatro, espera a Roddy junto a la camioneta de este. Cuando ese cabrón lo ve, se detiene en seco y parece que está a punto de cagarse en los pantalones.

—Bueno —dice Joe con un tono tan agradable como amenazador. Está furioso por su traición. También por no poder siquiera darle una paliza, porque, si lo hiciera, la policía se enteraría. Roddy le denunciaría y, entonces, parecería que esta coartada era muy importante para él. Y no quiere que lo acusen por agresión. Así que no puede tocar a ese puto cabrón. Pero Roddy es demasiado tonto como para saberlo, así que al menos sí que puede asustarlo un poco.

—Lo siento, tío —se disculpa Roddy—. No quería delatarte, pero no tenía alternativa. —Parece aterrado.

—Siempre hay una alternativa, Roddy —responde

Joe—. Y tú has optado por la mala. —Necesita todo su auto-control, pero Joe sabe que tiene que dejarlo pasar. Tiene que restarle importancia. Ya les ha confesado a los inspectores que pidió a Roddy que mintiera por él para quitarse a la policía de encima, después de que saliera su foto en las noticias. Lanza a Roddy una última mirada de desprecio y se aleja en dirección a su camioneta, sin mirar atrás.

Mientras conduce hacia su casa, le da vueltas a todo. Le preocupa este jodido asunto de la coartada. Nunca debió decirle nada a Roddy. Creyó que, si les daba una coartada, pasarían de largo y se olvidarían de él. Piensa que a lo mejor debería llamar a un abogado. No le importa la imagen que eso pueda transmitir. Necesita mantenerse alejado de la cárcel. No podría sobrevivir en prisión. Solo de pensarlo se pone a sudar.

Intenta no pensar en todos los sitios de mierda en los que vivió cuando era niño. Los apartamentos baratos donde su padre lo dejaba encerrado en un armario y fingía olvidarse de él durante varios días. Durante un rato, le cuesta respirar, como si tomara aire de una forma cada vez más superficial. Esas veces en las que estuvo acurrucado en el suelo del armario, a oscuras, sin nada que comer. Sin nada que beber. Llorando y haciéndoselo encima. Sin poder salir. Pero la caravana fue peor.

Cuando llega a casa, ve que la policía le está esperando con una orden de registro.

Después de clase, Paula hace una cosa que lleva pensando un par de días. Es martes y ya va siendo hora de hacerle una visita a la madre de Diana para darle el pésame. Le han dicho que el funeral se va a celebrar el miércoles en la Iglesia Unida. Imagina que asistirá casi toda la ciudad y es probable que también acuda gente de más lejos. El instituto cerrará antes para que los profesores y los alumnos puedan asistir. Le da miedo. Se da cuenta de que sus preocupaciones por Taylor no son nada en comparación con lo que debe de estar viviendo la señora Brewer.

Llama a la puerta y se fija en lo desolada que parece la casa. Sabe que la señora Brewer es madre soltera y que no tiene más hijos. ¿Cómo lo podrá soportar?

Por fin, se abre la puerta y se queda atónita al ver el cambio tan evidente en la afligida mujer. La última vez que Paula la vio, en primavera, fue en la reunión de padres y profesores. Brenda Brewer siempre asistía a esos encuentros, mientras que muchos otros padres ni se molestaban. Siempre apoyaba mucho a su hija, se sentía muy orgullosa de ella. Ahora no es más que una sombra de aquella mujer. Su rostro está pálido y flácido, el pelo caído y sin peinar. Parece mayor. Paula la recuerda como una mujer mucho más robusta, alegre y llena de energía. Le entran ganas de llorar al verla.

—Señora Brewer —la saluda—, soy la profesora de Lengua de Diana, Paula Acosta. ¿Puedo pasar un momento?

La mujer asiente.

—La recuerdo —dice.

—Solo quería transmitirle lo mucho que lamento lo de Diana.

Brenda vuelve a asentir e invita a Paula a que pase a la sala de estar, donde se sientan. Hay un silencio incómodo en el que la señora Brewer no parece dispuesta a hablar.

—Todos la echamos mucho de menos —dice Paula. Y entonces se siente tremendamente estúpida, porque, por supuesto, su madre la echa de menos más que nadie.

Busca en el bolso que tiene a sus pies.

—¿Sabe? Diana me parecía muy brillante y llena de talento. Todavía no está muy avanzado el curso, pero he pensado que a lo mejor le gustaría tener algunos de los trabajos que hizo, tanto de ensayo como creativos. —Le pasa una carpeta con los trabajos que Diana había entregado desde el comienzo del semestre. La señora Brewer la coge y, despacio, la abre.

—Hizo un ensayo muy bueno para nuestro tema de historias de fantasmas. —Brenda levanta los ojos en ese momento. Paula se sonroja al darse cuenta del poco tacto que ha tenido al decir eso. Añade—: Tengo entendido que quería ser veterinaria, pero también era una alumna de Lengua excepcional.

Brenda asiente distraída antes de hablar.

—Le encantaba leer. —Recorre la sala de estar con la mirada y, después, vuelve a posarla en ella—. Está aquí, ¿sabe?

—¿Cómo dice? —pregunta Paula.

—Diana. Está aquí conmigo, en la casa. Su espíritu. Puedo sentirla. Lo sé.

Paula se queda mirando a Brenda Brewer, atónita.

—Está aquí ahora mismo, mirándonos —continúa—. Saluda a la señora Acosta, Diana. ¿No ha sido un detalle que haya venido?

A Paula le preocupa el estado mental de Brenda. Está delirando. Necesita ayuda.

—Es un gran consuelo tenerla conmigo —confiesa la señora Brewer—. Pero estoy preocupada.

Paula le clava la mirada, confundida, asustada.

—Temo que sea un acto egoísta. Me gusta que esté aquí conmigo, pero me preocupa que no pueda descansar en paz. Por haber sido asesinada, ¿entiende? Creo que, cuando alguien muere joven en circunstancias tan trágicas e injustas, no se puede marchar. Y eso supone un peso terrible para una madre. Aparte de todo lo demás.

Lo único que puede hacer Paula es asentir.

—Mañana la vamos a enterrar —dice Brenda—. ¿Cree que después del funeral y de la bendición del pastor podrá descansar en paz? ¿O será cuando encuentren a su asesino? Si es que lo encuentran. Pero, entonces, yo volveré a quedarme completamente sola.

Paula no sabe qué hacer. Extiende una mano y acaricia el brazo de la otra mujer.

—Estoy segura de que podrá descansar en paz. Todos debemos rezar por ella.

Se queda un rato más y, después, se despide mientras se pregunta a quién puede llamar para que ayude a la señora Brewer, que parece haber perdido la cabeza.

45

Observo todo esto consternada. No sé cómo puede notar mi madre mi presencia, pero parece que es así. Nadie más la siente. A menos que crea que siempre estoy aquí, incluso cuando no es así. Seguro que con sus palabras está incomodando a la señora Acosta. Cree que mi madre ha perdido la cabeza. Si yo fuera la señora Acosta, mi reacción sería la misma.

Mi madre siempre se ha preocupado por mí y supongo que siempre va a ser así. Es lo que hacen los padres. Ahora está preocupada por mi eternidad, porque nunca consiga descansar en paz. A mí ni siquiera se me había ocurrido. Ya nunca pienso en el futuro. Vivo el presente y pienso en el pasado. ¿Es eso el limbo?

Me preocupa todo lo que mi madre tiene que soportar. Y no puedo ayudarla, no sé cómo hacerlo.

Al menos, puedo pensar en el pasado, y eso es lo que hago cuando no estoy espiando a los vivos. Observo cómo todos intentan dar sentido a lo que me ha ocurrido. Resulta muy frustrante ir recordándolo todo por trozos, en fragmentos. Supongo que es lo que sucede con los traumas. Intento recordar qué ocurrió aquella noche, pero es como si alguien hubiese colocado una pantalla negra por encima. Trato de recordar más cosas del hombre que estaba en mi jardín trasero, pero cada vez que lo intento siento un terror abrumador. Está todo en blanco. Me recuerda a ese poema que estudiamos en clase: «Di toda la verdad, pero dila sesgada», de Emily Dickinson. La señora Acosta me explicó que una interpretación del poema es que quizá la verdad sea demasiado como para asimilarla de una vez y que, a veces, hay que acercarse a ella dando un rodeo. Eso hace que me pregunte qué sabía Emily Dickinson sobre los traumas. Puede que más de lo que pensamos.

Me sorprendo pensando en el señor Turner y en lo que pasó cuando por fin le conté al director Kelly lo que había hecho. Eso lo recuerdo bastante bien.

Dejaron de gustarme las clases de gimnasia y los entrenamientos de atletismo desde que me sorprendió en el vestuario, y tampoco quería seguir en el equipo, pero continué porque no quería que Cameron ni nadie me preguntara por qué lo había dejado. Todos sabían que era la mejor corredora del equipo, así que tardé un par de semanas antes de hacer algo al respecto. Cuanto más tiempo pasara sin que dijera nada, más difícil sería denunciarlo. Pensé que el director Kelly no me iba a creer, pues no tenía ninguna prueba y se trataba de mi palabra contra la del señor Turner. El señor Kelly ya me había pillado en una mentira. Además, no quería que nadie más se enterara de lo que había ocurrido, sobre todo porque me preocupaba lo que Cameron pudiera hacer cuando lo supiera. Ni siquiera se lo conté a Riley. Pero al final me cansé tanto de las miraditas sucias de Turner que fui al director Kelly para que cesaran. Pensé que podría quedar solo entre nosotros tres. Solicité una reunión con el señor Kelly, el señor Turner y yo. Le conté al señor Kelly lo que estaba pasando y que tenía que dejarle las cosas claras al señor Turner para que no volviera a ocurrir.

Lo negó todo, como sabía que haría. Fue evidente que se sorprendió y se enfadó porque hubiese terminado denunciándole. Creía que se iba a ir de rositas. Lleno de jactancia, se hizo el ofendido, diciendo que había sido todo un malentendido, que las miradas y los roces no eran más que parte de su trabajo, su forma de apoyarme como entrenador. En cuanto a lo que ocurrió en el vestuario, me echó la culpa a mí, tal como avisó que haría. Dijo que yo le había invitado a entrar en el vestuario y que dejé caer la toalla, que era una mentirosa. Que a lo mejor estaba enamorada de él. Me puse tan furiosa que apenas podía hablar. Kelly pasaba la mirada del uno al otro; parecía acorralado.

Se puso del lado de Turner. Son amigos. Son hombres. Le dije que no quería presentar una denuncia formal, que no quería que nadie se enterara. Les dije a los dos que solo quería que él parara, que no quería ir más lejos. Lo dejamos así.

Y ahora está intentando escabullirse de lo que hizo. Debería haberlo afrontado de otra manera, pero me niego a considerar que nada de aquello fuera culpa mía.

Me enfurece que el señor Turner me culpara por su pésimo comportamiento. ¿Pero no es así como actúan? «No debería vestir así. Quería provocarme». Y todas esas cosas. Ojalá le hubiese contado a alguien más lo que pasó, no solo al señor Kelly. Debería habérselo contado a Riley. O a mi madre. Debería haberles contado todo. Porque ahora no puedo hablar y él va a dar su propia versión.

Joe Prior los observa mientras registran su apartamento. Es un poco bochornoso, porque la casa está hecha un desastre. Mira por el apartamento y ve lo que ellos ven: paredes que necesitan una mano de pintura, suelos que hay que limpiar, muebles que claramente son de segunda mano. Hay toallas mojadas en el suelo del baño y platos sucios y latas de cerveza en la mesa de centro. Pero sabe que aquí no van a encontrar nada. Incluso le dice a la agente que está rebuscando entre sus cosas, como si fuese el dependiente de una tienda: «¿Puedo ayudarla en algo?». Ella no sonríe.

Se pone ligeramente en tensión cuando miran en su estantería. Tiene una colección de libros de *true crime*, muchas cosas de asesinos en serie. Los revisan con atención. La mujer antipática vuelve la mirada hacia él levantando en el aire su ejemplar de *El asesino sin rostro*. No es la situación ideal, pero mucha gente lee libros sobre crímenes reales y eso no los convierte en asesinos. No pueden acusarlo por eso.

Pero desearía no haber pedido nunca a Roddy que mintiera por él.

Ellen está mirando la serie de mensajes de su teléfono a última hora de la tarde del martes. Se prometió a sí misma que no los iba a mirar, pero no ha sido capaz de contenerse. Desde que salió la noticia sobre la otra chica, su vida ha sido un infierno inimaginable. Sus padres han quedado impactados y, al estar con ellos en la granja, se siente asfixiada por su compasión y preocupación, aunque no digan mucho. No tienen por qué hacerlo.

Su padre había entrado en pánico la noche anterior, temeroso de que encontraran a otra chica muerta en una de sus tierras. Se había quedado levantado hasta bien entrada la noche, como toda la familia, mientras continuaba la macabra búsqueda. Pero no habían encontrado nada. Y estaba siempre presente el subtexto que se sobreentendía: «¿Y si ha sido Brad?». Ellen se sintió como si se encontrara en la casa de los espejos de un parque de atracciones, donde todo estaba distorsionado, o en una película de Hitchcock. Qué aliviada se quedó cuando no encontraron nada. Y totalmente agotada.

Quiere olvidarse por completo de Brad Turner, olvidarse de que existe. Y sin embargo… Están sus mensajes.

Ellen, te quiero.

No he hecho eso que dicen. Son todo mentiras. Tú me conoces. Yo no podría hacer algo así.

¿Cómo podría hacer algo así cuando te tengo a ti?

Eres todo lo que siempre he
deseado. Por favor, no me dejes.

Tengo un abogado. Hemos
mantenido una buena reunión y me
ha dicho que no hay de qué
preocuparse. No hay pruebas contra
mí, de nada. Dice que todo esto va a
terminar olvidándose. No es más que
la palabra de esa chica contra la mía
y nadie la va a creer.
Por favor, háblame.

El teléfono de Brad suena con un mensaje que le sobresalta.

¿Qué te ha dicho el abogado
exactamente?

Se había rendido a la idea de que Ellen no iba a volver a hablarle, pero ahora el corazón se le sale por la boca. Escribe el mensaje de respuesta rápidamente:

¿Puedes venir aquí y hablamos?

No. Dímelo.

Bien.

Es mejor que nada, piensa. Al menos le habla.

> Me ha dicho que he hecho bien en
> llamarle. Que no tengo por qué
> preocuparme. Lo que hay en el
> expediente del instituto, en su opinión,
> carece de importancia. Ha podido ver
> a Kelly y le ha enseñado su contenido.
> El expediente como tal lo tiene la
> policía, pero se quedó con una copia
> y, como te he dicho, no es nada. No
> es suficiente para acusarme de
> ningún perjuicio real. Hasta donde el
> abogado sabe (cuenta con contactos
> en la policía) no tienen ninguna
> prueba real contra nadie en el
> asesinato de Diana. Los medios de
> comunicación están tratando de
> exagerar todo esto, por el asesinato.
> Ve cosas así continuamente.

Puede que esté tratando de hacer que todo parezca mejor de lo que ha dicho el abogado, pero piensa que el fondo del asunto es así. El expediente de Kelly no hace mención del incidente del vestuario con Diana ni a las cosas turbias que sucedieron después. Kelly trataba de cubrirse las espaldas porque estaba obligado por ley a denunciarlo, lo creyera o no, aunque Diana no quisiera que lo hiciese.

Pero Brad sigue preocupado. Asustado, incluso. No confía del todo en que Kelly guarde silencio. Aunque se dice a sí mismo que ya es demasiado tarde para que Kelly cuente la verdad. Está metido en un buen lío. Tomó una decisión y ahora va a tener que afrontar las consecuencias. El hecho de que Zoe haya acudido ahora a la policía resulta un poco preocupante, pero es su palabra contra la de él y ella no lo denunció en el instituto en su momento, lo cual hace que parezca que está tratando de llamar la atención. Brad está prácticamente fuera de peligro.

Ellen le escribe:

Me gustaría ver ese expediente.

Y, entonces, lo ve todo claro. Si pudiera enseñarle ese expediente a Ellen, ella se quedaría tranquila. No tiene motivos para pensar que Kelly mentiría por él. Brad nunca le ha contado lo de la aventura de Kelly con la joven profesora; ella no sabe que cuenta con ese as en la manga. Ellen va a perdonarlo y va a volver con él. Si no, no dará una buena imagen. Se casarán en diciembre y todo esto terminará y se olvidará.

Voy a hablar con Kelly. Si consigo una copia, ¿vendrás a mi casa para verla?

Sí.

Ellen se queda mirando los mensajes. ¿Está haciendo bien? Si de verdad Brad no ha hecho nada malo, si se lo inventó todo Diana, exagerando y mintiendo como él dice, entonces él es la víctima y ella debería apoyarle sin fisuras. Se permite sentir un poco de esperanza. Si tan seguro está el abogado, y si lo que aparece en el expediente es tan leve como Brad dice, esta pesadilla podría acabar pronto. Puede que la otra chica solo haya acudido a la policía después del asesinato para tener su pequeño momento de fama. A lo mejor ella también está mintiendo.

46

Graham Kelly está tomando una copa al terminar el día. Ha sido un infierno: la forma en que todos han empezado a entrar en pánico cuando han acusado a un profesor de acoso sexual. Es algo que temen todos los directores y todos los administradores. Y resulta que ha ocurrido durante su mandato. Lamenta el día en que contrató a Brad Turner.

Se termina el whisky de un trago y se sirve otro. Sandra entra en la sala de estar y lo ve.

—¿Qué pasa? —le pregunta, inquieta.

—Ya sabes qué pasa —contesta él con brusquedad. Le contó lo que había en ese expediente que entregó a la policía y ella le dijo que no le parecía tan grave, que, por lo que a ella se refería, él lo había hecho todo bien. Registró la queja y, después de que Diana muriera, acudió a la policía.

Lo mira con recelo.

—Solo quería saber si hay algo más que no me estés contando.

Él se pregunta qué pensaría si le dijera la verdad. ¿Debería hacerlo? ¿Sería más fácil soportarlo todo?

—Puede que haya cometido un error —dice.

Ella se acerca.

—¿Qué error?

Kelly la mira, inseguro.

—Debería haberlo denunciado. Y no introduje la queja en su expediente oficial. La mantuve en secreto, por así decir, en mi propio expediente. —Y añade—: Ahora, los superiores se han enterado y no están contentos conmigo. —Es solo una parte de la verdad, una simple migaja.

—¿Y por qué narices hiciste eso?

Está enfadada. Si esto la enfada, está claro que no puede contarle el resto.

—Porque Diana no quería que yo lo denunciara ni que lo hiciese oficial —responde, malhumorado—. Insistió mucho en que quedara entre nosotros tres. No quería que fuera más allá. Por eso no la creí.

Su mujer lo mira con recelo.

—¿Por qué no quería Diana hacerlo oficial? Entonces ¿para qué quejarse? No tiene sentido.

—No lo tiene. A menos que estuviese mintiendo. Y eso es lo que pensé, así que lo anoté en mi expediente y, por lo que sé, ella se quedó satisfecha y ahí acabó todo.

Sandra parece meditar un momento.

—Pero deberías haberlo denunciado y haberlo registrado de forma oficial, quisiera ella o no —dice después—. Deberías haber pensado en ti. ¡No puedes permitirte quedarte sin trabajo! Eso no va a pasar, ¿verdad?

—No —contesta, molesto con ella—. Están cabreados

conmigo, pero no quieren que parezca peor de lo que ya es.

—Al menos, espera que sea así. Pero teme que no lo sea.

—Bien —dice ella.

Sale de la habitación con paso rápido y lo deja a solas con sus pensamientos. Permanece sentado con su copa.

Tiene muchos remordimientos. Ojalá fuese otro tipo de hombre. Un hombre de acción o, al menos, un hombre que se enfrenta a las cosas de cara y trata de solucionarlas. No se ha enfrentado a los problemas de su matrimonio. Su mujer y él se han alejado. No duermen en habitaciones distintas, pero bien que podrían hacerlo en vista de la distancia que hay entre los dos. Antes estaban enamorados; le parece como si fuera hace mucho tiempo. Todavía lo recuerda. Pero ahora son personas distintas. En lugar de afrontarlo y tratar de mejorar las cosas yendo a terapia de pareja, por ejemplo, evitó los problemas que tenía en casa comenzando una estúpida aventura con Cally Desjardins, veinte años más joven. Era una nueva profesora atractiva y joven que resultó que solo estaba interesada en él por lo que pudiera beneficiarle en su carrera. Todo terminó saltando por los aires. Se sintió como un tonto, avergonzado de sí mismo. No le daba miedo que Cally dijera nada, pues tampoco habría dado una buena imagen de sí misma. No se dio cuenta en ningún momento de que alguien lo pudiera saber, de que Brad lo supiera. Brad los había visto juntos y ahora le está chantajeando.

Graham Kelly se queda sentado a solas en la sala de estar, alimentando su culpa y su miedo.

Paula está preparando la cena, pero tiene la cabeza en otra parte. Está pensando en Brenda Brewer y en lo alarmante que le pareció su comportamiento esta tarde. Cree que debería hacer algo. Necesita que alguien la ayude, ¿Pero quién?

Taylor entra en la cocina.

—¿Cuánto falta para la cena?

—Como media hora.

Vuelve a salir.

Eso es otro asunto. Paula habló con una amiga suya que tiene una hija casi de la misma edad que Taylor. No le sirvió de mucho porque, al parecer, Karen había establecido unos límites claros desde el principio, cuando permitió que su hija tuviera su propio teléfono. Sabía las claves de su hija tanto del teléfono como del ordenador y podía entrar en ellos siempre que quisiera. Incluso mientras escuchaba esto, Paula se preguntó si su amiga estaba engañándose a sí misma. O mintiéndola. La paternidad puede resultar muy competitiva. A lo mejor tenía las claves, pero le daba miedo mirar. A lo mejor su hija había cambiado las claves hacía mucho tiempo y Karen no lo sabía y vivía en la ignorancia de forma deliberada, como Paula sospecha que hacen hoy en día muchos padres. Después, Karen le confesó que, siendo sincera, llevaba meses sin mirar, porque su hija no le daba ningún motivo para preocuparse. No resultaba muy tranquilizador.

En cuanto mete la cena en el horno, Paula decide ir en busca de Taylor. La ve en la sala de estar, mirando su teléfono. Se sienta a su lado en el viejo sofá de piel, delante de la tele. Se aclara la garganta antes de hablar.

—Taylor, cariño, ¿podemos hablar un momento? —Su hija la mira con recelo, como la última vez. «¿Qué le ha pasado?», piensa Paula. «Antes estábamos muy unidas. ¿Esto es normal?»—. Últimamente no pareces muy contenta.

—¿De qué tengo que estar contenta?

Visto así, Paula no sabe bien qué contestar. Ahora mismo están pasando muchas cosas malas en el mundo: las guerras, el cambio climático... «Menuda carga les hemos echado encima a nuestros hijos», piensa.

—Bueno, somos muy afortunados —prueba a decir—. Tenemos una familia, una casa, salud, libertad. Puedes lanzarte en busca de los sueños que desees. —Nada más decirlo, sabe que no es la forma de conectar con una chica de trece años. Taylor pone los ojos en blanco.

—Estoy planteándome cambiar de instituto —dice Paula.

—¿Qué? ¿Por qué?

—Porque no creo que el hecho de que tengas que ir al mismo donde yo doy clases sea bueno para ti. Socialmente, quiero decir.

—¿Qué? No.

—Sé lo que dicen de mí. Los alumnos siempre se quejan de sus profesores, lo sé. Para ti debe de resultar incómodo.

Taylor niega con la cabeza.

—No, la mayoría cree que eres estupenda. O sea, piensan que eres estricta, pero te respetan. No como a algunos de los otros profesores.

Esto es una agradable sorpresa; puede que lo haya entendido todo al revés. Pero, entonces, ¿qué es lo que le pasa a su hija? Ve que empiezan a aparecer lágrimas en los ojos de Taylor y, después, el dique se rompe.

47

Ellen sale de la granja sin decir a sus padres a dónde va. No quiere que lo sepan por si intentan detenerla, pero, de todos modos, se lo imaginarán. ¿A dónde va a ir si no?

Recorre con su pequeño coche el largo camino de entrada y se incorpora a la carretera de grava que hay al final. Ahora le resulta espeluznante conducir por aquí. Mientras va pasando por las tierras y se acerca a donde encontraron el cadáver, ve de nuevo la cruz blanca a un lado de la carretera. Al verla, siente un pellizco de angustia y se pregunta qué narices está haciendo. Nota una histeria por dentro, justo por debajo de la piel. Ha perdido su optimismo natural, su innata sensación de que todo va bien. Es una actitud que ha tenido desde niña, inculcada por sus padres, o quizá es que ella esté hecha de esa forma. Nunca ha tenido que dudar mucho de nada. Hasta ahora, que está dudando de todo. Debe saber la verdad.

Quiere ver ese expediente. Quiere saber exactamente

qué dijo Diana Brewer de su prometido. Él asegura que son todo exageraciones y mentiras. Ella no sabe si creerle. Le gustaría hablar también con ese abogado. ¿Es verdad que Brad no tiene por qué preocuparse? ¿Y qué pasa con esa otra chica que ha ido a la policía? Desearía hablar con ella; a lo mejor puede ver si la chica miente.

Cuando llega a la calle de Brad y aparca, levanta los ojos y lo ve en la ventana, esperándola. El corazón le da un vuelco. ¿Es esta la última vez que va a venir a este apartamento? ¿Es la última vez que va a permitirse ver a Brad? Observa su contorno. Está fumando un cigarro, tirando la ceniza por la ventana. Resulta de lo más atractivo sin pretenderlo, de pie en la ventana, y eso le hace sentir una punzada en el estómago. Podría estar con cualquier otra, pero la eligió a ella. ¿Por qué iba a molestarse con las adolescentes? A menos que haya algo raro en él que no sea normal. No le gusta que haya vuelto a fumar con tantas ganas. Es un hábito asqueroso, piensa. Y eso hace que se preocupe por otros hábitos asquerosos que pueda tener.

Sube las escaleras con miedo y Brad abre la puerta antes incluso de que llame.

—¡Ellen! —exclama tomándola en sus brazos. Ella se deja abrazar, pero está rígida y no responde al abrazo. No dice nada. Cuando la suelta, entra en la sala de estar, se quita el abrigo, lo lanza sobre el respaldo del sofá y se vuelve hacia él con los brazos cruzados.

—Quiero ver ese expediente. —Es la razón por la que ha venido: para ver el expediente, no a él.

—Sí, claro. Por supuesto —responde él, y entra en la cocina.

Ella lo ve coger el expediente de la mesa de la cocina y llevárselo a la sala de estar.

—Por suerte, Graham hizo una fotocopia antes de entregárselo a la policía y ha hecho otra para mí —explica. Parece levemente nervioso cuando se lo da.

Ella se sienta en silencio y abre el expediente. Es corto, apenas un par de páginas escritas a mano. Explica a grandes rasgos que Diana Brewer había solicitado una reunión privada con él y con Brad Turner. La reunión se celebró después de las clases el 11 de octubre de 2022 por la tarde, en el despacho de él. Diana les dijo que creía que Turner la miraba de una forma inapropiada y sugerente, que la había tocado sin necesidad y de manera poco apropiada en múltiples ocasiones y que eso la incomodaba. Decía que no iba a presentar una queja formal, pero que quería que ese comportamiento cesara. Kelly hacía constar que Diana no le parecía convincente, que no creía su versión y que se veía más inclinado a confiar en Turner y pensar que Diana había podido exagerar la situación o inventarse las acusaciones. No iba a seguir avanzando con el asunto porque Diana no quería que lo hiciera, lo cual aumentaba su creencia de que ella se lo había inventado todo. Kelly tenía la sensación de que no había ocurrido nada o que, en el peor de los casos, se trataba de un malentendido. Turner lo negó casi todo, pero se disculpó con Diana delante de él por el supuesto equívoco y dijo que no volvería a repetirse en el futuro.

Eso es todo.

Ellen termina de leer y se queda mirando las hojas mientras va poniendo en orden sus pensamientos. Es tal y como Brad le había dicho. Kelly estuvo presente y claramente se había puesto de su parte. Kelly creyó a Brad, no a Diana. Es solo que… ha aparecido esa otra chica. ¿Qué va a contar?

Por fin, asiente y levanta los ojos hacia él. Sigue sin gustarle nada de esto: cualquier sugerencia de que su prometido pudiera haber mirado a una adolescente como no debía, que pudiera haberla tocado de manera inapropiada, aunque fuese un «malentendido». Preferiría que hubiese sido más cuidadoso. Preferiría poder estar segura de que Diana se lo había inventado todo. Y también esa otra chica. ¿Pero es eso lo que pasó de verdad?

—¿Y la otra chica? —pregunta—. ¿Qué va a contar? —Brad se sonroja y baja los ojos a la alfombra. Y entonces ella cae en la cuenta—. Tú ya lo sabes. ¿Qué ha dicho? —pregunta Ellen con voz aguda.

—Está mintiendo, inventándose cosas. Igual que Diana —responde él con amargura—. La policía me interrogó ayer por la mañana. Esa chica asegura que la sorprendí cuando ella estaba en el vestuario femenino. Es mentira. Eso no ha ocurrido nunca.

A Ellen se le vuelve a encoger el corazón.

Él entrecierra los ojos mirándola, enfadado.

—No hay ningún registro en el instituto de que esa otra chica se quejara de mí, así que mi abogado dice que no debo preocuparme. Más bien parece que está tratando de llamar la atención al ir ahora a la policía.

Ellen vuelve a observarlo con inquietud, sin estar tranquila del todo. ¿La quiere de verdad? ¿O solo necesita que ella se mantenga a su lado?

Prior está sentado en el sillón reclinable de su casa, con los pies en alto. Trabajar en la construcción resulta físicamente agotador y hoy ha sido un día estresante. La policía se ha ido por fin de su apartamento. Revisa en el teléfono las noticias mientras se come un grueso bocadillo de carne que se ha preparado para cenar y traga con una cerveza fría. Ve la noticia del profesor y la otra chica. Bien. Piensa que a lo mejor así le dejan en paz. No han encontrado nada en su apartamento y este profesor tiene pinta de poder haberlo hecho.

Continúa mirando las noticias distraído. Hay un artículo que le llama la atención de inmediato. ENCUENTRAN MUERTA A CHICA DESAPARECIDA. Hay una fotografía de ella. Una foto escolar que le resulta familiar. Esa foto estuvo varias semanas apareciendo en los medios de comunicación. La han encontrado en el norte del estado de Nueva York, muy lejos, en medio del bosque. Deja el bocadillo. Lee el artículo. La ha encontrado un cazador. Siempre es un cazador. O un senderista. Alguien con un perro. Los animales habían removido la fosa y el perro del cazador la encontró. Se levanta y va a por otra cerveza.

48

Paula abraza a su hija mientras llora. Después, la escucha mientras intenta que en su rostro no se note la consternación por lo que está oyendo. Lo suelta todo a borbotones. Sadie Kelly está convirtiendo la vida de su hija en un infierno, burlándose de ella, señalándola y riéndose de ella en el instituto y en internet, poniendo a sus amigas en su contra.

—¿Por qué lo hace? —pregunta Paula.

—Porque puede —responde Taylor sorbiéndose la nariz—. Siempre está metiéndose con alguien y últimamente le ha dado por mí. Nadie le planta cara.

—¿Por qué no me lo has contado?

—Porque me dijo que, si me quejaba, iba a hacer que te despidieran, porque su padre es el director.

—Cariño, ojalá me lo hubieses contado. Ella no puede hacer que me despidan. —Paula siempre ha sabido que Sadie es revoltosa, pero no que fuese una acosadora. El hecho de que haya estado atormentando a su hija y usando su puesto de trabajo para aprovecharse… Casi no puede hablar de la rabia. ¿Cómo ha podido hacer algo así? ¿Cómo consigue salirse con la suya? ¿Por qué las demás chicas le siguen la corriente? ¿Qué les pasa a estas crías?

—Hay otra cosa que no te he contado —dice Taylor—. Sobre el señor Turner.

Paula siente un pinchazo en el estómago. Ya le había preguntado antes a su hija sobre Turner y se había quedado tranquila. Creyó que esa conducta acosadora de Turner se había limitado a Diana y, después, a esa otra chica.

—¿Qué?

—A veces, sin que nadie se diera cuenta, se quedaba mirándome el pecho. —Se sonroja—. A mí no me gustaba. —Y añade con más firmeza—: Él sabía que no me gustaba, pero se limitaba a sonreír y lo hacía de todos modos.

—¿Por qué no me lo contaste antes, cuando te lo pregunté?

—Siento no habértelo dicho…, pero me daba vergüenza. —Y continúa, vacilante—: La verdad es que nunca me ha tocado, así que no estaba segura de si debía decir algo.

—¡Ay, cariño! Qué bien que me lo hayas contado ahora.

Debería haber insistido en que había que hacer algo con Turner la primera vez que Kelly le habló de aquello. No es culpa de su hija que no tuviese la valentía de acudir al director o a ella misma. Solo tiene trece años. Deberían haberla protegido de este tipo de cosas. Todos le han fallado. Lo único que puede hacer es abrazar a su hija, consolarla y decirle:

—La policía lo sabe ya. No tienes por qué preocuparte por él nunca más. Le han expulsado temporalmente del trabajo y no creo que vaya a volver. —No verbaliza su creciente temor de que pueda ser un asesino. Coge entre sus manos la cara de su hija manchada por las lágrimas—. Me alegra que me hayas contado todo esto, Taylor. No deberías haberte enfrentado tú sola ni a él ni a Sadie.

—¿Voy a tener que ir a la policía? —pregunta Taylor, angustiada—. ¿Como la otra chica?

—Puede que sí. Creo que quizá deberíamos ir —contesta Paula—. Pero no hace falta que lo decidas ahora mismo.

Es tarde, casi las once de la noche, y estoy flotando en la sala de interrogatorios de la comisaría de policía. Han vuelto a traer a Prior y estoy mirándolo con tanto asco como curiosidad.

—Vamos al grano —comienza el inspector Stone—. Esto ya le ha pasado con anterioridad.

—¿Cómo dice? —pregunta Prior.

Presto más atención.

—Ya le ha interrogado la policía antes con relación a una chica desaparecida. Katie Cantor.

—¿Quién es esa? —pregunta, pero parece incómodo, como si su despreocupación fuera forzada.

—La recuerda —contesta el inspector—. Debe recordarla porque no es nada divertido someterse a un interrogatorio de la policía y ser sospechoso de algo así. Usted ya nos ha dicho que no le gusta. —Stone se inclina ahora sobre él—. Katie Cantor, de dieciséis años, desapareció en el norte del estado de Nueva York, cerca de Albany, hará unos dos años. Una chica guapa que trabajaba en una tienda. Usted la estuvo acosando también en el trabajo. Le interrogaron y le dejaron en libertad. A lo mejor no se ha enterado. Han encontrado su cadáver.

Bajo la mirada hacia Prior, horrorizada.

La policía sigue insistiéndole, pero él no cede. Me pregunto si habrá matado a esa otra chica. Es lo que los inspectores quieren averiguar. Yo también quiero saberlo. ¿Ha habido más? ¿Soy una de muchas? Siento pena por esa tal Katie Cantor. Me pregunto si andará por aquí, flotando, igual que yo; si podré encontrarla. A lo mejor podríamos hacernos amigas.

Ahora le están presionando con más fuerza.

—Usted sale mucho por ahí con su camioneta. ¿Por qué? ¿Qué es lo que hace? ¿Ir en busca de chicas? ¿Es eso lo que estuvo haciendo en Quebec? Las cosas por aquí se han puesto un poco difíciles, ¿no? —El inspector Stone clava la mirada en Prior—. Han encontrado su cadáver. Y a lo mejor consiguen dar con pruebas de ADN en él. Apuesto a que usted creía que nunca iban a encontrarla.

Prior niega con la cabeza.

—Yo no he tenido nada que ver con esa chica. Ni con Diana Brewer. Quiero un abogado.

—Claro. Llame a un abogado. Dos chicas a las que usted camelaba están muertas. Obligó a Roddy a que mintiera para tener una coartada. Vamos a dejarle encerrado esta noche. Volveremos a interrogarle mañana, con su abogado.

Veo cómo se retuerce cuando lo llevan a las celdas. Y, después, vuelvo a casa, con mi madre.

La encuentro en casa, hablándome en voz alta, llamándome por las habitaciones, como hacía cuando estaba viva. Es como si tratara de fingir que nada ha cambiado. Me pone triste.

Pienso mucho rato en Prior. Es probable que se metiera en mi coche y averiguara dónde vivía. Ha estado intentando ligar con dos chicas en tiendas, Katie Cantor y yo, y las dos hemos terminado muertas.

Martes, 25 de octubre de 2022, 23.15 horas

Me gusta escribir de noche, cuando la casa está completamente en silencio. Mi padre está desconectado del mundo. Normalmente, ya se ha tomado unas cuantas copas antes de acostarse. Yo soy el único que tiene el sueño ligero en esta casa. El detector de humo se disparó una vez en mitad de la noche y fui el único que se levantó. Mi madre toma pastillas para dormir y suele acostarse en la habitación de invitados, lejos de mi padre. Dice que es porque ronca, pero yo sé que no lo soporta. Ojalá lo abandonara. Puede que lo haga cuando yo me vaya a la universidad. Le diré que lo haga.

Estos días están siendo raros y confusos. Me siento nostálgico, angustiado. Echo mucho de menos a Diana. Echo de menos a nuestro antiguo grupo, nuestra antigua vida.

La señora Brewer ha estado comportándose hoy de una forma rara y he ido a verla otra vez después de clase. No estoy del todo seguro, pero me ha parecido que no estaba muy en sus cabales. Riley también se ha dado cuenta. Parecía distraída, pero el funeral es mañana y eso debe de estar agobiándola.

También me preocupa Riley, cómo va a mantener las fuerzas mañana. Está muy angustiada. Y tiene todas esas extravagantes ideas de que el espíritu de Diana sigue por aquí porque la han asesinado. Espero que no siga avanzando por ese camino de locura. Sé que está triste. Sé que está asustada. Ese mensaje desde el teléfono de Diana la alteró mucho. Supongo que muchas chicas de Fairhill deben de andar ahora muy asustadas. Asesinaron a Diana y se la llevaron de su casa en nuestra pequeña y aletargada ciudad.

Todo el mundo está nervioso.

49

A la mañana siguiente, la del funeral, Riley se despierta temprano y se queda tumbada en la cama, inquieta, temerosa de lo que le espera. Está pensando en Diana, en dónde estará ahora. Después, de repente, se acuerda del cementerio abandonado a las afueras de la ciudad. Puede imaginárselo, sobre una pequeña colina rodeado de árboles, bastante descuidado. Se había olvidado por completo de él. Allí no hay ninguna iglesia; por lo que ella sabe, nunca la ha habido. No es más que un cementerio pequeño y no ha mirado allí.

Después de desayunar, le dice a su madre que va a salir un rato con Evan, que no tardará mucho. Es mentira. No va a llevar a Evan. Está nerviosa por ir ella sola, pero tiene que hacerlo. El día está encapotado y el aire es frío. Se monta en su bici y sale de Fairhill, gira a la izquierda a la salida de la ciudad. Pedalea por un camino de grava a lo largo de unos tres kilómetros y, entonces, lo ve, tal y como recordaba. Se detiene y baja de la bicicleta, con la respiración pesada por el esfuerzo. Hay un cartel dentro de la zona vallada:

CEMENTERIO DE MACKLIN. Vacila antes de abrir la verja. ¿Y si no lo encuentra? ¿Y si lo encuentra?

Camina solemnemente entre las lápidas. La idea de la tumba de Diana, esperándola esta misma tarde, nunca abandona su mente. Camina despacio desde la parte delantera del cementerio hacia la de atrás, leyendo las lápidas, teniendo que esforzarse a veces para distinguir los nombres y las fechas. Y, entonces, lo encuentra.

«Simon Foster, nacido en 1861, fallecido en 1873».

Es todo un impacto. Se coloca delante de la modesta lápida. Inmóvil. Y entonces se deja caer, hincando las rodillas sobre el suelo frío. El hallazgo la ha alterado profundamente y hace que se preocupe por Diana. ¿Y si fue verdad lo de Emily en el puente? ¿Y si ha seguido allí, enfadada y perdida, durante todo este tiempo, porque la habían dejado plantada y se suicidó? ¿Y si Diana sigue aquí, enfadada y perdida, porque la han asesinado?

Riley mira fijamente la lápida con el nombre de Simon y nota que el frío se le filtra desde el suelo hasta los huesos. No puede contarle esto a Evan. Él le diría que solo se trata de una coincidencia, que siempre hay coincidencias. Pensarían que está teniendo una crisis nerviosa. A la única que podría contárselo es a Diana, y ya no está.

Pero entonces se da cuenta de que sí hay una persona que a lo mejor no va a pensar que se está volviendo loca: Sadie Kelly. Estuvo también aquella noche.

El día está gris y sombrío; muy apropiado para un funeral, piensa Edward Farrell mientras mira por la ventana de su dormitorio y se pone su traje negro. La ceremonia es a la una en la Iglesia Unida. Casi toda la ciudad está cerrada, según Shelby, que ha salido antes. Ella está en el dormitorio con él, poniéndose un vestido negro. Por suerte, Cameron tiene un traje oscuro decente en su armario, de la reciente boda de un primo segundo. Edward reza por que todos salgan bien de allí, por que Cameron no se venga abajo, por que no haya ninguna escena desagradable.

Teme especialmente que ocurra algo desagradable contra su hijo, y contra Shelby y él. Es probable que muchas de las personas que van a acudir al funeral piensen que lo ha hecho Cameron. El propio Edward teme lo mismo. Sin duda, Cameron les ha dado muchos motivos para dudar.

Y Edward no ha servido de mucha ayuda en esta situación yendo a las tierras del granjero a escondidas. Vio en las noticias que habían registrado ese terreno la misma noche. Piensa que es porque lo vieron. Creyó que se quedaba sin respiración cuando se dio cuenta de que sus actos podían haberles puesto sobre aviso. ¿Y si han encontrado lo que él no consiguió hallar? Pero no han encontrado nada o, al menos, eso es lo que han dicho.

Hablaron incluso de si debían asistir al funeral, pero decidieron que sería peor si se mantenían alejados. La gente va a murmurar de todos modos. Mejor hacer acto de presencia y mantener la cabeza alta. Y así los tres, ataviados con sus trajes de luto, montan en el coche juntos sin hablar.

Cuando llegan a la iglesia, Shelby mira angustiada a la gente. Está nerviosa por el funeral. Solo quiere que pase rápido.

Está deseando que todo acabe. Asistirán a la misa y, después, al cementerio que hay detrás de la iglesia para presentar sus respetos, pero nada más. Han enviado flores. Pero han decidido no acercarse a la señora Brewer para darle el pésame. Es demasiado arriesgado. No saben lo que es capaz de hacer al ver a Cameron.

La gente de la ciudad ha evitado hablar con Shelby, consciente de que su hijo es sospechoso del asesinato de Diana. Todos saben que lo han interrogado en repetidas ocasiones, que la vio esa noche, que ha contratado a un abogado. Ella siente como si la estuviesen rehuyendo, desterrando. Porque ¿qué puede haber peor que unos padres que crían a un hijo que mata a una chica? Toda la solidaridad se dirige hacia el lado de Brenda Brewer. En grandes cantidades. Y, aunque Shelby se da cuenta de ello e incluso está de acuerdo, no puede evitar sentirse mal por lo que ha sufrido y lo que está sufriendo como madre de Cameron. Y, si él no ha sido, ¡tienen que pensar en lo que Cameron está sufriendo!

La verdad es que no lo saben. Puede que nunca lo sepan. A veces, piensa que eso es lo mejor que pueden esperar.

Cameron, aun en medio de su tristeza, desesperación y angustia, se siente incómodo con el cuello de la camisa que le aprieta la garganta y la inusual formalidad del traje. Se siente fuera de lugar en toda esta situación. Sus padres y él han llegado pronto y se han colocado en uno de los bancos de atrás para no llamar la atención. Evita mirar a la gente a los ojos y, mientras está sentado, intenta mantener la vista fija en el suelo o en el respaldo del banco de madera que tiene delante. Pero no puede evitar que los ojos se le desvíen a veces.

Ahora ve a Riley y Evan, que entran juntos en la iglesia. Empiezan a avanzar por el pasillo central, Riley con un sencillo vestido negro que Cameron no le ha visto nunca y Evan con pantalones negros con el pliegue marcado y una camisa blanca, sin chaqueta. Al parecer, no tiene traje. Riley ya está llorando, pero Evan permanece estoico, como desesperado por mantener el tipo. La madre de Riley y los padres de Evan los siguen por detrás, con gesto serio. Cameron olvida mirar al suelo y clava la vista sobre ellos, sus antiguos amigos. Cuando llegan al frente de la iglesia para ocupar sus asientos, Evan se gira y mira alrededor, como para supervisar quién ha asistido. Cruza por casualidad la mirada con la de Cameron y la mantiene durante un segundo. Cameron se niega a mirar a otro lado mientras se pregunta si Evan y Riley creen que él ha matado a Diana. No va a permitir que Evan ni ningún otro le intimide. Tiene todo el derecho a estar aquí. La quería.

De repente, los ojos se le empañan con las lágrimas. ¿Es que no ven que él también está sufriendo?

El funeral ha provocado una crisis en el mundo de Ellen, que ya andaba revuelto. A la chica asesinada la encontraron en el campo de los Ressler. El padre de Ellen considera que, por eso mismo, él y su madre deben asistir. Pero ha sugerido con delicadeza que ella se quede en casa.

¿Debería hacerlo? Le gustaría esconderse hasta que todo esto haya acabado. No conocía personalmente a Diana

Brewer. Le abochornan y humillan los rumores y habladurías que circulan en torno a Brad, que, por lo que todos saben, sigue siendo su prometido.

Después de leer ayer el expediente, se le aclararon un poco las ideas. Ponía lo que él decía, pero esa otra chica la tiene preocupada. No son los inspectores los que la preocupan. Es imposible que crean que Brad asesinó a Diana. ¿Qué motivo podría tener para hacerlo? En realidad, la queja que ella había presentado era de poca gravedad. Era ridículo. A nadie se le asesina por algo así. Se siente inclinada a ponerse de parte de él y capear el temporal, por ahora. Pero luego está esa irritante duda que la corroe.

Sus padres son menos indulgentes. Se han quedado atónitos ante las acusaciones que se han hecho contra su futuro yerno. Son de los que piensan que «cuando el río suena, agua lleva». Quieren que rompa con él y cancele la boda. Pero Ellen se considera más abierta de mente. Se inclina más a pensar que las chicas han podido inventárselo todo..., que existe al menos esa posibilidad. Discutieron sobre ello la noche anterior en la mesa de la cocina. Arrinconada, Ellen se sorprendió apoyando a Brad incondicionalmente mientras sus padres la escuchaban consternados. Les contó lo del expediente, que el director Kelly, «que estuvo en la reunión», había apoyado sin fisuras la versión de Brad y que creía firmemente que Diana no había dicho la verdad. Les contó que Diana no había querido acudir a las autoridades y que eso aumentaba las posibilidades de que estuviese mintiendo.

—Pero todos dicen que era una chica buena y honesta —señaló su madre, llena de dudas—. ¿Por qué iba a mentir?

—Las adolescentes hacen estupideces.

—También los hombres —replicó su madre, y Ellen no supo qué responder.

—Tengo que ponerme de su parte —insistió Ellen por fin, empezando a llorar—. ¿Qué otra cosa puedo hacer? Faltan menos de dos meses para la boda. Estamos comprando una casa... —Y, después, fue incapaz de seguir hablando debido a las lágrimas.

Brad iba a asistir al funeral. No podía mantenerse al margen, le dijo. La gente pensaría que se avergonzaba de algo y no era verdad. Quería que Ellen lo acompañara, que demostrara a todo el mundo que le creía. No dejaba de insistir en que fuera, que estuviese a su lado.

Pero sus padres querían que guardara las distancias con él, que fuera con ellos o que se quedara en casa.

Al final, Ellen decidió ir al funeral con Brad. Pensó que, si no lo hacía, la boda se cancelaría. Y no estaba preparada todavía para tomar esa decisión.

Así que aquí está ahora, entrando en la iglesia del brazo de Brad, un poco tarde, porque querían colarse por la parte de atrás sin que los vieran. Cuando llegan, solo hay sitio para estar de pie, así que se abren camino hacia el interior. La misa ya ha empezado.

Ellen permanece con la mirada al frente, con los ojos clavados en el pastor.

50

Brad Turner agarra con fuerza la mano de Ellen, como si temiera que se diera la vuelta y saliera corriendo. La necesita aquí con él. ¿Qué pensarían si lo dejara ahora? No estaba claro si lo iba a acompañar al funeral y Brad está enfadado con ella por haberle hecho pasar por ese trance, aunque ha tenido que disimular. ¿Cómo ha podido plantearse siquiera un desaire así en público, y en semejante momento? Pero ha venido. Gracias a Dios, Kelly escribió esas brevísimas notas, obviando mucha información condenatoria.

Mira alrededor de la abarrotada iglesia. El ataúd está al frente, rodeado de flores. Es difícil distinguir a la gente desde atrás, pero ahí está la madre de Diana, delante del todo, inclinada y llorando en silencio. Hay un hombre a su lado. ¿El padre de Diana? Y, también en la primera fila, Evan y Riley, los amigos de Diana. Eso hace que se acuerde de Cameron y se pregunte dónde estará. Mira a su alrededor y no lo ve, pero es que está lleno de gente. A muchas de esas personas las reconoce como trabajadores y alumnos del instituto. Está Kelly, en un poco habitual momento familiar, con su mujer y sus tres difíciles hijos. Ve a Paula Acosta y a su hija, Taylor. Se muerde el labio inferior. Ella podría ser un motivo de preocupación. Continúa examinando a la multitud y distingue a los inspectores a los que tanto desprecia, Stone y Godfrey. Por supuesto que han venido, piensa con resquemor. Y luego ve a esa zorrita de Zoe, escoltada por sus padres. El ritmo cardiaco se le dispara.

A Graham Kelly no le gusta estar en la iglesia. No con Diana yaciendo en su ataúd delante de él, rodeada de gente llorando; no con la culpa que carga en su conciencia. Puede que él haya contribuido a su muerte. Y aquí está, en la iglesia, delante de Dios, aferrándose a una mentira con la que cada vez le cuesta más vivir. Quizá se vea obligado a contar la verdad, aunque pueda perderlo todo. Quizá tenga que ir a la policía después del funeral para contar lo que dijo Diana en realidad, todas esas cosas tan desagradables que no incluyó en sus notas. Ha llegado a la conclusión de que es un hombre débil, un cobarde, una persona que huye de los problemas. No quiso verse implicado; decidió fingir que no estaba pasando. No quiso enfrentarse a la verdad. Diana no deseaba acudir a la policía, pero él debió haberlo hecho. Debería haberse librado de Brad Turner. Debería haberla protegido a ella.

Paula está al lado de Graham Kelly, con las emociones alborotadas. Siempre le han parecido complicados los funerales.

¿A quién no? Y Diana era muy joven y ha muerto de una forma terrible. Su marido está con ella y su hija, Taylor, se sienta entre los dos.

Mira a Brenda Brewer, en el banco del otro lado de la iglesia. Tiene la cabeza agachada y se pasa toda la misa llorando, sujetando un pañuelo sobre su nariz y su boca. Paula se acuerda de cómo la vio ayer en su casa, hablando con Diana como si fuese una presencia etérea, sentada allí mismo con ellas. Eso incomodó a Paula y temió por la cordura de esa mujer.

Puede sentir la angustia que desprende Kelly a su lado. Ella también está muy alterada. Todavía no ha tenido ocasión, y este no es el momento ni el lugar, de hablarle de los problemas de Taylor con su hija Sadie y con Brad Turner. Está enfadada porque su hija haya tenido que sufrir eso y, aunque casi toda su rabia va dirigida hacia Sadie y Brad, una parte va también hacia Kelly, que debería haberlo evitado. Sabe que resultará complicado, pero Taylor debe contarle a la policía lo que le ha sucedido. Este tipo de cosas no pueden pasarse por alto. A las personas como Brad Turner no se les debería permitir dar clases a niños. No se les debería permitir acercarse a ellos. «¿Y si es un asesino?».

Brenda Brewer está intentando despedirse. Para eso son los funerales, y es el momento de decirle adiós a su hija. Ha tenido una larga y dolorosa charla con el pastor esta mañana. Se sinceró con él y le contó que Diana sigue aquí, viviendo en su casa. Le habló de sus preocupaciones: que puede que el alma de Diana no encuentre el descanso eterno. Le confesó su egoísmo y su sentimiento de culpabilidad por desear que su hija se quede.

Él pareció sorprenderse, pero recuperó la compostura. Le habló mucho de la Biblia y citó las Sagradas Escrituras. Intentó consolarla y tranquilizarla, diciéndole que debería perdonarse a sí misma por albergar sentimientos egoístas en un momento tan difícil. Pero estaba claro que no tenía ni la más remota idea de cuánto tiempo iba a estar atrapada Diana en su existencia entre las sombras, como un espíritu atormentado, o cuánto tiempo iba a tardar en encontrar la paz.

El funeral ha terminado y Riley se da cuenta de que no ha oído ni una sola palabra. El pastor ha estado hablando y el padre de Diana y Evan han leído, y ha habido cánticos y más lecturas, pero ella ni se ha dado cuenta. Simplemente se ha quedado todo el tiempo mirando el ataúd cerrado, sabiendo que Diana estaba dentro. En un momento dado, ha sentido que se venía abajo, cuando se han puesto de pie para cantar, y Evan la ha sujetado.

Y ahora ha llegado el momento de dirigirse al cementerio. Los portadores llevan el féretro en silencio y salen respetuosamente de la nave por el pasillo central bajo la mirada de los dolientes. Ahora se oyen sollozos más fuertes y llantos amortiguados. Riley nota cómo las lágrimas le caen por la cara.

Agarra la mano de su madre mientras salen de la iglesia al día gris y ventoso, siguiendo a la gente hasta el cementerio. Es la parte que más temía Riley. Puede sentir cómo su angustia va aumentando; está mareada.

Ahora se han reunido alrededor de la tumba. La fosa recién cavada está delante de ella, un rectángulo profundo y oscuro, como una boca enorme y monstruosa sin dientes. Riley empieza a sentir un temblor por todo el cuerpo. ¿Qué es lo que tanto la inquieta del entierro? Ve por el rabillo del ojo el montón de tierra que hay al lado de la tumba, amenazante. Van bajando despacio el ataúd al subsuelo. Evan está a su lado. El pastor pronuncia unas palabras.

—Entregamos así este cuerpo a la tierra. Tierra a la tierra, cenizas a las cenizas, polvo al polvo… —Su voz se va apagando.

Ve rosas, suaves y blancas, que van cayendo sobre el ataúd, en silencio y como a cámara lenta. Pero, después, oye un fuerte golpe cuando el primer puñado de tierra húmeda toca el ataúd, que está en el hoyo. Se desmaya.

¿Cuánta gente llega a contemplar su propio funeral? Puede que más de la que nos imaginamos. Me resulta muy difícil de mirar. Imagínate ver a la gente que te ha conocido, sus reacciones. Es triste ver tanta aflicción sincera. Por supuesto, alguien la está fingiendo. Alguien que podría haberme matado. A menos que fuera Joe Prior, que, por lo que sé, sigue en un calabozo de la comisaría de policía.

Es mi madre la que peor me hace sentir; es la que más está sufriendo y la que más me va a echar de menos. Probablemente no se recupere jamás de esto. Mi padre…, dudo que le importe tanto. Después de mi madre, es Riley la que más me preocupa. Esto la está destrozando. Y Evan…, es evidente que también lo está pasando mal.

Kelly parece atormentado. Apuesto a que lamenta ahora no haberme escuchado. Jamás le perdonaré por haber creído al señor Turner antes que a mí. Aparto con desdén la mirada de él y busco entre toda la gente que ha venido a verme partir. Busco a Cameron y al señor Turner. Veo a Aaron Bolduc, mi jefe del Home Depot, el que siempre me acompañaba al coche al terminar mi turno por la noche. Creo que fue bueno conmigo, pero era demasiado respetuoso, demasiado caballeroso.

Encuentro primero a Cameron. Está muy atrás, mirando fijamente la parte trasera del banco que tiene delante. Al menos, tiene lágrimas en los ojos. ¿Son por mí o por él? Dejo de fijarme en él porque me doy cuenta de que no soporto mirarlo. Me giro y, entonces, le veo junto a la puerta: el señor Turner. Tiene una expresión fría e impasible. Podría disimular, al menos. Esa a la que agarra de la mano debe de ser su prometida. Parece muy distante, como si tuviera la mente en otro sitio. ¿Qué tipo de mujer puede estar con un hombre así? Vuelvo a mirar al señor Turner, con esa sutil sonrisa.

Y, de repente, sucede de nuevo: el miedo abrumador... Ya no estoy en la iglesia.

Estoy de nuevo en mi dormitorio, con el hombre en la oscuridad al otro lado de mi ventana, y estoy aterrada. Me aparto rápidamente de la ventana y doy un golpe al interruptor de la pared para que la habitación se quede a oscuras. El corazón me golpea en el pecho. Me siento en la cama y busco a tientas mi teléfono móvil, pero me lo he dejado abajo, en la cocina. Me quedo inmóvil y escucho, pero no oigo nada. Me acerco sigilosa a la ventana de nuevo y me asomo. No le veo. No sé a dónde ha ido o si estará cerca. No he bajado todavía a dejarlo todo bien cerrado y sé que la puerta de atrás no tiene la llave echada. Y, entonces, oigo cómo se abre, en silencio.

Me quedo inmóvil. Estoy temblando de miedo, furiosa conmigo misma por haberme dejado el móvil abajo. La respiración se me ha acelerado tanto que creo que el hombre debe de estar oyéndome. Pero ya sabe dónde me encuentro. Me ha visto en la ventana de mi dormitorio. La puerta de mi habitación no tiene pestillo. Me planteo ir hasta el baño y encerrarme ahí. No sé si la puerta aguantará si él intenta derribarla. Ahora puedo oír sus pasos abajo. Las piernas me tiemblan y decido salir corriendo al baño que está al final del pasillo. Pero he esperado demasiado. Cuando abro despacio la puerta de mi dormitorio, apenas una rendija para mirar por el pasillo, lo veo justo ahí, en lo alto de las escaleras. Intento cerrar de golpe la puerta de la habitación, pero él ha metido de repente el pie y ha puesto las manos en el borde de la puerta. Veo unos guantes de piel negra. Grito y me aparto al interior de la habitación; ya no voy a poder pasar junto a él para llegar al baño.

Y es ahí donde mi memoria se detiene, con su cara a oscuras, sus manos en la puerta, los guantes, mis gritos...

Pero ahora sé quién me ha matado.

Ha sido mi profesor. El señor Turner.

Siento una nueva oleada de pena y rabia. No quiero estar aquí, al otro lado de la cortina. Quiero estar ahí, en mi sitio. Quiero hacer que pague. Quiero acosar a ese cabrón del señor Turner el resto de su mísera vida. Ojalá supiese cómo.

51

Joe Prior da vueltas nervioso alrededor de la celda. No le gusta estar enjaulado. Le recuerda a cuando su padre lo encerraba en el armario durante varios días seguidos y se le disparan todo tipo de cosas desagradables. La idea de pasar un largo tiempo en prisión le provoca un sudor frío. Tiene miedo de que esta vez la haya cagado.

Creía que había salido airoso con lo de Katie Cantor. Le estuvieron interrogando sobre ella, pero tuvieron que dejarlo en libertad porque no había ninguna prueba. Cuando la enterró, en un sitio muy recóndito en medio de la nada, pensó que nunca la encontrarían, pero, aun así, se mudó a otro estado. A Vermont, esta vez. Ha sido una casualidad de mierda que hayan encontrado ahora su cadáver, cuando estaban investigándolo por lo de Diana Brewer, una chica a la que él no ha matado.

Pero estos putos inspectores han averiguado que le interrogaron por lo de Katie porque había flirteado con ella en su caja registradora. Joder, joder, joder. Y, ahora, otra chica con la que solía charlar en una tienda está muerta, y probablemente se hayan puesto en contacto con la policía del estado de Nueva York y vengan a arrestarlo y a llevárselo de vuelta a Nueva York, y consigan una puta orden para obtener su puto ADN, porque probablemente tendrán el ADN del cadáver de Katie Cantor. Joder. Tiene todo el cuerpo empapado por debajo de la ropa.

Él no ha tenido nada que ver con lo de la chica del Home Depot. Charló con ella, pero no tenía previsto acosarla. Había aprendido la lección cuando le interrogaron porque le vieron hablar con Katie en las imágenes de las cámaras de seguridad. Ya nunca habla con sus objetivos, tiene cuidado de no salir en las cámaras. Qué puta casualidad que hayan matado a esta tal Brewer. Y, si consiguen su ADN, van a pillarle por lo de Katie Cantor. De esta no va a librarse.

Oye que alguien se acerca y deja de pasearse.

—Te esperan arriba.

—Quiero que esté mi abogado.

—Ya ha llegado.

Arriba, ocupa su sitio en la sala de interrogatorios. Es miércoles, a última hora de la tarde. Los inspectores se han tomado su tiempo, pero, al parecer, han estado en el funeral de la chica. Su abogado apenas le dirige la mirada. Joe mira fijamente a Stone y Godfrey, odiándolos con todas sus fuerzas. ¿Qué ha pasado? La suerte se le ha acabado, eso es todo. Y ha cometido ese estúpido error con Roddy. Si no lo hubiese hecho, ¿estaría sentado aquí ahora? Puede que sí. Puede que no. Para empezar, no habría tenido que cometer ese estúpido error si no hubiesen asesinado a la chica del Home Depot.

El inspector Stone le informa de que está arrestado por el asesinato de Katie Cantor y que la policía estatal de Nueva York viene de camino para recogerlo y llevárselo de vuelta para responder por sus acusaciones.

—Tengo entendido que encontraron ADN en la escena del crimen —dice Stone—. Así que no les costará mucho conseguir una orden para obtener el suyo y ver si coinciden.

Joe mira a su abogado.

—¿Pueden hacer eso?

—Sí —responde el abogado.

—¿Tiene algo que declarar? —pregunta Stone.

—Sin comentarios —contesta Joe, empezando a sudar.

—¿Hay algo que quiera contarnos acerca de Diana Brewer?

—Yo no la he matado.

—Puede que no —admite Stone—. A Diana no la ataron con alambre. A Katie sí.

—Yo no lo he hecho —protesta Joe con furia—. ¡Yo no la he matado, joder! ¡No he matado a nadie!

Joe se levanta disparado de su silla, pero enseguida lo agarran.

El miércoles por la tarde, Graham Kelly está sentado delante de los dos inspectores, como si se encontrara ante un tribunal que le estuviera juzgando. No es un hombre religioso, pero hoy, después del funeral en la iglesia, en ese desgraciado momento, no pudo aguantar más. Y no quería que ese cabrón de Brad Turner siguiera haciendo más daño ni pudiera salirse con la suya. Se dio cuenta de que, al final, no podría seguir soportándolo.

Primero, le contó a su mujer lo de su ridícula y breve aventura. No se lo tomó a bien. Y, luego, fue a la comisaría. Les ha contado todo lo que le dijo Diana, se ha desahogado, incluso ha llorado. Lo único que queda es ver cuáles son las consecuencias para Brad, para él, para su familia. Sabe que ha llegado su fin como docente. A lo mejor puede vender seguros de vida. O coches. Le gustan los coches.

—Ojalá nos lo hubiese contado antes —dice ahora Stone.

Baja la mirada, avergonzado.

—Ojalá.

Han llamado a Turner para que vaya a la comisaría. Es bastante tarde. No le han dicho el motivo, solo le han informado por teléfono de que tenían que hacerle algunas preguntas más. Esa misma tarde saltó la noticia de la detención de Joe Prior por el asesinato de una chica dos años antes, en el estado de Nueva York. Turner se sintió encantado cuando se enteró de lo de Prior. Seguramente, lo siguiente sería un arresto por el asesinato de Diana Brewer, se dijo.

Pero le preocupaba Graham Kelly.

Llamó a su abogado para pedirle que se reunieran allí. Ellen no lo sabe; volvió a su casa después del funeral ese mismo día.

—Tenemos mucha más información sobre lo que ocurrió entre usted y Diana Brewer que la última vez que hablamos —empieza Stone.

Brad siente cómo palidece, pero intenta actuar como si nada. Se encoge de hombros.

—No entiendo cómo. Entre Diana y yo no ocurrió nada aparte de lo que ya les he contado.

—Pero no es verdad, ¿no? —replica Stone con agresividad—. Graham Kelly acaba de estar aquí y nos ha contado una versión muy distinta.

Brad intenta que no se le note el miedo. «Joder con Kelly. ¿Qué les ha dicho? ¿Les ha contado todo?». Se encoge de hombros otra vez, con fingida despreocupación, pero no dice nada.

—Sabemos que entró en la casa de Diana sin su permiso la noche anterior a su muerte, por la puerta de atrás que estaba sin cerrar. Sabemos que llevaba usted unos guantes. Sabemos que la asustó, que la obligó a quitarse la ropa delante de usted. Sabemos que le advirtió que no contara nada porque, si lo hacía, usted diría que ella le había invitado a entrar, que había empezado ella, igual que en el vestuario. Ah, sí, sabemos lo del vestuario. Usted le dijo que nadie la iba a creer. Sabemos que ella fue a la mañana siguiente a ver a Graham Kelly, a una segunda reunión, que le contó todo esto delante de usted. Diana amenazó con ir a la policía si alguna vez volvía a acercarse a ella. Pero, muy oportunamente, la asesinaron esa misma noche.

Brad intenta no mostrar ninguna emoción. No puede hablar. Nota cómo su abogado, a su lado, lo mira consternado.

—Usted tenía motivos para matarla: evitar que fuera a la policía. No pensó que Kelly contaría la verdad, porque ya le había encubierto con el incidente del vestuario y eso le

333

daría mala imagen y acabaría con su carrera. Y usted sabía que podía chantajearle porque estaba enterado de su aventura extramatrimonial. ¿Pero sabe lo que no tuvo en cuenta? —Stone se inclina hacia delante por encima de la mesa—. Al contrario que usted, parece ser que Kelly tiene valores y no ha podido soportarlo más. Le creyó a usted tras la primera reunión, pero no estuvo tan seguro después de la segunda. Luego, se enteró de que usted no tenía coartada y, después, usted intentó chantajearle. —Y añade—: Tiene miedo de que usted la haya matado.

—Eso es absurdo —contesta Brad—. Está mintiendo. Solo cuentan con su palabra. Todo lo que ha dicho es falso. ¡Diana mentía! ¡Él está tratando de tenderme una trampa!

—¿Y por qué iba a hacerlo cuando tiene tanto que perder? Su trabajo. Su mujer. Su familia. Su estatus en la comunidad. —Y añade Stone—: Ah, por cierto, adivine quién más ha venido. Taylor Acosta. ¿La recuerda?

52

Ellen ha vuelto a la granja con sus padres. Están consternados y siente lástima por ellos. También por ella. Le han dicho que se ha hablado mucho en el funeral, y también después, sobre Brad, sobre el motivo por el que se le acusa. La han animado a que ponga fin al compromiso. La han tranquilizado diciéndole que pueden buscar el modo de echar marcha atrás en la compra de la casa. O también, le proponen, podría seguir adelante con la casa ella sola si permite que ellos la ayuden. No dejan de decirle que hay formas de solucionar esto siempre que no se case con él. A Ellen le dan ganas de cerrar los ojos y taparse los oídos con las manos, pero se limita a quedarse sentada completamente inmóvil en la mesa de la cocina mientras la bombardean con consejos. Como poco, le imploran, debería esperar.

Han escuchado antes la noticia sobre Joe Prior, que le han arrestado por el asesinato de otra chica. ¿Significa eso que probablemente ha asesinado también a Diana? A Ellen apenas le importa. Si Brad abusa de chicas jóvenes, es suficiente para que ella ponga fin a su compromiso. Si es verdad. Pero no sabe qué ni a quién creer.

Cuando se sientan juntos a ver las noticias de las once en la sala de estar, se encuentran agotados y con el alma en vilo. Lo que oyen resulta inesperado y estremecedor. Es esa conocida reportera de la KCVS la que da la mala noticia. Se halla delante de la comisaría de policía de Fairhill, con el pelo agitándosele alrededor de la cara.

«La policía estatal de Vermont ha arrestado a Joe Prior, vecino de Fairhill, por el asesinato de Katie Cantor hace dos años. El cadáver de la estudiante desaparecida fue hallado recientemente en una zona boscosa aislada del norte del estado de Nueva York. A Prior lo van a trasladar de nuevo al estado de Nueva York para enfrentarse allí a sus acusaciones. La policía espera que las pruebas de ADN confirmen si fue Prior el hombre que violó y asesinó a la joven de dieciséis años, desaparecida hasta que ayer se encontró su cuerpo. Otra noticia de última hora es el arresto de Brad Turner, el profesor de gimnasia del instituto de la popular estudiante asesinada Diana Brewer, cuyo cadáver fue hallado el pasado viernes por la mañana en una propiedad de un granjero de la zona. Les iremos dando más detalles a medida que vayamos recibiéndolos».

Ellen se queda mirando la televisión, impactada. Siente una especie de vacío total que resulta de lo más confuso. Puede notar que sus padres la están mirando con horror y pena. Ahora sí que lo sabe. Al final, no se va a casar.

Paula ve las noticias en la televisión, atónita. Ha llevado a Taylor esa misma tarde a la comisaría de policía, donde ha contado su historia.

—Dios mío —susurra su marido a su lado.

Ella le mira con la mente disparada.

—Por fin —susurra ella también—. Le han arrestado por asesinato y estaba acosando a nuestra hija, igual que a Diana... —Siente náuseas al ver confirmados sus peores temores.

—Ya lo han detenido —dice Martin. Pero parece estar impactado—. No va a hacerle más daño a ninguna chica.

Se acuerda de que ese mismo día, en el gimnasio del instituto, Kelly organizó un velatorio informal después del funeral. El gimnasio estaba abarrotado y se quedaron enseguida sin bocadillos. Estuvo buscando a Kelly para decirle que había hecho un buen trabajo con ese acto, que había sido un bonito detalle por su parte, pero había otra cosa que quería comentarle. Se lo llevó a solas a un rincón y le contó lo que su hija Sadie le había estado haciendo a Taylor. Él parecía alterado.

«Lo siento —dijo—. Lo hablaré con ella».

Después, le contó lo que Brad le había estado haciendo a Taylor. Pareció ponerse un poco más rígido y repitió: «Lo siento mucho».

Y se fue.

Ahora, Paula se pregunta si ha sido él quien ha proporcionado a la policía la información que ha llevado al arresto de Turner. Se pregunta qué es lo que habrá sabido todo este tiempo. Recuerda su expresión, como si tuviese las manos manchadas de sangre.

Puede que se hayan librado por poco, piensa Paula. Pero, gracias a Dios, no es ella quien está ahora mismo en la piel de Brenda Brewer. Le cuesta respirar.

Miércoles, 26 de octubre de 2022, 23.00 horas

Diana está muerta y han detenido a Prior por el asesinato de otra chica, pero, al parecer, no por el de Diana. Porque, por ese, han arrestado al señor Turner, por fin. Me pregunto qué información habrá llevado a su detención. Pobre Diana. Ojalá hubiese sentido que podía confiar en alguien. Eso podría haberlo cambiado todo.

Le he enviado varios mensajes a Riley después de las noticias, para comentarlas con ella, pero no me ha respondido. A lo mejor está dormida. Puede que su madre le haya dado algo para tranquilizarla. Lo pasó muy mal en el funeral.

El funeral... ha sido muy trágico. Pero la misa ha sido bonita. Creo que la señora Brewer podrá, al menos, estar contenta, porque el funeral ha sido precioso y había muchas flores. La iglesia estaba abarrotada. Estaban todos. Mi lectura no salió mal, aunque estaba muy nervioso. Me angustio cuando tengo que hablar en público, pero quería rendir un homenaje a Diana. Me trabé en la última línea y, después, conseguí volver a mi asiento, abrumado por la pena. Temía que Cameron quisiera tratar de hablar con la señora Brewer, así que me quedé a su lado todo lo que pude. Pero no se ha acercado.

Después de la señora Brewer, mi principal

preocupación era Riley. No he apartado los ojos de ella. Sé que estaba angustiada con el funeral y, sobre todo, con el entierro. Casi parece como si tuviera una fobia. Aun así, me sorprendió cuando se desmayó. Estaba de pie a mi lado, balanceándose un poco, así que tendí una mano para sujetarla y, después, se me deslizó entre los dedos y cayó al suelo de espaldas, con la cara pálida y el pelo negro revuelto entre la hierba. Me arrodillé a su lado, llamándola, mientras los demás miraban. Pero su madre me apartó y un médico que estaba entre la gente se aproximó. Riley recuperó la conciencia bastante rápido y su madre la rodeó con un brazo y la sacó rápidamente del cementerio para llevarla a casa. Me di la vuelta y regresé junto a la tumba, pero ya habían terminado casi del todo. Acompañé a la señora Brewer a su casa, me quedé con ella un rato y le preparé una taza de té. Su exmarido se fue poco después. La señora Brewer no había organizado ninguna reunión para después; no quería. Así que el señor Kelly preparó unos bocadillos y cafés en el gimnasio del instituto para todo el que quisiera asistir. Pero, después de dejar a la señora Brewer, me fui a casa. Estaba demasiado cansado y deprimido para ir a ningún otro sitio.

53

Riley se despierta despacio, después de haberse quedado por fin dormida casi al amanecer. Nota las extremidades y el cuerpo pesados y permanece mirando al techo
mientras siente una especie de temor sofocante que la va
invadiendo. Ayer se fue directamente a la cama después del
funeral, vencida por medio Valium que su preocupada madre
le había dado. Se levantó muchas horas después y estuvo
viendo las noticias de la noche con su madre. Habían arrestado a Turner por el asesinato de Diana. No podía creérselo.

Inmediatamente, empezó a recibir mensajes sin parar
de Evan, pero no les hizo caso. No podía enfrentarse a tener
que seguir hablando de lo mismo esa noche. Solo quería
estar con su madre, fingir que nada de eso había pasado. Pero
luego, como se había quedado dormida después del funeral,
apenas pudo conciliar el sueño durante la noche.

Se acabó, se dice ahora. Debería notar alguna especie
de alivio, pero lo que siente es una ansiedad cada vez mayor,
como si hubiese algo que le quedara por hacer, como si hu-

biese algo de lo que tuviera que encargarse, pero no sabe qué. Siente que debe recuperar fuerzas, pero ¿para qué?

Y, entonces, se da cuenta: debe recuperar fuerzas para enfrentarse a una larga vida sin Diana. No deja de oír que la pena se pasa con el tiempo y se da cuenta de que apenas ha empezado. Es como si estuviese hundiéndose bajo su peso.

Baja para desayunar. Su madre ha vuelto a quedarse en casa, por si la necesita. Riley intenta pensar qué día es y cae en la cuenta de que es jueves, porque el funeral fue ayer. Su madre le pregunta si quiere ir al instituto, pero no quiere. Todavía no. Le parece como si estuviese traicionando a Diana al tratar siquiera de volver a una vida normal cuando ella está yaciendo bajo el frío suelo, con toda esa tierra por encima. Riley empieza a notar cómo crece la ansiedad y, con ella, la falta de aire, como si pudiese notar esa tierra también sobre ella. Recuerda las historias de las brujas de Nueva Inglaterra que fueron aplastadas vivas, poniéndoles tablas encima y, después, una piedra sobre otra hasta que por fin morían. No a todas las quemaron en la hoguera ni las ataron a una silla para tirarlas al río. Una mujer puede morir de muchas formas espantosas.

Suena un mensaje en el teléfono y lo mira. Es Evan.

Mira el mensaje.

Riley, estás bien?

Estoy bien. Solo necesitaba dormir.

Quieres hablar?

Necesita hablar con alguien o va a terminar rompién-
dose en dos.

Puedo ir a tu casa? Necesito salir.

Sí, claro. Hoy soy incapaz de ir a
clase. Mis padres se han ido a
trabajar

Vale. Dentro de 1 hora?

Vale. Hasta ahora.

Riley entra en la ducha. La pena hace que se mueva a
cámara lenta. Se permite llorar debajo del agua durante un
largo rato. Después, se pone unos vaqueros y un jersey an-
cho mientras piensa que quizá Evan tenga razón y debería
ir a ver a un terapeuta.

Va caminando a la casa de Evan. No está lejos. Es otro
día frío y gris de finales de octubre. Repara en los adornos
de Halloween; es como si los hubieran colocado de la noche
a la mañana, o a lo mejor es que no los había visto antes. Los
fantasmas en los jardines de la gente y colgados de los árboles hacen que piense en Diana y en el chico muerto que las
visitó en el dormitorio de Diana y cuya tumba encontró ayer.
La envuelve un sentimiento lúgubre.

Llega a la casa de Evan y él la invita a pasar. Se ofrece
a prepararle un café. Mientras se hace, se sientan a charlar en
la sala de estar.

—La mató Turner —dice Evan—. Me cuesta asimilarlo.

Ella asiente sin mucha energía.

—Deben de tener alguna prueba sólida, si le han arrestado.

Evan se encoge de hombros.

—No lo sé.

Riley se queda pensando. Inclina la cabeza hacia él.

—¿Y si no? ¿Y si solo le han detenido por la presión de tener que arrestar a alguien? —Su voz se va elevando y se vuelve aguda—. ¿Y si no es él quien lo hizo? ¿Y si el asesino sigue por ahí?

—Debe de haber sido él o, de lo contrario, no le habrían detenido —contesta Evan como si tratara de calmarla.

Eso la enfada. No quiere que la tranquilice. Lo que quiere es la verdad. Por Diana. Por su propia tranquilidad.

—Sabes que eso no es verdad. Continuamente arrestan a personas equivocadas. —Él la mira inquieto, como si temiera que se vaya a poner histérica—. Hay una cosa que no te he contado —dice ella.

Él la mira con sorpresa.

—¿Qué?

—He encontrado otro cementerio.

—¿Qué otro cementerio? ¿De qué estás hablando?

—Hay otro cementerio, uno muy antiguo, a las afueras de la ciudad. Y le he encontrado.

—¿A quién?

¿Se está haciendo el memo a propósito? Por fuerza sabe de qué está hablando.

—A Simon Foster. He encontrado su lápida. Nació en 1861 y falleció en 1873.

Él la mira como si se hubiese vuelto loca. No tiene por qué mirarla así; es la verdad. Lo ha visto con sus propios ojos. Lo llevará y le obligará a verlo por sí mismo.

—El chico muerto con el que hablamos aquella noche en el dormitorio de Diana.

Él niega con la cabeza con gesto impaciente.

—No puedes creer de verdad en esas cosas.

De repente, ella quiere obligarle a entender, a aceptar esa posibilidad. Se inclina hacia delante y le habla con tono de urgencia.

—Pero es verdad. Yo estuve allí y vi con mis propios ojos cómo se comunicaba mediante la tabla de ouija. ¡Y he encontrado su tumba! Te la enseñaré. —Mientras él la mira con escepticismo, ella continúa elevando la voz—: ¿Y si Diana está también ahí y podemos hablar con ella a través de la ouija y nos cuenta quién la ha asesinado? ¡A lo mejor podríamos intentarlo!

Eso es pasarse demasiado.

—Riley, la policía lo tiene controlado —contesta él. Se pone de pie—. Voy a por el café. —La deja y entra en la cocina.

«Está intentando darme tiempo para que me tranquilice —piensa Riley—. No me voy a tranquilizar. Creo que es una buena idea. Si él no quiere intentarlo conmigo, buscaré a otro que sí quiera».

Pero ya le preguntó ayer a Sadie, después de encontrar la lápida de la tumba de Simon, y tampoco ella quiso probar a ponerse en contacto con Diana para encontrar a su asesino. La idea parecía inquietarla. Dijo que ya no estaba segura del todo de lo que ocurrió aquella noche, porque había bebido mucho. Pensaba que quizá no fue como Riley recordaba. Riley no había bebido mucho y lo recordaba con mucha claridad. Pero Sadie se negó a ir a ver con ella la lápida.

Evan trae a la sala de estar los cafés y le coloca el suyo delante.

Hay un silencio incómodo mientras los dos esperan a que el otro hable primero.

—Da igual, olvida lo que he dicho —concluye Riley. Él parece aliviado—. Quizá tengas razón y debería ir a terapia —confiesa.

—Creo que te puede venir bien —asiente Evan.

De repente, todo esto parece demasiado, y Riley empieza a llorar. A lo mejor está volviéndose loca de verdad.

—Lo siento. Anoche no dormí mucho.

—No tienes por qué disculparte. Estás agotada. ¿Por qué no te tumbas un rato? Puedes meterte en el dormitorio de mis padres, si quieres.

Riley no tiene fuerzas para protestar. Se siente completamente agotada por la noche en vela, por el funeral, por todo. Ahora mismo no tiene energía para volver a su casa y meterse en su cama. Deja que él la acompañe arriba, al dormitorio de sus padres. De repente, se siente agradecida al ver la cama. Él la deja allí y Riley se tumba pensando que va a quedarse dormida de inmediato. Pero no es así. El olor de la colonia de su padre es agobiante. No lo soporta.

Por fin, se levanta y cruza en silencio el pasillo hasta el dormitorio de Evan. Está impecable, con la cama bien hecha. Se deja caer sobre la cama y se pone de lado, mirando a la pared. Pero no consigue sentirse cómoda. Se pone boca abajo con la cara en el borde de la cama. Ve el reflejo de algo rojo que brilla en el suelo, en el rincón de debajo de la cama, algo que le resulta familiar. Mira con más atención.

Abre los ojos de par en par. Está viendo la parte de atrás de la carcasa de un móvil que reconoce de inmediato.

Es el de Diana.

54

Veo a Riley con Evan, llorando desconsolada. Sé que lo está pasando muy mal. Las dos lo estamos pasando mal, pero estamos en los lados opuestos de un vacío y no podemos consolarnos la una a la otra. Me parece una crueldad.

Recuerdo aquella noche de la ouija. ¿Cómo voy a olvidarlo? Recuerdo a aquel niño muerto. Quizá pueda encontrarle y, así, tener por fin algo de compañía. Pero no quiero a un niño muerto de otra época. Quiero a Riley. Quiero a mi madre. Quiero recuperar mi vida.

Evan siempre ha sido muy cerrado con las cosas que no tienen una explicación científica. Algo que quizá resulte un poco raro en una persona que quiere convertirse en novelista. Le interesan las historias, las personas, sus motivaciones. Las historias se basan en las emociones, ¿no? Y no son científicas, no se pueden medir. A lo mejor termina descubriéndolo o, de lo contrario, no podrá ser un buen novelista.

Ha convencido a Riley bastante rápido. Me pregunto si ella va a intentar lo de la ouija de todos modos. Y, si lo hace, ¿podré comunicarme con ella? ¿Qué voy a decirle? Solo puedo contarle lo mucho que la echo de menos, lo enfadada que estoy por encontrarme aquí, sin saber cómo avanzar. Eso no va a hacer más que alterarla. ¿Me sentiré menos sola? No lo sé.

Riley llora durante un largo rato mientras yo los observo, mis dos mejores amigos, compartiendo su dolor. Los sigo a la planta de arriba y me quedo con Riley mientras Evan vuelve a bajar. La veo tumbada en la habitación de los padres. Pero está como Ricitos de Oro, hay algo que la perturba; puede que la cama no sea cómoda. Se levanta y avanza en silencio por el pasillo. La sigo hasta la habitación de Evan y veo que se tumba en su cama.

Se da la vuelta. Estoy a punto de dejarla allí cuando su cuerpo se pone completamente rígido. Tiene la mirada fija en algo que hay debajo de la cama. Entro y me acerco para mirar también.

Es mi teléfono. En el rincón de debajo de la cama. ¿Qué narices hace ahí? Una oleada de confusión me invade.

Y al ver mi teléfono ahí, escondido debajo de la cama de Evan, lo recuerdo todo de repente, cada momento traumático de lo que me pasó. Y siento que otra oleada de horror me invade de nuevo.

Recuerdo esa noche en mi habitación, lo que el señor Turner me hizo, cómo me obligó a desnudarme, su forma de mirarme fijamente mientras yo temblaba de miedo.

Cómo me dejó allí después de avisarme de que no contara nada a nadie.

Y, de repente, recuerdo el último día de mi vida, cómo empezó y cómo terminó. Cómo me levanté de la cama sin apenas haber dormido esa noche y fui temprano al colegio para enfrentarme al señor Turner delante del director Kelly.

Le conté al señor Kelly que Turner había entrado en mi casa la noche anterior y lo que había hecho. Y vi como él lo negaba. Estaba pálido, enfadado, y dijo que era una invención mía, que era indignante, y que nadie iba a creerme. Dijo que me lo estaba inventando y que nadie confiaría en mi palabra porque ni siquiera me habían violado, que no había ninguna prueba. Me quedé allí sentada, mirándole, mientras me acordaba de los guantes de piel y pensaba que era un monstruo. No entendía por qué el señor Kelly no me creía. ¿Por qué iba a inventarme algo así?

—¿Qué quieres que haga? —me preguntó desesperado.

—Quiero que usted lo sepa —respondí. A continuación, me giré hacia mi torturador, llena de odio—. Si alguna vez vuelve a acercarse a mí, iré a la policía y le denunciaré.

Debería haber ido directamente a la policía esa mañana. Pero había muchas razones muy complicadas por las que no lo hice. Me daba miedo que no me creyeran, tal y como había dicho el señor Turner, y probablemente él ya contaba con que sería así. Al fin y al cabo, no había pruebas reales. La puerta no estaba cerrada con llave y él entró sin más. No llegó a tocarme. No quería pasar por todo eso y que terminaran llamándome mentirosa. Pero, sobre todo, fue por Cameron. Me daba miedo su reacción si se enteraba de lo que el señor Turner había hecho. Pensé que Cameron podría atacarle, que le caería una denuncia por agresión y que echaría a perder su vida. No deseaba eso. Quería a Cameron, solo que no deseaba pasar el resto de mi vida con él. Y... temía que Cameron pudiese culparme un poco a mí. Temía que pudiera pensar que yo había engatusado de algún modo al señor Turner. Cameron era muy posesivo, muy celoso, muy inseguro en lo concerniente a mí. Kelly no me creyó y no estaba segura del todo de que Cameron lo hiciera.

Esa mañana salí del despacho de Kelly, me recompuse y pasé el día en el instituto fingiendo que estaba bien, pero por dentro estaba hecha polvo. El resto del día transcurrió sin incidentes, hasta que llegó la espantosa discusión con Cameron de esa noche. Me cuesta recordar ese día, pese a que fue el último que pasé entre los vivos. Debería haber apreciado más el sol que me daba en la cara, el sabor de la comida. Pero en ese momento no tenía ni idea de que no iba a ver un nuevo amanecer. Me limité a fingir que todo era normal, disimulando delante de todos, incluso de Riley, mientras no dejaba de pensar en qué debía hacer. Pero no fui a la policía ese día.

Y esa noche, después de que Cameron me dejara en casa, estaba muy enfadada. Cameron y yo habíamos roto. Fue un alivio, la verdad. Ya no tenía más espacio en la cabeza para él, para el tiempo que me ocupaba y su forma de controlarme. Estaba cansada de tomar decisiones basadas en él y en sus posibles reacciones. Un hombre se había colado en mi casa por la puerta de atrás y me había aterrorizado y humillado, y ni siquiera podía contárselo a mi novio ni a nadie más por miedo a cómo sería su respuesta. Eso no era amor. No estaba bien.

Cerré las puertas con llave, temerosa de que Turner pudiera volver. Pero esa noche, después de que Cameron se hubiese comportado tan mal, después de lo que había soportado, decidí que al día siguiente iría a la policía para contarlo todo. No podía permitir seguir llevando una vida dominada por el miedo. Cameron tenía que responsabilizarse de sus actos. No estaba dispuesta a tener que hacerlo yo por él.

Y entonces, apenas unos minutos después de llegar a casa, oí que llamaban a la puerta delantera. No salí a abrir porque pensé que sería Cameron otra vez. Pero, a continuación, entró un mensaje en mi móvil. Era de Evan: «¿Estás en casa? ¿Puedo pasar?».

No estaba de humor para ver a nadie, pero le dejé entrar.

—¿Qué pasa? —le pregunté cuando estuvo dentro. Recuerdo que miré hacia la calle vacía. No había en ese momento ninguna camioneta fuera. Volví a cerrar la puerta con llave.

—Menos mal que estás en casa. Necesito que me devuelvas mi *Moby Dick* para un trabajo que estoy haciendo esta noche. Voy a pasarla en vela.

—Claro, mierda. Lo siento. —Se lo había pedido prestado y me había olvidado de devolvérselo ese día en el instituto, como le había prometido, por lo absorta que había estado con mis problemas con el señor Turner. Subí a mi habitación a por él y volví a bajar para dárselo.

—¿No sales con Cameron esta noche? —preguntó Evan.

Pensé que lo mejor era contárselo.

—Hemos salido, pero nos hemos peleado. He roto con él. —Me encogí de hombros—. Así que he vuelto a casa pronto.

Evan se sentó sin que yo se lo ofreciera.

—¿Por fin has roto con él? ¿Por qué?

Suspiré. No me apetecía hablar de ello en ese momento, pero Evan era un amigo.

—Es por muchas cosas. Pero, sobre todo, porque va más en serio que yo. Piensa que es para toda la vida. Yo quiero ir a una universidad distinta y él no quiere ni oír hablar del tema. La verdad es que no he tenido otra opción.

—Vaya —contestó Evan mirándome—. Has hecho bien.

—¿Lo dices en serio?

—Por supuesto. Cameron ha estado comportándose como un cretino. Es demasiado controlador. Una chica como tú... Necesitas tu independencia. Eres demasiado... espectacular como para que te domestiquen.

Eso me hizo sentir un poco incómoda. Sobre todo porque me estaba mirando de una forma en que nunca lo había hecho.

—En fin —dije, poniéndome de pie—. Estoy muy cansada y tú tienes que hacer ese trabajo, así que...

Él también se levantó. Nos quedamos ahí, en la sala de estar. Lo recuerdo ahora con toda claridad. Ya entiendo por qué lo había bloqueado..., porque fue demasiado impactante, demasiado desagradable.

—Sabes que te quiero, Diana —dijo—. ¿Verdad?

Me quedé mirándolo, sorprendida. Me sentí tremendamente incómoda. Era demasiado. Después de todo lo que me había pasado durante las últimas veinticuatro horas, estaba al borde de la histeria. No sabía qué decir, así que me reí. Estaba tratando de suavizar la situación, reducir la tensión que había entre los dos. Pero fue un error.

Su rostro se transformó. En un instante, no era el Evan de siempre al que yo conocía, sino alguien frío, diferente. Todo cambió en ese momento. No había sabido entenderle. Le había malinterpretado durante todos estos años. No era una persona de la que podías reírte, sino a la que había que temer.

—¿Cómo te atreves a reírte de mí? —dijo en voz baja.

—Evan, no estoy riéndome de ti —respondí con desesperación—. En serio, estoy muy cansada. Creo que deberías irte. —En ese momento, le di la espalda y me dirigí hacia la puerta de la calle para que se marchara. Me di cuenta de que las pesadas cortinas de la sala de estar estaban corridas y que nadie podía ver el interior. Y, entonces, me tiró al suelo.

El golpe en la cabeza fue demoledor. Creo que me quedé inconsciente un momento. Estaba muy confundida. Recuerdo que intenté salir a rastras de la sala de estar, pero las extremidades no me funcionaban y me desplomé sin más. Quise escapar, pero oí su voz.

—Ah, no. No vas a dejarme en ridículo —dijo. Había mucha maldad en su voz. Intenté levantar la cabeza y vi que cogía la comba de saltar de la puerta de la sala de estar y pensé, incrédula: «Va a atarme y violarme».

Pero me equivoqué. Me tiró de las piernas y me dio la vuelta en el suelo, en medio de la sala de estar. Se subió encima de mí para inmovilizarme, sujetando mis inútiles brazos contra el suelo con sus piernas, me envolvió el cuello con la cuerda y estiró. Yo tenía mucho miedo. Recuerdo que nos miramos el uno al otro a los ojos durante un rato largo y grotesco. Sentí que los ojos se me salían, el dolor aplastante en el cuello, consciente de que me estaba muriendo mientras él me miraba con rabia. Lo último que oí fue que mi móvil sonaba con un mensaje.

Y entonces me desperté en aquel campo, observando mi cuerpo desnudo desde arriba, atacada una vez más por aquellos pájaros horribles.

«¿De cuántas maneras se puede agredir a una chica?», pensé. Nunca he podido vivir mi vida. Nunca podré llegar a ser lo suficientemente mayor, lo suficientemente fea para que me dejen en paz. Para simplemente poder ser.

55

Riley se queda mirando el teléfono de Diana debajo de la cama, con el corazón disparado.

De repente, entiende por qué Evan no quiere hablar con el espíritu de Diana. Porque ella sabe quién la mató y ahora Riley lo sabe también.

En silencio, aparta un poco más la cama de la pared para ver mejor. Es el teléfono de Diana, no le cabe duda. Evan debió de enviarle aquel mensaje. Él mató a Diana y cree que nunca van a descubrirlo. ¿Pero por qué? No quiere tocarlo. Lo deja donde está.

Le tiemblan las manos mientras llama a emergencias.

—Emergencias, dígame.

Por un momento, no puede pensar. ¿Cómo describir esta situación?

—Me llamo Riley Mead. Estoy en el número diecisiete de Beecher Street, en Fairhill. El domicilio de la familia Carr. Estoy en la casa con un asesino. —Habla lo más bajo posible, temerosa de que Evan la oiga. ¿Y si la oye? ¿La matará a ella también y se deshará del móvil?—. Evan Carr mató a Diana Brewer —dice rápidamente—. He encontrado el teléfono de ella en su habitación, debajo de la cama. ¡Envíen a la policía, rápido!

—Por favor, no cuelgue, señora. Manténgase en línea.

Horrorizada, oye pasos subiendo por las escaleras. La ha oído. Esconde su teléfono bajo la almohada, no sin antes colgar para que él no oiga la voz de la mujer al otro lado. Oye cómo se detiene en la puerta del dormitorio de sus padres.

—Riley.

Unos pasos rápidos y está encima de ella. Riley finge que duerme, tumbada boca abajo, con la cara enterrada en la almohada.

—Riley, ¿estás despierta? Me ha parecido oír algo. ¿Qué haces en mi habitación? —Su voz suena forzada.

Ella finge despertarse. Se da la vuelta, parpadeando.

—¿Qué?

—¿Qué haces en mi habitación?

Piensa que él debe de haber notado su miedo, porque lo sabe. Su expresión cambia, como si fuese otra persona, alguien irreconocible.

—¿Pero qué has hecho?

—¿Qué quieres decir? No he hecho nada —contesta ella intentando sonreírle, pero completamente desconcertada por el desconocido que la está mirando. No es el Evan que conoce, es otra persona—. No podía dormir en la cama de tus padres, así que me he venido aquí. Espero que no te importe.

Él se queda mirándola, indeciso. Ve su mano bajo la almohada.

—¿Qué tienes debajo de la almohada?

—Nada.

Quita la almohada de la cama y ve el móvil.

—¿Has llamado a alguien?

Riley ya no puede ocultar su miedo y la voz le tiembla al responder:

—No, ¿por qué? ¿Qué pasa, Evan? Estás raro. Me estás asustando.

Él coge el teléfono y lo mira. Está bloqueado.

—Desbloquéalo —ordena.

Ella obedece presa del pánico y él ve la última llamada. Después, la mira como si la fuera a matar. Es como si el tiempo se hubiese detenido. Y entonces los dos lo oyen a la vez: el sonido de las sirenas de la policía bajando por la calle, cada vez más fuerte, más cerca. Ve la rabia en los ojos de él al darse cuenta de que es demasiado tarde, de que ya no hay escapatoria.

Ellen sabe ahora la verdad. Todo el mundo sabe que han detenido a Evan Carr por el asesinato de Diana Brewer. Tienen pruebas; escondía el móvil de ella en su dormitorio. Nadie sabe por qué lo ha hecho, pero están bastante seguros de que ha sido él. Al final, su antiguo prometido no es un asesino. Y ella había estado a punto de creer que sí.

En cualquier caso, todo esto ha hecho saltar en pedazos su visión del mundo. Su anterior actitud alegre, su optimismo, su creencia en la bondad inherente en las personas. Todo eso ha desaparecido. Quizá regrese algún día, pero lo duda. Ahora sabe que ha sido una ingenua, puede que incluso estuviese ciega deliberadamente. Si de verdad es sincera consigo misma, hubo veces en las que sorprendió a Brad fijándose en chicas jóvenes cuando salían juntos, en la cola del cine o mientras tomaban un helado en el parque. Una mirada por aquí y otra por allá sin que ella hiciera caso.

No ha ido a verle. Por el contrario, decidió ir a la casa de Graham Kelly. Se había enterado de que había sido Kelly quien había acudido a la policía, quien les había contado algo que había llevado al breve arresto de Brad. Quería oír por boca de Kelly qué había pasado.

Llamó a su puerta y salió a abrir su esposa, con expresión rígida y sin sonreír.

—¿Puedo hablar un momento con el señor Kelly? —preguntó. No supo descifrar qué se escondía tras la mirada de la señora Kelly.

Graham Kelly entró en la sala de estar y su mujer se fue, sin mirar a ninguno de los dos. Tenía tan mal aspecto como ella se sentía por dentro. También estaba enfadada con él. Había ocultado la verdad y debía pagar las consecuencias. Puede que su mujer pensara lo mismo y por eso estaba tan enfadada.

Ellen se sentó súbitamente en el borde de un sillón y se preparó para hablar.

—Quiero que me lo cuente todo. Sin dejarse nada.

Él asintió, derrotado.

—De acuerdo.

Le contó lo que Diana había dicho sobre lo que pasó en el vestuario. Le contó el resto, que Diana le había informado de que Brad Turner se había colado en su casa por la noche, que la había obligado a desnudarse para que él pudiera mirarla. Que la había intimidado diciéndole que nadie iba a creerla porque no tenía ninguna prueba.

Ellen sintió cómo la bilis le subía por la garganta. Era todo muy desagradable, imposible de creer. Pero sí que lo creía.

Kelly empezó a llorar entonces.

—Dijo que era un monstruo —continuó—. Y yo no la creí en ese momento. Y luego, cuando supe que no tenía coartada, pensé que quizá la había podido matar. No podía seguir soportando ese peso sobre mi conciencia.

—¿Cómo pudo soportarlo incluso al principio? —le preguntó ella con frialdad.

—Brad me estaba chantajeando —respondió él sin rodeos.

Ella sintió que un escalofrío le recorría el cuerpo; no se le había ocurrido que aquello pudiera ir a peor, pero resultaba que sí.

—No me importa contártelo —dijo Kelly—. Ya se lo he confesado a mi mujer. Brad sabía que yo había tenido una aventura y me amenazó con contárselo a mi mujer si le decía a alguien lo que Diana aseguró que él le había hecho. —Y añadió con tristeza—: Ya habrás visto que mi mujer no me habla.

Ellen salió de la casa, espantada por lo que acababa de saber. Un hombre inocente no habría recurrido al chantaje.

Ahora, espera que Brad vaya a la cárcel por lo que hizo, aunque no sabe cómo lo podrán demostrar. No quiere volver a verlo nunca, ni tampoco esa casita. Decide que se marchará de Fairhill y se buscará una nueva vida en otro lugar, no le importa dónde. Ya no puede seguir viviendo aquí.

Estoy flotando en un rincón de la sala de interrogatorios, mirando a Evan. Estamos los dos solos, aunque él no es consciente de mi presencia. No cree en los fantasmas.

Pienso en ese desagradable momento, cuando Evan se dio cuenta de que Riley lo sabía y que había llamado a la policía. Lo presencié horrorizada: esa misma transformación espeluznante que había sufrido Evan cuando me mató. Como si se tratara de otra persona, alguien completamente distinto.

Recuerdo a Evan, ese gran mentiroso, en mi funeral. Cómo me conmovió su lectura. Su osadía cuando fue él quien me trajo hasta aquí.

Pero el deseo de venganza, el de acosar a mi asesino, se va desvaneciendo. Evan pagará las consecuencias de mi muerte. Sufrirá por lo que ha hecho.

56

E van está solo; los inspectores tienen que esperar a que llegue su abogado. Sus padres están en otro lugar de la comisaría, atónitos.

Es la primera vez que se encuentra en una sala de interrogatorios y la observa con interés. La mesa está atornillada al suelo. No hay un espejo falso en la pared para poder observar a quienquiera que esté aquí dentro sin que se dé cuenta. Probablemente, esas cosas solo se ven en una gran ciudad.

Le habría encantado estar al otro lado de un espejo falso, mirando a quien haya entrado en esta sala durante los últimos días para ser interrogado por la muerte de Diana. Probablemente lo han grabado todo en vídeo y siente un deseo abrumador de ver todas esas cintas. Quiere ver los interrogatorios que han hecho a Cameron, a Turner y a Prior. Todos los escritores tienen algo de *voyeur* y una curiosidad insaciable. Le vendría muy bien contar con ese material.

Tienen el teléfono de Diana. Sabe que la ha cagado. Debería haberse deshecho de él. Pero nunca lo habían considerado sospechoso. Creía que estaba a salvo. Pensó que, si alguna vez empezaban a sospechar más de él, lo sabría y le daría tiempo a deshacerse del móvil. Pero le gustaba tenerlo. Le gustaba tener algo de Diana, una cosa tan personal. Algo que le revelaba tantas cosas de su vida.

Espera a que llegue su abogado. Recuerda aquella noche con toda claridad; permanece de una forma muy vívida en su mente, más que cualquier otra cosa que le haya pasado antes o después. Simplemente había ido a casa de Diana para que le devolviera su libro. Se le había olvidado hacerlo, algo muy impropio de ella. No había tenido intención de hacerle daño. Se alegró cuando ella le contó que había dejado a Cameron. Pero ahora desearía que no se lo hubiese dicho, porque, en ese momento, cuando le aclaró que estaba libre, le pareció encantadora y sintió un deseo tan fuerte por Diana que le confesó en ese mismo momento su amor por ella. Y ella se rio.

Algo le invadió en ese momento. Fue algo que ya conocía pero, aun así, le sorprendió. Nunca había mostrado ante nadie esa parte de sí mismo. Pero ella lo provocó. Se rio de él. Y, a continuación, le pidió que se fuera. Cuando se dio la vuelta para ir hacia la puerta, la golpeó con lo único que tenía en las manos: su ejemplar de tapa dura, grande y pesado, de *Moby Dick*. Y ella cayó al suelo. Creyó que la había dejado inconsciente. Se quedó parado un momento, mirándola allí desplomada. Entonces, ella se revolvió y trató de huir a rastras, pero fue un intento débil y eso le hizo sentirse poderoso. Cogió la cuerda de saltar que colgaba del picaporte de la puerta. Arrastró a Diana al centro de la sala de estar, le dio la vuelta y se sentó a horcajadas sobre ella. Los brazos y las piernas no le funcionaban; todavía no había recuperado del todo la conciencia por el golpe. Le rodeó el cuello con la cuerda y apretó.

Tardó un largo rato en morir. Ella le miraba fijamente con los ojos muy abiertos y saltones; sus ojos gritaban, aunque ella no podía. Él respondía a su mirada con una mueca por el esfuerzo de estar matándola. Lo único que se oía eran la respiración áspera y forzada de él y el ruido de los gorgoteos de ella mientras moría. Sonó su móvil con un mensaje. Eso le sobresaltó, pero no dejó de apretar la cuerda de saltar.

Por fin murió.

Se quitó de encima de ella y trató de recuperar el aliento. Se aseguró de que no tenía pulso. El móvil volvió a sonar. Lo cogió del suelo de la sala de estar y lo miró. Era Cameron.

Estoy fuera, en la camioneta.

Podemos hablar?

Joder, joder, joder. Evan tenía el corazón acelerado por el esfuerzo, por la adrenalina y, ahora, por el miedo. Las luces de la sala de estar estaban encendidas, así que Cameron sabía que ella seguía levantada. ¿Debía responder al mensaje? Decidió que no. Diana había roto con él. No le haría caso. Evan se quedó agachado en el suelo, debajo de la ventana, aunque las cortinas estaban corridas. Era imprescindible que no le vieran. Se tumbó al lado de Diana mientras trataba de pensar qué hacer a continuación.

Cameron siguió enviándole mensajes.

Diana, lo siento. Por favor, podemos
hablar?

Te quiero.

Por favor contesta.

He sido un imbécil. Solo quiero pedirte
perdón. Solo quiero hablar contigo.

Después, para alivio de Evan, el teléfono dejó por fin
de sonar. Pensó que se habría rendido. Esperó para ver si oía
el sonido de la camioneta alejándose. Pero lo que escuchó
fue la puerta de la camioneta cerrándose de golpe y, después,
a Cameron llamando a la puerta de la casa. Evan se quedó
paralizado del miedo. Cameron volvió a llamar a la puerta.
Y otra vez más. Evan permaneció rígido en el suelo. Oyó
cómo Cameron intentaba abrir la puerta, pero recordó con
alivio que Diana la había cerrado con llave después de que
él entrara. Por fin, escuchó que Cameron se alejaba de la
entrada y pasaba por el lateral de la casa. El corazón de Evan
empezó a latir a toda velocidad. Oyó que Cameron llamaba
a Diana desde el jardín trasero. Le aterraba que Cameron
pudiera entrar en la casa. ¿La puerta de atrás estaba cerrada
con llave? Dios mío, ¿qué iba a hacer? No creía que pudiera
ganar en fuerza a Cameron.

Se quedó tumbado en el suelo junto al cadáver de
Diana, esperando, asustado. Por fin, oyó de nuevo el sonido

de unos pasos por el lateral de la casa, la puerta de la camioneta al abrirse y a Cameron alejarse con ella. Tuvo que aguardar un rato más hasta que su ritmo cardiaco volvió a recuperar una velocidad parecida a la normal. Y, entonces, preparó un plan.

Primero, sostuvo el móvil de Diana sobre su cara y, por suerte, la reconoció, aunque su rostro era ahora una versión grotesca del de antes, con sus ojos grandes e inyectados en sangre. Cambió su clave por un código numérico para poder así acceder al teléfono.

Por fin, se puso de pie y apagó la luz de la sala de estar. Abrió la puerta de atrás y salió en silencio, dejándola sin cerrar con llave para volver después, y salió a hurtadillas por la parcela hasta la calle. Volvió caminando a su casa con el libro, sin ninguna mancha de sangre, y lo dejó en su estantería. Esperó a que sus padres estuviesen dormidos del todo. Después, cogió un par de guantes, fue al garaje y metió una pala en el maletero del coche de su madre. Volvió con él al camino que no se usaba, aparcó y entró en la casa de Diana por la puerta de atrás que había dejado sin cerrar. No quería dejar a Diana en la casa, porque ¿y si alguien le había visto llamar a su puerta? Lo mejor sería que la encontraran en otro sitio. Se llevó con él la comba, sacó a Diana a cuestas por la puerta de atrás y atravesó la parcela. Pesaba más de lo que se esperaba y tuvo que detenerse un par de veces para dejarla en el suelo, pero sabía que nadie podría verle allí. Estaba sudando por el esfuerzo.

La metió en el maletero del coche de su madre y salió de la ciudad. Encontró una carretera tranquila, aparcó detrás de unos árboles y la llevó hasta el centro del terreno de una granja. Quería que la encontraran, pero no dejarla tirada en una cuneta. Le quitó la ropa para no dejar pruebas y para que pareciera que se trataba de un asesinato sexual. La observó durante un rato, desnuda en el suelo bajo la luz de la luna.

La dejó allí y condujo durante veinte minutos en otra dirección; usó la pala para enterrar bien hondo la ropa y la comba en un bosque recóndito. Pero se quedó con el teléfono.

Evan oye un ruido fuera de la sala y levanta la mirada. Ha llegado su abogado. Sus padres entran arrastrando los pies, incapaces de mirarlo. Evan no les hace caso. Intenta escuchar, pero su mente divaga. Ha resultado bastante distinto de lo que esperaba. Nunca imaginó que lo descubrirían. Cuando arrestaron a Turner fue perfecto. Qué gran libro va a ser, pensó. Pero ahora tienen el teléfono de Diana, que han encontrado escondido en su dormitorio, lleno de huellas suyas.

Alguien repite su nombre y él levanta los ojos e intenta concentrarse en el inspector. Stone le está proponiendo que confiese, preguntándole si de verdad quiere ir a juicio por un asesinato en primer grado como un mayor de edad y enfrentarse a toda una vida en la cárcel o si prefiere declararse culpable de asesinato en segundo grado y que lo condenen a veinte años, o puede que menos, dados los factores atenuantes de una declaración de culpabilidad, su juventud y su falta de antecedentes.

Quizá sí debería declararse culpable, piensa. No tiene más que diecisiete años. Tendrá tiempo de sacarse una licenciatura y de escribir en la cárcel. Sabe que no se le va a permitir beneficiarse de haber cometido un crimen, así que no podrá ganar dinero con nada que escriba sobre la muerte de Diana. ¿Pero importa eso? Tendrá tiempo de perfeccionar su talento y conseguirá notoriedad y fama por tratarse de un asesino confeso. Se hará célebre. Tendrá experiencia vital. No es la peor de las maneras de iniciar una carrera como escritor hoy en día.

Su diario está prácticamente lleno de mentiras. Nunca se había esperado que lo descubrieran, nunca tuvo intención de revelar que era el asesino. O apresaban a la persona equivocada o seguiría tratándose de un caso tentadoramente irresuelto.

Pero ahora se da cuenta de que su diario tiene cierta verdad; refleja al Evan que ha sido durante la mayor parte del tiempo: serio, decente, bueno. El Evan que quería a Diana, a su modo. Ese es quien desea ser. El diario era una forma de fingir, de consolarse, de mentirse a sí mismo porque, en realidad, no quiere ser este otro Evan, el que ha asesinado a Diana en un momento de descuido.

Sabe que este otro Evan ha estado siempre ahí, amenazando con salir a la superficie. Pero no sabe si volverá a aparecer ni cuánto de él se revelará en su libro. Resultará interesante escribirlo.

Ha disfrutado escribiendo ese diario. Es divertido jugar con la verdad.

¿No es eso lo que hacen los escritores?

Querido lector:

He pensado que podría interesarte tener algunos datos que se esconden tras la escritura de este libro...

Lo he ubicado en Vermont porque cuenta con un rico repertorio de historias de miedo, lo cual resultaba ideal para lo que yo tenía en mente. También quería situar esta novela en un entorno más rural, quizá porque no hace mucho tiempo que mi marido y yo nos hemos mudado de la ciudad de Toronto a una vieja granja abandonada en Ontario. Me encanta esto, pero de noche hay mucha oscuridad fuera y hasta da un poco de miedo. A diferencia de la ciudad, no hay luz ambiental alguna.

Siempre me ha gustado una buena historia de miedo. Me considero muy abierta de mente en lo que se refiere a los fantasmas. No estoy segura del todo de si existen o no, pero sí he tenido una experiencia formativa que ha terminado convirtiéndose en *¿Pero qué has hecho?* De adolescente, viví en una granja en el Ontario rural y, una noche, una amiga de mi familia vino a casa e hizo una tabla de ouija casera, cortando letras y números escritos en papel y colocándolos en círculo sobre la mesa de centro. Usamos una copa de vino puesta del revés y colocamos el dedo sobre ella. Esa mujer invocó al espíritu de un niño que se llamaba Simon, cuyo nombre he reutilizado, y que respondió a varias preguntas y después se enfadó y movió a toda velocidad la copa por la mesa, formando círculos furiosos, hasta que apartamos el dedo, momento en el cual la copa se quedó inmóvil de inmediato. Yo estaba aterrorizada. Esta experiencia ha permanecido en mi memoria y desde entonces nunca más he querido usar una tabla de ouija.

Gracias por leer esta novela. ¡Espero que la hayas disfrutado!

Con cariño,

SHARI LAPENA

Agradecimientos

Tengo que dar las gracias a muchas personas, no solo por esta, que es mi octava novela de misterio, sino por las siete anteriores que hemos publicado juntos. ¡Siete best sellers en las listas del *New York Times*, el *Sunday Times* del Reino Unido y el *Globe and Mail*! ¡Sin duda formamos un gran equipo!

Del Reino Unido, como siempre, me gustaría dar las gracias a Larry Finlay, Bill Scott-Kerr, Sarah Adams, Tom Hill, Jen Porter y al resto del gran equipo de Transworld. Doy las gracias especialmente a Larry Finlay... ¡Te vamos a echar de menos! En Estados Unidos, como siempre, me gustaría dar las gracias a Brian Tart, Pamela Dorman, Jeramie Orton y al resto del gran equipo de Viking Penguin, con un agradecimiento especial a Ben Petrone... ¡A ti también te vamos a echar de menos! En Canadá, como siempre, mi agradecimiento va para Kristin Cochrane, Amy Black, Bhavna Chauhan, Emma Ingram, Val Gow y el resto del gran equipo de Doubleday Canada. Gracias a todos.

Me gustaría dedicar un agradecimiento especial a mis editoras, Sarah Adams y Jeramie Orton. Gracias por vuestro duro trabajo, buen humor y ánimo mientras hemos estado trabajando en *¿Pero qué has hecho?* Y hay que reconocerle a Sarah el mérito de que se le haya ocurrido un título estupendo… una vez más.

Gracias de nuevo a Jane Cavolina, mi fabulosa correctora. Nunca voy a desear tener nunca a ninguna otra correctora.

Gracias siempre a mi agente, Helen Heller. ¡Has estado desde el principio y eres parte del gran equipo! Gracias también a Camilla y Jemma y a todos los miembros de la agencia Marsh por representarme en todo el mundo y vender mis libros en tantos países.

Como siempre, cualquier error en el manuscrito es cosa mía.

He dedicado este libro a mis lectores, con gratitud. Sin vosotros, no podría hacer esto. Agradezco mucho vuestro entusiasmo por mis libros, que hace que me encante lo que hago.

Gracias a todos los blogueros, críticos y presentadores de pódcast, que pregonan por todas partes los libros que les gustan, y a las personas que tan incansablemente se esfuerzan por celebrar ferias para escritores y lectores por todo el mundo. Gracias a las bibliotecas de todas partes por todo lo que hacen por promocionar la lectura y por compensar la desigualdad de oportunidades.

Y, por último, gracias a mi familia, que ha aprendido a vivir con mis, en ocasiones, frenéticos horarios. Por desgracia, nuestra gata Poppy, que me ha acompañado a lo largo de tantos libros, falleció durante la escritura de este. La echamos de menos. Gracias especialmente a Manuel, siempre, por todo el apoyo tanto en lo técnico como en otros aspectos. No podría hacerlo sin ti.